U0467520

东　西 / 主编

广西当代作家丛书（第五辑）

■罗　南　著

在时间皱褶里

广西人民出版社

图书在版编目（CIP）数据

广西当代作家丛书.第五辑.在时间皱褶里/东西主编；罗南著.—南宁：广西人民出版社，2023.10
ISBN 978-7-219-11583-1

Ⅰ.①广… Ⅱ.①东…②罗… Ⅲ.①中国文学—当代文学—作品综合集—广西 ②散文集—中国—当代 Ⅳ.①I218.67

中国国家版本馆CIP数据核字（2023）第110886号

GUANGXI DANGDAI ZUOJIA CONGSHU（DI-WU JI） ZAI SHIJIAN ZHOUZHE LI
广西当代作家丛书（第五辑） 在时间皱褶里
东　西　主编
罗　南　著

出 版 人	韦鸿学
策　　划	罗敏超
统　　筹	覃萃萍
责任编辑	杨　珩
责任校对	周月华
封面设计	翁裹媛

出版发行	广西人民出版社
社　　址	广西南宁市桂春路6号
邮　　编	530021
印　　刷	广西民族印刷包装集团有限公司
开　　本	787mm×1092mm　1/16
印　　张	17
字　　数	203千字
版　　次	2023年10月　第1版
印　　次	2023年10月　第1次印刷
书　　号	ISBN 978-7-219-11583-1
定　　价	48.00元

版权所有　翻印必究

"广西当代作家丛书（第五辑）"
编委会

主　任　严　霜　东　西
副主任　钟桂发　牙韩彰　石才夫　韦苏文　张燕玲
委　员　朱山坡　严风华　凡一平　蒋锦璐　潘红日
　　　　　田　耳　李约热　盘文波　王勇英　田　湘
　　　　　盘妙彬　丘晓兰　房永明

主　编　东　西
副主编　石才夫
编辑部主任　房永明

总 序

从2012年党的十八大召开到2022年党的二十大召开，这段历史，在党的二十大报告中，被称为"新时代十年的伟大变革"。这十年，以习近平同志为核心的党中央团结带领全党全国各族人民，迎来中国共产党成立一百周年，中国特色社会主义进入新时代，完成脱贫攻坚、全面建成小康社会的历史任务，实现第一个百年奋斗目标。历史性的胜利，彪炳史册。

这十年，也是中国文学界牢记习近平总书记嘱托，坚持以人民为中心的创作导向，从"高原"持续向"高峰"攀登的十年，是"文学桂军"锐意进取，不断夯实基础、壮大实力、提升影响的十年。

2001年至2012年，广西作家协会在自治区党委宣传部的大力支持下，精心组织，陆续编辑出版了"广西当代作家丛书"一至四辑共80卷本，80位广西当代有成就、有影响的作家入选该丛书，成为中华人民共和国成立以来广西文学界规模最大的文化积累工程，此举备受国内文坛瞩目。可谓功在当代，利在千秋。

从2012年至今，刚好十年过去。"文学桂军"在小说、报告文学、诗歌、散文、儿童文学等体裁创作上，又涌现出一批具有全国影响力的代表性作家，少数民族作家队伍的创作实力在全国处于领先地位。国运昌盛，文运必兴。编辑出版"广西当代作家丛书（第五辑）"，推出新一代广西作家，成为文学界共同的期待。

十年来，得益于自治区党委、政府的关心支持，得益于自治区党委宣传部的正确领导和大力扶持，"文学桂军"呈现出良好生态和健康发展势头，一批作家频频在全国重要文学刊物亮相，一批有分量的作品在全国各知名出版社出版。陶丽群获第十一届全国少数民族文学创作骏马奖，红日、李约热、莫景春获第十二届全国少数民族文学创作骏马奖，朱山坡、李约热分别获第七、第八届鲁迅文学奖提名，东西的长篇小说进入第十届茅盾文学奖前20名。十年来，据不完全统计，广西作家出版长篇小说、中短篇小说、散文、诗歌、儿童文学、报告文学等专集选集共600多部。一批作品获广西文艺创作铜鼓奖，《人民文学》《小说选刊》《民族文学》等刊物年度优秀作品奖，以及《小说月报》百花奖、花城文学奖杰出作家奖、郁达夫小说奖、茅盾新人奖、《雨花》文学奖、华语青年作家奖、《钟山》文学奖、《儿童文学》金近奖、"小十月文学奖"佳作奖、华文青年诗歌奖、三毛散文奖、冰心散文奖等，入选各类文学排行榜。"文学桂军"已然成为家喻户晓、有全国影响力的响亮品牌。

为进一步繁荣广西文学事业，全面展示党的十八大以来广西文学创作的丰硕成果及新时代广西作家的精神风貌，广西作家协会决定组织出版"广西当代作家丛书（第五辑）"。

该丛书的入选作者须具备三个条件：一是作者须为广西作

总 序

家协会会员，中国作家协会会员优先；二是近年来创作成绩突出，曾经获得全国性文学奖或自治区级文学奖；三是个人创作成绩显著，作品在全国重要刊物发表。在广泛征求意见基础上，经各团体会员推荐、广西作家协会主席团会议酝酿讨论，实行无记名投票推选，共评出入选作家20名。田耳、田湘、王勇英等作家，由于作品版权原因，遗憾无法纳入本次选编。一批作家近十年创作成果丰硕，由于已经入选前四辑丛书，本次不再选入。

习近平总书记曾多次指出，文运同国运相牵，文脉同国脉相连。文化兴则国家兴，文化强则民族强。当代中国，江山壮丽，人民豪迈，前程远大。时代为我国文艺繁荣发展提供了前所未有的广阔舞台。"文章合为时而著，歌诗合为事而作。"衡量一个时代的文艺成就最终要看作品。推动文艺繁荣发展，最根本的是要创作生产出无愧于我们这个伟大民族、伟大时代的优秀作品。没有优秀作品，其他事情搞得再热闹、再花哨，那也只是表面文章，是不能真正深入人民精神世界的，是不能触及人的灵魂、引起人民思想共鸣的。习近平总书记关于文艺工作的重要论述，已经成为广大文艺家的自觉遵循，内化于心，外化于行。收入本辑丛书的作品，内容丰富、题材广泛、风格多样，在记录伟大时代、反映现实生活、讴歌人民创造等方面，用心、用情、用力，很好地体现了以人民为中心的创作导向，集中展示了祖国南疆新时代蓬勃多姿的文学景象。

习近平总书记在党的二十大报告中指出，推进文化自信自强，铸就社会主义文化新辉煌。全面建设社会主义现代化国家，必须坚持中国特色社会主义文化发展道路，增强文化自信。坚持以人民为中心的创作导向，推出更多增强人民精神力量的优秀作品，培育造就大批德艺双馨的文学艺术家和规模宏大的文化文艺人才队伍。这为新时代新征程的文化建设和文艺创作指出了正确方向，提供了根本遵循。

当前，全党全国各族人民正在深入学习宣传贯彻党的二十大精神，满怀信心向第二个百年奋斗目标迈进。编辑出版"广西当代作家丛书（第五辑）"，可谓正当其时，也是贯彻落实《中共中央关于繁荣发展社会主义文艺的意见》和《中共广西壮族自治区委员会关于繁荣发展社会主义文艺的实施意见》，用文学助力建设新时代中国特色社会主义壮美广西的最新成果。

伟大时代必将激励、孕育伟大的作家和作品。希望广西作家和文学工作者，坚定文化自信，做到文化自强，坚守艺术理想，追求德艺双馨，不断增强脚力、眼力、脑力、笔力，以刚健、厚重、先进、质朴的创造抵达伟大时代的艺术高度。诚如中国文学艺术界联合会主席、中国作家协会主席铁凝所寄语的那样：广西文脉深厚、绵长，新时代新征程上，相信广西作家能以耀眼的才华编织崭新"百鸟衣"，描绘气象万千的"美丽的南方"。这是时代赋予我们的责任，唯有俯下身子，深入到火热生活中去，深入到人民中去，不断学习，不断攀登，以作品立身，以美德铸魂，方能不负时代，不负人民。

是为序。

石才夫

2022年10月31日

CONTENTS　　目　录

001　药这种东西
019　马兰花开二十一
035　愈　合
051　将一堵墙砌完
065　然　鲁
085　启　芳
103　九　银
129　水之上
143　黑　洞
153　豁　口
175　在时间皱褶里
191　从这里到那里
207　一米有多远
223　寻找光的人
229　美好合渣
233　奔向那地
241　从德保到德保
245　遇见合山
249　迷路的孩子
255　朝着光的方向奔跑
261　后　记

药这种东西

一

山逻街还有比四伯父更厉害的郎中吗？我不知道。我只知道，几乎全山逻街的人，还有那些住在高山深崿里的峒场人，生病了就会来找四伯父。

四伯父住在我们家隔壁。从堂屋有祖宗灵牌位的香火台前穿过，往右拐，是小叔叔家，往左拐，是四伯父家。燎箭竹①编成的墙薄薄的，糊在上面的黄泥，经不起岁月的漫长，断裂了，开出许多道细密的口子。小叔叔骂人的声音，四伯父抽水烟筒的声音，还有堂哥堂姐们欢笑或哭泣的声音就从这些口子漏出来。

小叔叔喝酒后的眼睛是血红色的，他的目光从血红色里淌过来，摔到人的脸上，带着恶狠狠的劲。他

---

① 燎箭竹，桂西方言，即箭竹。

骂人，像山逻街那些不讲道理的泼妇，全然忘了自己白天里笑眯眯的和蔼模样。我们都害怕喝酒后的小叔叔。

我们喜欢去四伯父家玩。四伯父坐在小矮凳上，铡枯柴一样的草药。我们蹲在一旁，听他给我们摆鬼故事①。铡刀在四伯父的手里，像一个好玩的玩具。铡头每落下一次，一节节草药就弹跳过来，停落到我们脚边，我们把它们捡起来，放到簸箕里。院子里已摆有好几只簸箕了，四伯父的草药得经过好几天的翻晒才能用旧报纸包起来，放到火塘上空的木架子里。

弟弟很乖巧地趴在母亲的肩上，母亲抱着他，在昏暗的白炽灯下踱步——那一年，弟弟应该有三岁了吧，也很可能只是两岁，我不太确定。他脸颊通红，两眼直愣愣地看着墙角，突然哭闹着，要母亲将站在墙角那里的人赶出去。我顺着弟弟的目光往墙角里看，灯的光被突起的墙挡住，在地上斜出一道长长的斑驳影子。墙角那里空荡荡的，什么人也没有。我忍不住打了一个寒战。

我们隔着燎箭竹喊四伯父。四伯父走过来，用手背探探弟弟的额头，翻了翻他的眼皮，又叫弟弟伸出舌头让他看。四伯父的药箱敞开着，我们一眼就看到那只火柴盒了，它被一些瓶瓶罐罐挤进角落里，装出一副毫不起眼的样子。我们屏住呼吸，等待四伯父叫我们的名字。

四伯父叫的是五姐的名字。五姐从药箱里取出火柴盒，她的指头从这边轻轻顶过，淡褐色的内盒像一根舌头，长长地从那边伸出来，几片碎玻璃收敛着锋利，安静地躺在一团棉花上。——我们知道这些玻璃的。四伯父背着背篓去采草药，或是挎着药箱去给人看病，一块玻璃不知什么时候就躺到路边来了，它摆出最诱人的姿势，勾引着四伯父的眼睛，

---

① 摆鬼故事：桂西方言，即讲鬼故事。

四伯父只好把它捡起来，洗净，用刀背敲出更小的块。他挑选最尖锐的一片，举在阳光下看。

四伯父不相信光线，也不相信自己的眼睛，这些易于变化的东西常常会背叛他的判断力，他更愿意相信一些鲜明的，能直抵内心的感觉，比如说，来自肉体的疼痛。——四伯父伸出舌头，将玻璃往舌面上刺，这还不够，还得鼓起腮，将玻璃往脸上刺。——四伯父的左右脸颊，各有一个深深的酒窝，我很怀疑，那是他用碎玻璃长年累月刺出来的。

经过脸和舌头挑选的玻璃才是最锋利的玻璃，它们被四伯父装进空火柴盒里，长出了无边的法力，山逻街人的许多病痛，就是被它刺没的。四伯父说，那叫瓦针。

把一片玻璃变成瓦针，这一过程，四伯父进行得惊心动魄。我们总是好奇，玻璃刺进舌头和脸腮时会是怎样的感觉。——关于这一点，就连小叔叔家最调皮的堂弟也没有胆量尝试。

四伯父取出一片玻璃，迎着灯光高高举起，他眯缝着眼，目光在玻璃最尖锐的部位来回寻找——在玻璃还没躺进火柴盒之前，他还能确定它们的锋利，似乎躺进去之后，那些锋利就会消减、磨损，或是像风，不知不觉中漏掉了，他得重新寻找，确认。

玻璃锋利，因为四伯父开始捉①弟弟的手了。弟弟闭着眼睛大哭，被捉起的手，老老实实地待在四伯父的掌心里。四伯父捏着弟弟的指头，玻璃快速在弟弟的皮肤上蜇了一下，一滴小小的血珠迅速长了出来。十根指头一一蜇过，十滴血珠便也跟着长得圆润丰满。母亲从火塘里刨出被热灰焐得发烫的姜，用手拍拍，用火钳夹成两半，姜的辛辣带着好闻

---

① 捉，桂西方言，表达抓的意思。

的味道冲进我们的鼻子里。

母亲说，不痛不痛，就像蚂蚁咬一样，一点儿都不痛。她的声音柔软，像火塘里燃得旺旺的火，烘得人的心忍不住渗出大片大片的潮湿来。弟弟睁开泪眼，把血珠子小心翼翼地递给母亲，母亲将冒着热气的姜压在小血珠上，轻轻地打旋，揉搓。

可是，被蚂蚁咬也是很痛的。那种大大的黑蚂蚁，我们都被它咬过。上山打柴禾的时候，大黑蚂蚁从树的某一个地方悄悄潜过来，在我们砍树丫的手上，冷不丁咬一口，我们往往痛得龇牙咧嘴，慌忙松开手，在原地蹦跳，像疯了一样不停地甩手甩脚。

弟弟张大嘴巴用力地哭——他总是这样的，只要有母亲在一旁，他能把一分贝的哭声，夸大成一百分贝。母亲追着不断长起来的血珠子，手里冒着热气的姜一路跟着打旋，揉搓。额头，手关节，手指头，腿关节，脚趾头，四伯父的玻璃沿着一条我们平庸的眼睛无法看见的脉线，在弟弟的身上游走。他的目光粘在玻璃尖上，眼睛的锋利与玻璃的锋利融为一体。四伯父紧抿着嘴，就算不笑，脸颊上的酒窝也凹陷出两个深深的坑。

在我们家，还有小叔叔家，每个小孩子的手都曾被四伯父的玻璃刺出血珠子。四伯父说，这是放毒。小孩子单薄，一不小心就会被看不见的脏东西黏住，它潜进身体里，人就病了。不干净的东西隐藏在血液里，朝着一个方向奔流，素常人是无法看到的，只有四伯父，他知道那些毒物的来处和去处。

一直到现在，我仍然清晰地记得玻璃从我指尖蜇过的感觉，像最寒的冰，蓦然跌入心底，又倏然离去，让人浑身忽地一紧，又忽地一松。几十年过去，当年那个单薄的小女孩在光阴里行走，像家后院那棵大叶榕，将枝蔓攀伸进岩缝里，将自己长成了沧桑深厚，那些看不见的脏东西逃过四伯父的眼睛,从不知什么地方潜过来,黏到我身上,潜进我身体里。我不时被病痛击倒,那些个时候,我就会无比怀念四伯父的玻璃,还有母亲刚从火塘里刨出来的,冒着热气的辛辣姜块。

二

那个男人走进来的时候,多半是摇摇晃晃的。他的声音迟缓,每一个音节都像是被人从中间掐去了一部分。他的脚步还没跨进家门,浓烈的酒味早已越过他,跑进我们家的堂屋乱窜。

堂屋里没人,四伯父家没人,小叔叔和我们家也没人。那个男人一屋接一屋地转,酒的味道跟着他,从我们家大门晃到后门,又从后门晃到大门。我们小孩子在前院跳皮筋或踢毽子,他晃过我们身边进来,又晃过我们身边出去。

总是在喝过酒之后,那个男人才会出现。酒也许是世界上最厚颜无耻的东西了,它像一件被施了咒语的外套,小叔叔披上它,就会变成另一个小叔叔;那个男人披上它,就会变成另一个男人。也或许,人心最隐秘的东西本来就潜伏在那里,酒不过是途径,通过它,才能找到一个口,肆无忌惮地释放出来。

浸泡过酒的话语颠颠倒倒,零碎得像一堆破棉絮,被那个男人一遍又一遍反复扬起。很久很久之后,我才知道,那个男人是堂姐堂哥的亲戚,他来,是要告诉他的侄子侄女,很多年前,他们的母亲去世,他也帮出了一部分棺材钱。

当一份人情被人拿出来,反复念叨几十年,它早就长成另一种面目可憎让人别扭的东西了。因此,每当那个男人醉醺醺地晃进我们家门时,所有的大人都借故避开了。他们实在太厌倦,不愿意也没有勇气去面对一个反复提醒自己贫穷和卑微的人。

如果不是那个男人，我不会觉察到四伯父家少了一个人。在一个小孩子的眼里，以为家就是这个样子的，可以人很多——像我们家一样有十口人，也可以人很少——像四伯父家只有三口人；可以有父亲母亲，也可以只有父亲。我从来不知道四伯父的家里还应该有一个四伯母。有些缺陷总是这样的，它需要旁人的提醒，而这个人的存在，不过是为了强调，别人生命里的黑洞。

母亲说，堂姐长得像四伯母，简直是一个模子打出来的。此后，我再看堂姐，就会没来由地看见另一个长得和她一模一样的女人。

堂姐有一头长长的黑发，她喜欢将它们编成辫子，走路的时候，长长的黑辫子吊在身后一摆一摆，让人忍不住想要捉住它们。

堂姐喜欢照镜子。她躲在房间里，对着镜子一遍遍编辫子，又一遍遍解开，她弯弯的眼睛里有笑，弯弯的嘴角也有笑。堂姐有秘密，她喜欢一个贵州男人。——那段时间，山逻街突然来了许多外地人，他们说着奇怪的语言，在场棚里摆一些奇怪的货物卖。这些不同于山逻街的奇怪，像几缕从缝隙里漏进来的光，山之外的那个世界，终于有了一些可名状能触摸的东西，让山逻街的年轻女子多了许多想象。她们被吸引着，一有空就往他们货摊跑。男男女女的笑声，从场棚飞出来，落进一个人的耳朵里，又落进更多人的耳朵里，一时间，山逻街的耳朵里全都是他们的笑声。这让上了年纪的人听得浑身不舒服。

四伯父不喜欢这个贵州男人。事实上，山逻街之外的男人，四伯父都不喜欢。那些外地男人都是贼，他们会把堂姐偷到很远很远的地方，让他十年八年也见不着她一面。这是四伯父最不能容忍的地方。

那时候，我大约六岁。四伯父的心事，只偶尔出现在母亲和父亲的谈话里。小孩子的心总是太拥挤，装得下四伯父的鬼故事，却装不下四伯父的心事。我和五姐仍然喜欢往四伯父家跑。四伯父不铡草药的时候，就让我们给他捶背或抓痒。我们数数，一百次，一个鬼故事。四伯父抽着水烟筒听我们报数，一百次到了，他慢悠悠地放下烟筒，开始给我们摆鬼故事。四伯父遇见过各种各样的"鬼"，他的鬼故事怎么摆也摆不完。

白天的时候，四伯父大多不在家。他背着背篼，上山找草药。四伯父说，草药也像人，是有脾气的。好脾气的草药，随便哪一座山都能长出来，你的脚步声刚响过，它就跳出来缠住你的眼睛了。坏脾气的草药，像最挑剔的女子，它们挑剔山，挑剔土，挑剔阳光和雨露，还喜欢躲进山旮旯里，让人老半天也找不着。因此，遇上坏脾气的草药，四伯父总是把它挖回来，种在我们家后院里。

后院里的草药，我只认识不多的几样。有着宽阔叶子肥胖茎的，叫老虎芋，会咬人。小叔叔家的堂弟就被它咬过。那一次，堂弟掰下一根老虎芋的茎，像啃甘蔗一样啃，立刻被咬得哇哇大哭。小婶婶用清水给他洗了很多次嘴巴，仍然哭了几天几夜。老虎芋有毒，是用来治脓疮的。四伯父说，这叫以毒攻毒。

有一种叶子背面是紫色的草药，肥肥胖胖地长在路旁，四伯父叫它散血丹。父亲常常背着四伯父去把这种草药掐来当菜炒，黏黏糯糯的，很好吃。很多年后，有一次我去河南郑州出差，在一个大超市里意外地看到它，它被装进保鲜膜里，整齐地摆在货架上当蔬菜卖。它有一个好听的名字，紫贝。

院角那棵长有一人多高，像一把伞撑开，有漂亮叶子和漂亮果实的草药，我一直不知道它的名字。有一年，五姐身上莫名其妙长出许多小疙瘩，随手一抓，指甲落到之处，小疙瘩连片长，疯了似，很快长满全身。小疙瘩密密麻麻，每一颗的尖上都挂着脓，看起来很是吓人。五姐待在家里不能去上学。四伯父摘下院角那棵草药的叶，砸碎，混着硫磺和菜油，涂抹在五姐身上。几天后，小疙瘩萎了，干了，褪下一层皮，颤颤颠颠地挂在五姐身上。五姐悬着这一身皮去上学，她和同学打乒乓球的时候，那些皮就悬在她眼睛上方猛烈晃动。

有一段时间，我特别喜欢独自待在后院里——我在寻找一种草药，含在嘴里，就会不断地有甘甜从舌根冒出来。四伯父给我的时候，它是一片绿叶子的残缺部分，我不知道它长什么样子。那段时间，我把后院里的绿叶子尝遍了，都没找到它。一直到现在，我仍然记得那样的甜，可它的样子和名字将永远是一个谜。

峒场里的人常常在黄昏时分来找四伯父。那时候，我们已吃过晚饭，正坐在火塘旁听四伯父摆鬼故事。四伯父抬头看来人一眼，什么话也没说，挎起药箱，拿起手电筒，就跟着他们走出家门。峒场通常很远，要走长长的路，爬高高的山。等看完病人回来，山逻街已是漆黑一片。半夜里，我被尿憋醒，迷迷糊糊走出家门，看到四伯父手电筒的光柱，箭一般，从街头远远刺过来。四伯父的脚步声，从空旷的街道穿过，遇到山的阻挡，折回来，变成两个脚步声。像是有另外一个人，陪同四伯父，从寂静的午夜街头走过。

深夜归来的四伯父身上，有时候会背有小半袋米，有时候会装有几枚鸡蛋，更多时候什么东西也没有。四伯父帮人看病，报酬是随意的，病人给什么就拿什么。

三

山逻街的春天，是从我家后院那棵大叶榕开始的。每当大叶榕的叶芽从暗红色的叶苞挣出来，挣到拇指大小的时候，母亲便会说，春天真的来了。

母亲清晰地记得，四伯父站到祖母面前，嗫嚅着向她请求要娶四伯母的时候，正是春天。祖母坐在窗前织一匹格子土布，她不说话，也没看四伯父一眼。她手中，被岁月磨蹭得光滑油亮的木梭子，鱼一样，在蓝棉线和白棉线之间忙碌穿梭。四周寂静，只有织布机吱嘎吱嘎的声音，像一匹不知疲倦的驴，在房间里来来回回奔跑。一个蓝格子被织出来了，一个白格子被织出来了，许许多多的蓝格子白格子被织出来了。四伯父垂着头，长久地立在一旁，固执地等待祖母的答案。一直到光线暗下去，织布机上的蓝格子白格子糊成一团，祖母才抬起头来。窗外，大叶榕的影子叠进墙的影子里。祖母把目光伸进那些影子深处，好一会儿，才把眼睛抽回来，叠进四伯父的眼睛里，说，我不同意。你明明知道，朵仪有病。

四伯父迅速看了祖母一眼，又迅速垂下头，他的声音从很低的地方爬上来，清晰地抵达祖母的耳朵。他说，娶回家，我自己医。

祖母说，那种病，我还从没听说有人能医的。

我想试试。四伯父说。他的眼睛看着鞋尖，语气平静得像是在陈述他的某一位病人。

祖母不再说话，划亮一根火柴，点在煤油灯上，灯的焰跳了几跳，暗的房间便泅开一块暖暖的亮，祖母低下头又吱嘎吱嘎地织起布来。四伯父立在一旁，沉默了片刻，转身走出房门。吱嘎吱嘎的声音在他身后缓了下来，停了下来，祖母对着他的背影，长长地叹了一口气。

这样的场景和对话，母亲曾向我提起过无数次。每当我们家后院那棵大叶榕的叶芽，从暗红色的叶苞挣出来，挣到拇指大小的时候，很多年前那个遥远的下午，就会从母亲的嘴里跑出来。我坐在小矮凳上，仰头望向高高的大叶榕，在脑子里想象四伯父喜欢的朵仪的样子。

那一年，四伯父已年过三十。这个年纪，山逻街已没多少人是未成家的。祖母曾帮四伯父说过一门亲，那姑娘，祖母很满意。只是，四伯父不满意，他从不肯多看那姑娘一眼。那次以后，祖母才蓦然发现，她那一向好脾气的四儿子，原来竟然这么倔。她知道她拗不过儿子。她知道，那个名叫朵仪的女孩子一定会走进她的家门，成为她的儿媳妇。

山逻街的人都知道朵仪的病。朵仪五岁那年，她的父亲去世。丧礼那天，大人们在堂屋里忙碌，麽公唱诵经文，跳起舞步，帮朵仪的父亲开路。朵仪一个人待在厨房里，她看到有许多酒，低低地摆放在桌子上。她喝了一口，又喝了一口。——那种廉价的甘蔗酒，甜甜的，小时候我也很喜欢喝。没有人知道朵仪到底喝了多少口，等到有人发现她的时候，她已倒在地上，怎么摇也醒不来。朵仪的手脚冰冷，探不到脉搏也摸不到心跳。

所有的人都以为朵仪醉死了——在山逻街，醉死人的事又不是没发生过。母亲向我叙述这段往事的时候，直接跳过朵仪家人的悲伤。——在很多年前的那场慌乱里，悲伤已不是重点。家里同时躺着两个人，怎么处理成了最纠结的事。有人提议，先将朵仪拿出去埋——父女二人，总得有人先下葬。朵仪是孩子，用草席子一卷就可以拿出去埋了。

爷修①从门外走进来，他抱起朵仪，说，不能埋呀，她的胸口还暖和，怎么可以拿去埋呢？快找一张毯子来，我暖她试试，不行再埋也不迟。爷修敞开衣襟，把朵仪抱在怀里，紧紧贴着肌肤，用毯子把自己和朵仪裹起来，一起躺到草席上。也不知道是爷修烘暖了朵仪还是朵仪的酒劲过去了，总之，朵仪活过来了。活过来的朵仪却再也不是原来的朵仪，像是她离开时，从一扇门走出去，回来时，却从另一扇门走进来。

---

① 爷修，"爷"即"伯伯"，"修"是人名。桂西方言的语序把"爷"放在人名前面，"爷修"即"修伯伯"。

人们很快发现朵仪的异样，小伙伴们在一起干活或游戏，半句话，或半声笑还挂在嘴上，朵仪却突然莫名其妙地摔倒在地，眼睛紧闭，四肢抽搐，口吐白沫。几分钟后，她独自爬起来，接着说话或欢笑，就像什么事也没发生过一样。朵仪倒地的几分钟，是别人惊心动魄的几分钟，于她，却像是那一段时光被完整掐掉了一样，她不知道这几分钟里发生的事，她甚至不知道有这几分钟存在。

山逻街是一条丫字形街。朵仪在街头，四伯父在街尾。童年的朵仪上山干活，背着背篼走过街尾，就会遇上四伯父，而童年的四伯父去取水，挑着空桶走上街头，也会遇上朵仪。四伯父一定见过朵仪发病的样子。——当山逻街的孩子，集体把牛赶到草坝子放牧的时候，或是相邀着，一起去那力湾打柴禾的时候。童年的四伯父，少年的四伯父，青年的四伯父，都会看到不同时期的朵仪突然倒地，四肢抽搐，口吐白沫的难堪时刻。

人生的无数个交叉点，四伯父遇见过无数次朵仪。没有人知道，是什么时候开始，四伯父的眼睛长久地停留在这个女孩子身上。

母亲说，也许是在别人家的婚礼上。很多年前，山逻街的婚嫁，总会有许多天的山歌对唱。迎亲客，送亲客，年轻的男男女女，聚在新郎家，隔着一排长长的八仙桌对坐，山歌你来我往，眉目你来我往，一个夜晚接一个夜晚地唱下去，山歌便会唱成一条绳子，缠进人的心里，教人挣脱不开。唱到最后，一些男青年就会变成最黏人的孩子，寸步不离地跟在女青年的身后，陪同她回家，陪同她上山干农活。就这样一次次陪下来，直到把她陪成自己的老婆。

也许是在别人家的丧礼上。那时候的山逻街还有陪夜的习俗，街上有人去世，年轻人就会邀约自己的好友结伴去那家陪夜。主人家往地上铺开一排席子，来陪夜的人白天干完家里的活，晚上就过来睡。男孩子一个房间，女孩子一个房间。一个月或两个月，一直到贴在门槛上的挽联褪去颜色，生死离别的悲伤气息从那家人的房屋里淡去。山逻街的日子才又恢复成原来的模样。

在有朵仪或没有朵仪的场合里，四伯父心底悄然长出一棵树，和我们家后院那棵大叶榕一样，在春天来临的时候，不可抑制地从暗红色的叶苞里挣出来，挣成一树浓郁的绿荫。

很多年前的那个下午，祖母一眼就看到这棵树了，它蔓开的枝叶从四伯父的心里长出来，铺进祖母的眼睛里，铺得满屋子没有一丝空隙。祖母很不安，她深知那些盘根错节的枝蔓有多厉害，它们一旦扎进一个人的心底，便没有什么道理可言。可是，日子是一天三餐叠出来的，柴米油盐将会像最坚硬的石头，把四伯父心里长出来的树砸得支离破碎，把四伯父砸得支离破碎。

那段时间，祖母常常唉声叹气。她长久地坐在房间里织布，吱嘎吱嘎的声音从紧闭的房门里跑出来，听得全家人心惊肉跳。

四

朵仪成为我四伯母的时候，我们家后院的大叶榕刚刚吐出米粒大小的叶苞。母亲说，那时候，春天离我们家很近，大约只需要十几个白天和黑夜，它就能跟着风，跟着雨，从远远的山外潜过来，爬上大叶榕高高的枝头，长成一树的绿。朵仪头上盖着大红巾，被好命婆搀扶着，跨过我们家门口燃烧得旺旺的火盆，跨过我们家门槛，成了祖母的第四个儿媳妇。母亲记得四伯母的笑，爽朗朗的，明亮通透得让人忘记她是一个病人。

只有四伯父，他一刻都不曾忘记四伯母的病。他知道她身体里潜伏着一只兽，他得小心翼翼，提防它蹿出来。四伯父不肯让四伯母干重活，甚至不肯让她离开自己的视线范围。

百药解百病，这世间，大抵是一物降一物。四伯父相信，一定有一种药能解四伯母的病，只不过，还没有人寻找到它们罢了。

有一段时间，四伯父似乎找到这种药了，因为，四伯母很长一段时间没有发病。她每天都好端端的，和母亲一起织布，推豆腐。那只兽，一次也没有从她的体内蹿出来。

一直到堂哥满周岁的前一天。

母亲记得，那一天，天气很好。阳光从树梢铺进来，落得一院子的金灿灿。母亲把洗净的衣物一件件往竹竿上搭，四伯母蹲在不远处，正要把热腾腾的豆腐浆倒进木模子里压成豆腐块。——这些豆腐，是第二天办周岁酒时用的。母亲停下手中的活，说，我来帮你吧。四伯母说，不用不用，你晒衣服吧，我自己能行。母亲看了一眼满院子的阳光，又看了一眼四伯母，她有一丝的犹豫。四伯母朝着母亲微笑，她弯下腰，一桶满满的豆腐浆就被提在手里，她转过身，再一次弯腰，豆腐浆哗地倒进木模子里，热腾腾的水汽立刻蹿上来，在她眼前弥漫开去。很多年后，母亲回忆起这一幕，总是后悔不已。她说，如果那天我坚持去帮她就好了，也许就不会发生后来的事；她说，那天早上，四伯母的笑是那样好，她的手臂是那样健壮有力，一切都完美得跟那天早上的阳光一样。这让她忽略了四伯母身体里的兽。她不知道，那只兽早已醒来，正张开爪牙，就在接下来的那一秒，蹿出来，袭击四伯母。

四伯母被击倒在地的时候，母亲正往竹竿上晾一件衣服，她听见身后有重物倒地的声音，回头一看，四伯母已倒在地上，四肢抽搐。她的手里仍然紧紧地握着木桶，热腾腾的豆腐浆自她腿上淋下，流淌一地。

那天，四伯父一大早就上山找草药去了。那段时间，四伯父四处拜师，四处寻药，还根据药性自己配制药方。有时候，他觉得离那一棵草药很近，似乎一伸手就能抓到它们，有时候，又很远，远到他就算用完一辈子也不可能寻找到它们。

滚烫的豆腐浆把四伯母的大腿和小腿曲合着，糊在一起——那是她倒地时的姿势，像琥珀，一滴树脂从树上落下来，滴在她身上，她便被凝固在时间里。四伯母无法站立，无法行走，整天躺在床上对着窗外的大叶榕发呆。四伯父不愿意让四伯母变成琥珀，他用刀，尝试着，小心地把糊在一起的肉割开。重新分离出来的腿被敷上草药，很多天过去，四伯母才又重新站起来行走。

那次之后，那只兽醒来的次数越来越多，白天或黑夜，谁也无法预知到它的行踪。它幽灵一样出现或消失，在我们家来去自如。四伯父看着四伯母在他面前突然倒地不醒，又独自爬起来，四伯父站在一旁眼睁睁看着，这中间被掐去的一段又一段时光，却无能为力。几乎是在一夜之间，所有的药方都失灵了，长长的睡眠之后，那只兽似乎修炼成铜墙铁壁。四伯父焦躁不安，他在怀疑，这世间也许根本就没有一种草药，能医治好四伯母的病。

四伯母频频摔倒在地，她的头一次次撞击在硬物上，这让她开始出现幻觉，时间在她脑子里失去了顺序，过去和未来，真实和虚幻，以一种紊乱的姿势呈现在她的世界里。四伯母常常看到家里的木柱子上，水一样流下一波波白花花的大米和银两，她笑嘻嘻地对祖母说，莫担心，莫叹气，您看那些柱子，一波一波的大米正不断不歇地流下来呢。母亲在讲述这个细节的时候，语气重量放在"一波一波"上。母亲的壮话里，说的是"古瞪古瞪"，这节奏明快的壮音词，在我心里拍击着强而有力的生动节点，我的脑子里立刻对应着出现一座吊脚楼——那是我们家很多年前的老房子，顶着厚厚的茅草，那些粗大的木柱子上，白花花的大米水浪一样，自上而下，一波一波流下。

一直到头脑不清醒，四伯母还在惦记祖母的叹气。也或许，在她潜意识里，祖母是忧心家里缺粮少食，有那"古瞪古瞪"的大米和银两，祖母就不用再担心和叹气了。

一次次摔倒，一次次爬起。那只兽在四伯母的脑子里涂抹出另一个外人无法进入的世界。她满脑子的奇思怪想，像辽阔的画卷，一旦铺展开去，便没有了边际。四伯母越来越不愿意待在家里——家实在太小了，无法装下她那瑰丽妖娆的世界。她在街头游荡，像一尾鱼，从街头游到街尾，或是游进某一条小巷子里，独个儿发呆或发笑，一切都是那样随心所欲。

四伯父一次又一次满大街寻找，高声呼唤四伯母的小名，四伯母从某一处角落里钻出来，站到路中央，怯生生地看着四伯父，像一个已经知道自己做错事的小孩子。四伯父向她远远伸出手，她便走近四伯父，把手递到他的掌心里，让他牵着走回家去。

五

有时候我会想，一个脑子被排错了序的人，她的世界会是怎样的辽阔呢？家太小，街太小，世界都太小。

山逻街已装不下四伯母的梦想了。她开始一次次往山上跑。在她漫无边际的奇异世界里，丫字形的山逻街已经显得太逼仄，她得爬到高高的山上，寻找另一个能装得下心事的更辽阔的地方。

我们家门前是山，门后是山，四伯父看守着这些山，不让四伯母跑出去。他出门帮人看病或是上山找草药，就由我母亲看守。一不留神，四伯母便迅速打开家门，箭一般冲上山去。奔逃中的四伯母敏捷得像一头健壮的小牛，母亲跟在她身后，翻过几座山头，才能追上她。头脑不清楚的时候，四伯母的体内像是蕴藏着无穷尽的力气，母亲根本无法独自一人把她带回家。在四伯母眼里，山不是山，她踩下的每一步，都是一个幻觉。她特别喜欢从高高的坎上往下跳，似乎身体从高处降落的瞬间更能接近她的内心世界。母亲不放心四伯母，只好一路跟着，漫无目的地遍山游荡，游魂一般。

四伯母被她脑子里的幻觉围困着，与别人像隔着一片汪洋，在只有她一个人的岛屿里左冲右突，别人进不去，她也出不来。四伯父带着四岁的堂姐和不满两岁的堂哥，每天奔波着帮人看病，上山采草药，还得一次又一次跑上山去寻找四伯母。那只兽一直跟着四伯母，它越来越频繁地蹿出来袭击她，四伯父找到四伯母的时候，总看见她一身的伤。

那根绳子四伯父买回来很多天了，它就挂在墙上，四伯父抽水筒或铡草药的时候，一抬头就能看到它。它像一条扭曲着身子丑陋的蛇，无声地与四伯父对峙。四伯父一天比一天更清晰地看到自己的溃败。

又一次，四伯父在山上找到四伯母，她又摔倒了，血从她头上流下来，变成黑的颜色，凝固在发间。第二天，临出门的时候，四伯父从墙上取下绳子，绑在四伯母身上。——母亲说，四伯父的手抖得很厉害。我在想，那一刻，四伯父的心底一定已坍塌成废墟。他被那只兽打败了，他被自己打败了。他知道，这辈子，他永远都不可能找到那一棵草药。

四伯母以为是玩一种好玩的游戏，她吃吃笑着，任由四伯父将绳子缠到她身上。可是，这游戏毕竟太漫长了，漫长到四伯母失去了耐心，漫长到她终于明白过来，绳子原来是束缚。她挣扎着，又叫又骂。

这样的日子持续多久呢？母亲没有确切的记忆了，也许是半年，也许是比这更短的时间。终于有一天，四伯母安静下来，她似乎已经习惯有一根绳子长到身上。她长时间地看着窗外,眼睛里空无一物。

祖母抱着迟迟不肯入睡的堂哥踱步,四伯母傻愣愣地看了好一会儿,空洞洞的眼睛里某一样东西在慢慢复苏,她伸出双臂,说,让我抱抱。祖母犹豫了一下,没有把堂哥递到她怀里。祖母说,你抱不动。四伯母默默收回手,她低声说,我抱得动。

事实上,四伯母已经很虚弱了。她单薄得像纸片。她眼睛里复苏的东西,也许在下一秒之后就会沉睡。她会没完没了地搔孩子的胳肢窝,跟着孩子不停哈哈大笑,孩子笑得满脸涨红,声音绷紧得快要断裂也不知道停下来。或是,她突然站起来,怀里的孩子"嘭"地摔落到地,她却没事一样走开,似乎她的怀里从来就不曾抱有孩子。谁也不敢让她抱堂哥或者堂姐。

那个时候,长在四伯母身上的绳子已经被解下来很久了,只是,对四伯母来说,身上有绳子或无绳子是一个样的,她已经不在乎了,所有的人,所有的事,她都不再关心。她整天待在房间里,在她一个人的世界里游荡。家和家之外的这个世界正渐渐从她脑子里褪去。满满一屋子的人,她只认识四伯父。

四伯母去世的时候是秋天,母亲记得那一年的黄豆结得特别的好。家里的栏杆上,梁檐下挂满了沉甸甸的黄豆篙子。母亲打下这些黄豆,推了好几磨豆腐。山逻街有人送米来,送菜来。几家人凑钱买了一副棺材,送四伯母上路。这场丧礼,让罗氏在山逻街露了怯,全山逻街的人都看见,他们的贫穷和卑微。

当我来到这个世界,这些事情已经过去了差不多二十年。我见到的是中年的四伯父,他慈眉善目地坐在火塘旁,给他的侄子侄女们摆鬼故事。长长的水烟筒靠在他脚边,他不时拿起来吸一口,消瘦的脸颊深深一陷,水烟筒便咕噜噜地响起来。他的生活里已然没有了四伯母的痕迹,除了一些个傍晚,那个喝醉酒后走进我们家门的男人,我甚至不知道这个家曾经生活着一个四伯母。

在我记忆里,四伯父是那样健朗,他的鬼故事似乎可以一直摆下去,摆到我们长大,再摆到他的孙子长大。可是,四伯父没有等我们长大,他甚至都没等他儿媳妇走进这个家的门。有一天,我放学回来,看见许多人在四伯父家进进出出,跑过去一看,堂哥从床上抱起四伯父,让他平躺到铺在地上的席子上。四伯父闭着眼,像是在沉睡。那一刻,我就知道,我们已经没有四伯父了。

堂哥把四伯父的衣物整理出来,码放一边,这是要烧给四伯父带走的。当他掀起床上的席子时,所有的人都愣住了。四伯父的席子下,五颜六色的药丸像散落的珍珠,色彩斑斓地铺了一床。堂哥从医院买回来的药,四伯父竟然没吃。每次堂哥问他时,他总说吃过了,原来是趁着旁人不注意,全都悄悄塞进席子下。有人猜测,身为郎中的四伯父其实害怕吃药,就像那些胆子最小的淘气孩子,背着大人,悄悄把药扔掉。可是,我很怀疑,以我们平庸的眼睛和智慧,真能猜测到四伯父的内心吗?

如今,很多年过去了,我仍然会无端端地蓦然想起四伯父摆的鬼故事,那些个时候,也许我正穿过街头,淹没在行色匆匆的人流里,也许独自一人,走在加夜班的路上。

念小学那段时间,我在读蒲松龄的《聊斋》,我多么希望四伯父能遇上一只狐狸精,幻化成好心肠的漂亮女子陪同他回家。可惜,四伯父一次也没遇到过。

(原载于《广西文学》2016年第9期)

马兰花开二十一

一

二姐不如意的时候就会声讨我,她总喜欢提往事。她说,你小时候,我背你上学,你一哭,老师就叫我出去。我背着你,在操场上转。你总是哭,我便总是在操场上转。你小时候特别爱哭。

——关于这些,我一点儿记忆都没有了。我的记忆更多的是家门前那片空地,白天的时候,那里常常空无一人。我独自坐在门槛上,漫无边际地发呆。丫字形的马路在我眼前不远处,岔向另一个方向,我知道往左是学校,往右是一个名叫沙里的乡镇。父亲常去那里赶圩,他卖老鼠药。我清晰记得他有一只黑色的人造革挂包,拉链坏了,父亲用麻线缠绕成扣搭,订上两颗黑色的纽扣。我不知道父亲的包哪儿来的,也许是从某一处垃圾堆里捡来的——垃圾堆里常常有一些稀罕的东西，我就曾捡到一个缺了胳膊的漂亮洋娃娃。父亲将老鼠药放到包的最里层，依次才是肚里塞满稻草的老鼠和一把把老鼠尾巴，它们全被晒得枯瘪难看。——这些全都是父亲的战绩，他骄傲地把它们摆放在摊位上，赶圩的人一看，就知道他的老鼠药很厉害了。

父亲赶沙里圩，也赶伶站圩，或朝里圩。凌云县有十个乡镇，父亲一个圩一个圩地赶下去，挂包里的老鼠药就变成零零散散的纸币或硬币。我们家的米缸常常是空的，母亲需要钱买很多很多的米。

每天清晨，天还没亮透，父亲就挎着包，走出家门了。我躺在床上，迷迷糊糊地听到门吱地打开，又吱地关上。父亲挤在一辆拖拉机上，人很多，就像母亲在秋天里从山上背回来的玉米，一棒紧挨一棒，层层垒插在背篓里。我和五姐特别喜欢翻父亲的包，老鼠药卖得好的时候，就会从那里面翻出几个好吃的芭蕉或甜瓜来。这样的日子真叫人快乐。直到有一天，父亲乘坐的拖拉机翻下路坎，和他同车的六堂哥被车压在胸口，再也不会醒来。——六堂哥卖烟丝，他也赶圩，翻下路坎那年，他十九岁。家里一片慌乱。小婶婶哭得撕心裂肺。父亲沉默了好几个圩日，又挤坐在拖拉机上，像往常一样，一个圩一个圩地赶下去。

马路对面是一片菜地，半人来高的石围墙，攀爬着许多带刺的植物，它们会开一种小小的好看的红花。山逻街的孩子都不去碰这种花。山逻街的老人说，触摸过花的手再去揉眼睛，就会变成瞎子。

弓着背、身材矮小的汤家婆婆从街头走下来，她的小脚颤颤，却每一步摇得飞快。我们小孩子都害怕汤家婆婆，她骂人太厉害，哪个小孩子不小心冒犯到她，她能一路恶骂着追赶到家里来，就算躲进床底也无济于事，她会拿一根长长的竹竿，不停往床底来回挥扫。小孩子在床底腾挪身子，不论躲到哪里，都会被竹竿打中，最后痛得受不了，只好乖乖钻出来让她骂。

独自走在路上的汤家婆婆是那样的孱弱，单薄得甚至一阵风都能将她刮跑。她熟练地打开菜园用荆棘做成的门，进去掐一把菜，然后再慢悠悠地走回街头去。

我坐在门槛上，看着汤家婆婆的背影消失在路的拐弯处，丫字形的马路便又寂寥起来。一头拖着长长奶子的花母猪大模大样地走过来，它的身后跟着一群长得和它一模一样的花猪仔，它们从我眼前走过，在一堆垃圾里乱拱。几只大黄狗你追我赶，从马路另一头飞快跑过来，消失在路的尽头。我不知道它们从哪里来，又到哪里去。

我百无聊赖地等待傍晚来临。我喜欢傍晚。那时候，姐姐哥哥们从学校回来了，母亲从山上回来了，父亲从圩场回来了，我们家便热闹起来。姐姐和她的玩伴，在门前的空地上画方格，玩跳房子的游戏，母亲和巴修还有一群邻居坐在另一头，交头接耳说着别人家的闲话。萤火虫三三两两飞过，一群孩子跑到马路中间，快乐地尖叫着跃身捕捉。他们提着用作业簿折叠成的灯笼，萤火虫被困在窄小的纸空间里，闪烁着绿莹莹的光。哥哥已经读小学五年级了，他得意洋洋地说，古时候，有个读书很用功的人，晚上没有灯的时候，就是用这种办法看书的。

哥哥懂得很多稀奇古怪的事，全是从书本上看来的。不捉萤火虫的时候，他和姐姐趴在火油灯下写字。那些包有好看书皮的课本，非常惹眼地摊在饭桌上。我看了一眼，又看了一眼，终于没忍住，抓起笔，胡乱在书上画横线竖线，他们便尖叫着，朝我头上重重拍来巴掌。我便也尖叫着，大声哭。父亲远远地看过来，母亲也远远地看过来，两人不咸不淡地吼骂几声，低头继续剥手中的玉米棒。我们弄不清被吼的是谁，便都心安理得地认定，父母吼的是对方。屋子里再次安静下来，只剩下铅笔划过本子沙沙的声音。

二

大的姐姐有很多秘密。她们谈论山逻街的男青年女青年时，总要撵走我和五姐。她们不让我们听。小孩子的嘴巴漏风，会把她们的秘密传出去。我们还是偷听到，二姐恋爱了，对象是伍。

我喜欢伍。他在糖烟酒公司工作。那间光线昏暗的房子，人还没跨过门槛，就已被糖果饼干的味道裹挟。伍站在高高的柜台后面，看见小孩子走进来，只远远瞟过来一眼。小孩子大多不买东西，他们蹲在地上，眼睛像筛子，四处寻找水果糖的糖衣——这些糖衣，对裁开来，就可以折成一曲一折的长链子，挂在门窗上当帘子，有人走过，用手撩开，那些糖衣链子便五颜六色地旋转着，像美好的梦。小孩子更喜欢的，其实还是站在巨大的玻璃瓶前，盯着那些花花绿绿的糖果吞口水。伍有一头微卷的短发，说一口软糯的桂柳话。山逻街从来没有姓伍的人。

知道二姐的秘密后，再次见到伍，便无端端觉得，他瞟过来的目光里，流淌着热滚滚的黏稠的东西。其实伍的眼睛里什么也没有，是我自己想出来的。罗家那么多姐妹，伍看都看不过来，怎会知道那个流着黄鼻涕，整天不开口说一句话的脏小孩是谁呢？二姐的笑容倒是明显的不同，她呼呼地踩着缝纫机，有时候就会停下来，莫名其妙地傻笑一阵。二姐会裁缝。大的姐姐们都会裁缝，她们有一双巧手，做得出山逻街最漂亮的衣服。

我天天盼着伍迎娶二姐。二姐却失恋了。她蜷着身子蹲在火塘旁，像一只惧怕寒冷的猫。火塘里燃烧的火，在深夜里渐渐熄灭，最后变成灰烬。二姐蹲在冰冷的黑暗里，勾着头，一动不动。家里的人从她身旁进进出出，每个人都把心悬起来，不敢跟她说话。二姐的心是空的，这个家便也空了。

关于这些，我什么都不知道。我只看见那条裙子，那些花瓣一样层层叠叠的裙摆，被二姐从缝纫机里踩出来。当她剪断最后一根线，将裙子在我眼前抖开，我便被那抹鲜艳的红晃痛了眼睛。

那块料子，是货郎从很远的地方带到山逻街来的。山逻街每隔一段长长的日子，就会突然出现一两个遥不知处的外乡人，他们带来山逻街从来没有过的东西。我还记得，那些光滑的布料，大红大绿地从货郎的手臂柔软地悬下来，阳光落在上面闪闪烁烁，山逻街妇人们的眼，便再也无法挪开。

我从没见过这么漂亮的裙子。我敢肯定，山逻街的人都没见过这么漂亮的裙子。后来才知道，那是给伍姐姐的孩子缝制的。伍只有一个姐姐，他曾无数次在二姐面前提到她。伍与姐姐的感情很深。只可惜，自那以后，二姐再也缝制不出这样漂亮的裙子。

从山逻街到凌云县城，要蜿蜒一条长长的路，要坐在汽车里，颠簸很长时间。二姐带着裙子，忐忑不安地见到了伍的家人。——伍带二姐去见家人了。伍想让二姐变成他的家人。相爱着的人总会想天长地久。

二姐眉眼温顺，轻言慢语的样子很讨伍父母喜欢。这样的喜欢是短暂的，他们的热情在问清二姐的身份后戛然而止。很多年后，我才知道，原来人的身上贴有很多标签，这些将会在人生无数个表格里出现的标签，像一块抹擦不掉的阴影，横亘在一个人与另一个人之间。——除非时光能倒流——除非很多年前，二姐没有背着我，在别人都坐在教室里听课的时候，独自在操场上晃来荡去。

蹲在火塘旁的二姐没有了魂儿，她的眼睛再也看不见我们，她的耳朵再也听不到我们。她勾着头，一言不发地蹲在黑暗里，像一只惧怕寒冷的猫。也不知多少日子过去，二姐终于从火塘边醒过来，只是她身上长出了刺。她的目光有刺，声音有刺。让她不顺眼的东西，似乎在一夜之间长了出来，铺满我们家的每一个角落。

三

母亲和巴修聊起山逻街的往事时，我总以为很遥远，那都是我出生之前发生的事了。可当故事中的人，赶着一群暮归的鸭子，或是背着山一样高的柴禾，从我们家门前走过，他们笑盈盈地和母亲打招呼，笑盈盈地抚抚我的头，那些遥远的往事，便又一次从他们身上长出来，鲜活地伸到我眼前。我一直都在故事中。山逻街的每一个人都在故事中。

街头。街尾。山逻街的人在谈论自己和别人时，总喜欢这样划分。其实不过是同一棵大树抽发出来的枝丫，街头和街尾，亲戚朋友，盘根错节了千百年，早就很难分得清彼与此。可街头街尾究竟还是不一样的，街头的人总会嫌弃街尾的人太懒，而街尾的人却嫌弃街头的人太尖。懒的，像蛇。尖的，像油蚂蚱。街头街尾的人喜欢这样打着对方的比喻。

姐姐们常和汤家婆婆吵架。也许是瓜蔓攀爬过地界的事，也许是夜间稻田放水的事，记不清了。在山逻街，几句闲言碎语，甚至一个眼神，都能吵上三天两天。母亲嘴笨，不会吵架，姐姐们就替她，把山逻街所有属于罗家的架都吵遍了。

罗家女孩子多，从大伯伯家到小叔叔家，一摆出来就是十一个高矮不等的女孩子。大的姐姐叉着腰站在马路上，和汤家婆婆，街头街尾地吵过来吵过去。三姐和八堂姐吵得最凶，她们四两嘴八两牙，吵得汤家婆婆脸泛青。架吵完了，亲戚照样走，家里米缸空得一粒米不剩的时候，母亲仍然让姐姐们拿着空口袋，走到街头借米。姐姐们不情不愿，却也不得不硬着头皮走上街头，下次再吵架的时候，便会更凶。小叔叔坐在火塘边喝酒，几盅廉价的木薯酒下肚后，就会笑嘻嘻地说，人穷气短，马瘦毛长。

山逻街已经有些不一样了，也许是因为机器的轰鸣声。汤家婆婆家的碾米机，让山逻街的人几乎想不起碓的存在。

母亲背着刚刚打下来的谷子，弓着身往街头走。碾米机房前，早排有长长的队。母亲把谷子放到别人家的谷子后，便坐到一堆妇人中聊天。轰隆隆的碾米声，将她们的声音割切得支离破碎。汤家婆婆的大孙子和小孙子手脚忙碌，米尘飞扬中，他们半眯着眼，微张的嘴让原先就已突出的门牙显得更突出。汤家的孩子都长着尖突的嘴，细长的眼，往外暴起的门牙，分明是汤家婆婆一个模子倒出来的。

不久，街头的肖家、欧家、田家也有了碾米机，汤家婆婆家又有了榨油机、压粉机。他们家甚至还有制雪条的机器。五分钱一根雪条，在一个体型庞大的机器里，成排成箱地生产出来，馋得小孩子从早到晚想往他们家跑。

此起彼伏的机器声，让山逻街变得繁忙起来。傍晚的时候，母亲再也没有坐到家门前，与邻居们闲闲地聊天了。她从汤家领回刚从机器压下来，还结成一团一团的米粉，坐到火油灯下搓——这些结成团的米粉，还得用手把它们搓分离，变成丝丝缕缕，各不相连，才能挂到竹竿上晾晒。汤家没有那么多人手，只好花钱雇罗家的人手。我们一家人围坐到一起，边搓边聊天，大的姐姐便会提起汤家婆婆的小孙子，笑话他尖突的嘴能挂起二两火油。

姐姐们长得周正，她们喜欢穿很窄的衣服，让腰和胸显出来。被火钳烫出弯度的刘海，显示出一副执意与整个山逻街决裂的不屑。姐姐们嫌弃汤家婆婆的孙子，却也知道自己被别人嫌弃着——山逻街的妇人背地里议论，找儿媳决不找罗家姑娘，那家人养的女儿，整天只会打扮。姐姐们满不在乎，她们受的白眼，垒堆起来怕有几座山高了。白眼多了，便也没有了杀伤力，就像身上的虱子多了，一点儿也感觉不到痒。母亲很忧伤，她想不明白，为什么她养的孩子，与别人家的不一样。

有一天，街头突然响起锣鼓声，原来汤家当上了万元户，政府给他们家送大红花来了。山逻街沸腾了好长一段时间。只有罗家波澜不惊——我们离万元户太远了，几家人挤住在一起的茅草房，已经倾斜得太厉害。

茅草房很老了。祖父建起它的时候，祖父还很年轻。现在，祖父不在了，住在茅草房里的人，从一家，变成了三家。像一棵树，从自己身体里，分离出很多棵树。祖父从自己身体里，分离出四伯父、小叔叔和我父亲。而祖父的孩子，又分离出更多的孩子。只有茅草房还是原来的，只是它倾斜得太厉害了。

一天中午，一根横木塌下来，砸到三姐身上，她煞白着脸尖声大叫。好在只是一根楠竹，它的另一头还挂在梁上。那一晚，父亲和母亲躺在床上，窸窸窣窣说了一夜话。四伯父和小叔叔打算推倒茅草房，建砖瓦房，可是父亲没有钱。父母的声音很低，像蚊子，在黑暗中，嗡嗡嗡，我迷迷糊糊睡着了。

邻家婶子在一个傍晚走进我们家，汤家小孙子看中三姐，托她做媒来了。母亲有些意外。她当然不会忘记，姐姐们在火油灯下，损汤家小孙子时的刻薄。

结亲这样的大事，母亲做不了主。她从来就做不了她女儿的主。母亲把这事告诉三姐，她满以为，她那挑剔的三女儿会用尖锐的声音，恶狠狠地嘲讽一番。不承想，三姐没作半点犹豫，便应承了下来。其他几个姐姐收拢惊诧的嘴，从此再没提汤家小孙子那突起的嘴。

汤家很快下聘礼，拿走三姐的生辰八字。暗藏有三姐前世今生所有秘密的八字，被他们牢牢地锁进箱底，这让他们很放松，一个女孩子的命运，已经被他们死死地握在手里了，就像煮在锅里的鸭子，就像折了翅膀的鸟儿。这门婚事绵绵长长地订了很多年。有一天，一个大巴司机走进我们家门，他从百色市来。好几个月前，大巴司机偶尔来到山逻街，偶尔见到三姐，便一发不可收拾地喜欢上三姐。这次，他是来向三姐提亲的。汤家突然意识到危机的存在，原来锁住一个人的生辰八字，再也不会像老一辈人那样，就能死死锁住一个人的一生。如今的女孩子更像鱼，线放得太长，鱼迟早会脱钩。

汤家开始频频催婚，强硬地定下一个很近的吉日，把三姐娶进了家门。几年后，三姐生下一个男孩子和一个女孩子，汤家婆婆的龅牙，总算被罗家的基因稀释不见了。

四

尽管我回忆不起，二姐背着我在操场上转的情景，却也知道那一定是真的。我还曾在三姐、四姐的背上待过。山逻街孩子的童年，大多是在姐姐们的背上度过的。

我的记忆，大约是在四岁时长出来的。那时候，我已经从姐姐们的背上下来了。在山逻街，四岁的孩子是可以被放养的，他们像小狗，能自个儿出去玩，也能自个儿找回家来。我终究比别的孩子笨，离开姐姐们的背，我的世界又陷入混沌。我整天坐在门槛上，一旦离开，便会失去方向。

巴修又一次把我送回家来。我捂着眼，一路号啕大哭。

那天晚上，我独自在街头游荡，走到一个地方，便突然魔怔了。黑暗中，一束束好看的光，蓦地从地上长出来，又蓦地消失不见。我兴奋得心怦怦乱跳，拔开脚就跑，在光源处，看见汤家叔叔蹲在地上，一张脸藏进面罩里。他将一根细长的灰条儿伸出去，光便从手端长出来，变成好看的花。我蹲下身子，眼不眨地盯着那些花，长生，消失，再长生，再消失。

我不知道时间。直到我眼睛生痛。越来越痛。光的花像是爬进我眼睛里，恣意生长，占据所有的空间。我睁不开眼。我的眼珠子似乎要掉出来，或是陷进去。它们在燃烧，想要挣脱我，离开我。我很害怕，捂住眼睛，哇地哭出声来。

巴修不知道从哪里钻出来，她也许是刚好路过。看见我捂眼哭，惊叫着说，天老爷呀，这孩子的眼睛，怕不是瞎了吧！

父亲差五姐跑去找四伯父。四伯父来的时候，手里捏着一把已被锤成泥的散血丹，敷到我双眼上。一股冰凉快速潜进我眼睛里。那些四处攀爬，熊熊燃烧的光花迅速熄灭。我的眼珠子从很远的地方，慢慢潜回来，重新回到原来的位置。四伯父是山逻街有名的郎中，他知道怎样对付一双被电焊灼伤的眼睛。

那年九月，父亲突然决定，提前把我送进学校。也许，对于我的笨拙，他已经没有信心了。我一次次迷路，一次次被巴修送回来，让他很无奈。

五姐带着我往学校走。五姐说，等下老师问你几岁，你要说七岁。老师让你摸耳朵，你的手要往后脑伸。五姐每说一句话，都要把眼睛往我脸上剜。她不放心我，她早就厌烦我的迟钝。

书包干瘪，斜斜地从我肩上挂下来，贴在屁股后，一路悄无声息。

这是哥哥的旧书包，他已经读初中了。哥哥说，等老师发下新书，他还会送我他的旧铅笔盒，我的书包就会鼓起来，走路的时候，就会不停拍打我的屁股，多多多，多多多。

我以为老师会问一大串问题，其实并没有。他只是将眼睛从我头顶灼烧到我脚尖，最后停留在我脸上。他开口说的第一句话果然是，你几岁啦？我心头猛然一阵狂跳，那个老早就卡在喉咙间，憋得我快要窒息的数字，此时却不肯从我嘴里走出来。七岁。五姐在一旁说。她的眼睛又往我脸上剜了。我低头看鞋尖，没忍住，泪水从眼里掉出来。七岁。我在心里默念。我背得熟溜的数字，在最关键的时刻却在我嘴里艰难打结——它实在是太羞怯了，根本无法坦然面对任何一个陌生人。很多年后，当我变成少年，青年，中年，我面对陌生人时，仍能感觉到舌头拧进身体深处，在没有人看到的地方，艰难打结。我心的某一处角落里，一直躲着一个羞涩怯懦的孩子，她从来不肯长大。

那天早上，我站在老师面前，努力把手臂往脑后绕，企图让指尖碰到耳的轮廓。我是那么的紧张，害怕老师发现我在作弊。可老师并不看我，他低着头，在本子上沙沙沙地写字。他说，好了，明天按时来学校。

我就这么轻易地拥有一个年龄。读书的年龄——七岁。我的另一个年龄被藏在心底，在后来漫长的日子里，被父亲淡忘，被母亲淡忘，被所有的人淡忘。我常常在一个年龄与另一个年龄之间犹豫，不知道哪一个才是真实的自己。

我的世界，混沌的东西开始有了形状，我第一次知道，原来，数字可以捕捉看不见的东西，比如时间。我记住了这一年，1983年。

那年九月，我始终没听到书包拍打屁股的声音。老师没发新书给我，他让我坐到五姐身旁，姐妹俩共用一本课本。我不知道为什么别的孩子有新书，而我没有。五姐没问，父亲和母亲都没问，似乎那是一件理所当然的事。

老师在黑板上写 a o e，她用一种好听的声音教我们念。五姐似乎很容易就能听懂老师的语言，而我却还需要一长段时间。那种语言，在山逻街，完全来自另一个阵营，那是丫字街旁逸出来的街道，不属于街头，也不属于街尾，它只属于机关单位，或是山逻街人称之为"布哈"的汉族人。据说他们的祖先从很远很远的地方来，他们的肩膀挑着担子，担子一头是年幼的儿子，另一头是祖宗灵牌。他们来到山逻街，不说走，也不说不走，就这么一直停留下来。他们称自己是"客人"，称山逻街人是"本地人"。一百多年过去，他们早如一根攀爬过地界的藤蔓，长出根须，抽出枝条，开出花，结出果，可他们仍然称自己是"客人"，称山逻街人是"本地人"。

我仍然时常发呆，独自蹲在草丛间，或是坐在教室里。五姐和伙伴们在操场上跳皮筋，她们身形跃动，轻盈得像蝴蝶。每个人嘴里，随着跳跃的节奏，快活地唱，马兰花开二十一，二五六，二五七，二八二九三十一……我远远看着，心像一只小兔，快活地跟着唱。五姐不喜欢我，她的眼睛像刀，远远剜过来，就能割断我想要跟上她的脚步。

1983年在我记忆里，还下了一场大雪。雪是夜里下的，我们都没看见雪落下来的样子。铺在我和五姐眼底的，是静止得无比张扬的白。在山逻街老人们的记忆里，这样的雪极少见。

我颤着冻紫的唇，和五姐走在路上，刺人的风不断从衣服破洞穿过。我很难受，头痛得厉害。五姐越走越快，她不时回头拿眼剜我，催我快走。最后不耐烦了，蹲下身子，恶狠狠地说，快来，我背你。我趴在五姐背上，白惨惨的雪在我眼底飞快旋转，我感觉屁股一暖，知道自己尿裤子了，吓得全身绷紧。垂下头，看见五姐踩在一洼浑黄的积水里，破的水鞋张开口子，水不断往里灌。我的脚长长地悬下来，几乎快碰到地面了，五姐每走几步，便使劲提提我的屁股。她嫌弃地说，妹，你又尿裤子了。

我没忍住，眼泪掉了下来。似乎不是因为委屈，还有更多我一时也说不清楚的东西。我突然发现，五姐那么凶，我却如此依赖她。

五

山逻街的年，是从腊月二十三开始的。母亲送完灶王，年的味道便再也藏不住，活泼泼地从每一种物件弥漫出来。大人小孩的过年新衣，一件接一件，越来越密地被姐姐们从缝纫机里踩出来。五姐只看了一眼，便开始抽抽搭搭地哭。她嫌弃那件新衣服。和我一模一样的新衣服。那是同一匹布剪下来的，二姐将布料对折，一剪刀就裁出两件一模一样的衣服来。五姐很不满意，她早就讨厌和我穿同样的衣服，剪同样的头发了。

除夕夜，大人小孩洗净身子，拿出新衣，准备熬到天亮，就穿着走出家门。大年初一是个显摆的日子，每个人都要穿上新衣新裤，在丫字形的街道上走来走去。五姐坐在火塘旁哭，她的声音绵长，似乎有足够的耐心，要把整个年哭完。全家人的心被她哭得长出了草。那年大年初一，五姐是穿着旧衣服过的，也就是从这一年开始，五姐获得了自由，她可以做自己的主，选择与我不一样的衣服，剪不一样的头发。

时间仿佛是静止的，在我和五姐之间。只有山逻街越来越拥挤了。不知什么时候，圩场多了很多外地人，他们操着天南地北的口音，大声吆喝着卖狗皮膏，卖跌打药。居然还有卖老鼠药的，他们的摊位上，同样摆着一把把老鼠尾巴，和肚里塞满稻草的老鼠。父亲很生气，向每一个走过他摊位前的顾客宣扬，那些外地人卖的全是假药。

我和五姐都盼着圩日。热闹的声浪，从我们还没睁开眼，就从马路那边不断传来。住在峒场里的汉族人瑶族人，一大早赶着马、挑着猪，从我们家门前走过，他们高声大气地和母亲打招呼，把马桩深深打进我们家门前的空地上，几匹肥壮的马便被固定在那里，一边啃食青草，一边拉下热气腾腾的粪便。

圩日的一切都是闹腾的，让人的心安定不下来。那一早的课便过得很是敷衍，放学后，我和五姐快步穿过熙攘的人群，来到父亲的摊位前。父亲把老鼠和老鼠尾巴丢给我们，便背着手，在圩场里乱转。父亲需要我和五姐来换班，这样，他才能脱身前去考察同行，谁家的老鼠药卖得好，或卖得不好。回来后，他都要唠叨半天。

穿制服的收税人走过来，看见两个小孩子，问，你们家的大人呢？见我们摇摇头，便把票收起来，走到别的摊位前。来买老鼠药的顾客走过来，看见两个小孩子，扫了几眼老鼠和老鼠尾巴，也走开了。等父亲回来，我们把这些告诉他，他便时而庆幸，时而惋惜。

我和五姐都不太喜欢守父亲的摊，那里太沉闷了，左右两旁，全都是卖酒曲和卖中草药的男人，摊主与摊主之间，一个不搭一个的腔。我们更喜欢守母亲的摊。有一段时间，母亲卖糍粑，又有一段时间，母亲卖面条和粉丝。她的左右两旁，永远是巴修和娅番，她们和母亲一样，一阵子卖糍粑，一阵子卖面条和粉丝。我和五姐坐在她们中间，听她们聊山逻街的婆婆媳妇，男人女人。四邻八乡来赶圩的人，挨挨挤挤，从我们眼前走过去，走过来。圩场那些油炸粑的味道，煎龙凤[①]的味道，肉稀饭的味道，便跟着他们，在我们鼻子底，飘过去，飘过来。

---

① 煎龙凤：龙凤是一种壮族民间传统小吃，即灌血肠，煎龙凤即油煎灌血肠。

在那个男孩子来到山逻街之前，理发只是一件很随便的事。三两个老年男人扛着一把椅子，在圩场尽头，一面镜子，一把推子，一把梳子就可以打理全山逻街男人的头。女人的头发是无须修剪的，它们可以恣意生长，直到被主人编成辫子，吊在身后，或缠到额头上。

是那个男孩子让理发变得隆重起来的。那间发廊就开在街中心的大榕树旁，我和五姐上学放学，从大榕树下走过时，总忍不住扭头看一眼。那间窄小的发廊里，男青年女青年挤坐在沙发上，每个人的头上都卷起一层波浪。他们的身后，一墙的明星画报，同样卷起一头波浪。

山逻街的波浪，越来越密集，像被劲风吹倒一地的玉米。只有二姐还是原来的样子，粗黑的大辫子，直挺挺地吊在身后。与其他几个姐姐的张扬不同，二姐更愿意把自己藏起来，太惹眼的装扮会让她浑身不自在。二姐固执，这一点随父亲；二姐羞涩，这一点随母亲。一个傍晚，二姐突然顶着一头波浪回来，在家人惊讶的目光中，匆匆忙忙穿过堂屋，躲进房间里。也许就是从那一天开始，二姐恋爱了。

那个男孩子走进我们家的时候，母亲显得忧心忡忡。他实在太打眼了，全身上下，流动着不安分的气息。母亲看了一眼二姐，欲言又止。这些年，二姐一直不恋爱，母亲便一直提心吊胆，好不容易等到一个男孩子走进家门。她害怕一开口，二姐的婚事就这么永远悬下去。

男孩子比二姐小三岁。也许是三岁的差距，让男孩子觉得很吃亏，他常挑剔二姐的不足。不描眉，不涂唇，不穿高跟鞋。她几个妹妹的时尚风情，二姐一点儿也没学会。二姐低眉浅笑。她不敢动气。她按照男孩子喜欢的样子，小心翼翼地装扮自己。每次看到二姐穿着尖细的高跟鞋，坚韧地行走在路上时，我总感觉到特别累，仿佛是我穿，而不是二姐，将一双平足，拼命堆挤在鞋的狭小空间里。

五姐一直与我同桌，从小学到初中，九年时间里，她有很多理由离开我，可不知道为什么，她没提，我也没提。初中毕业后，五姐去供销社上班，我去读师范学校。每个月，五姐都会寄五十元给我，那时候，她的工资是六十元。

　　五姐很少给我写信。只有一次，她梦到仍然和我同桌，醒来，觉得自己还是喜欢学校更多些，而在这之前，她一直以为自己不喜欢学校。于是，便写信告诉我。那天，我站在校园的林荫下，红艳艳的三角梅从我头顶攀过。我读着信，眼前是五姐被老师罚站的倔强样子。五姐经常被老师罚，中午不趴在学校的课桌上午睡，课间开小差，跟男同学打闹，或上课迟到，老师都罚她站到讲台旁，她像木头一般杵在那里。全班五十几双眼睛，每每都得越过她，才能到达黑板。五姐笑嘻嘻的，一副无所谓的赖皮样子。

　　所有的人都认为五姐不喜欢读书，包括我，我们都只看见她的顽劣。五姐的信，让我的心迅速坍塌出一个大坑，红艳艳的三角梅在我眼前变得模糊不清。

　　一直盘算着，等我也挣了工资，就不让父亲卖老鼠药了。事实上，父亲的老鼠药一直卖到他临终前。父亲喜欢别人夸他的老鼠药厉害，别人一直夸，他便一直卖下去。

　　七十八岁那年，春节刚过完不久，父亲就去世了。父亲走得太突然，没来得及告诉我们剩下的老鼠药怎么办。哥哥清理了好几天，把那些老鼠药装在一个大袋子，一包一包，全都送了出去。

（原载于《广西文学》2019年第11期）

愈 合

一

很明显，帮扶手册里少了一个女人的名字。我抬眼看他。他嗫嚅着，欲言又止，最后，干脆沉默着，让空气彻底凝滞下来。我敏感地觉察到一个人的伤口，正从帮扶手册里裂开。那些疼痛的东西从他眼里溢出来，流进我眼里。

我把头重新埋进帮扶手册里，装着很认真地去填写那些事项，我绕过他的眼睛，将话题拐入另一个方向，跟他悠闲地聊起天来。他的目光渐渐软下来，暖下来，刚刚被裂开的伤口像一扇门，缓缓闭上，重新严丝合缝。我不禁暗暗舒了一口气。

他不是户主。在帮扶手册里，他的名字排列在最末。依次上去，分别是他的孙子、孙女、儿子。按照排列习惯，这个家应该是他的儿子当家。只是，儿子和孙子孙女都不在,他们常年居住在南宁。票纳屯这栋房子,便只有他一个人守着。

房子很宽,院子也很宽,竹篱笆墙旁,三三两两种着桃树李树,正是春天,一院子的桃红李白。绿油油的菜园就在屋坎下,一畦畦的泾渭分明。准备过季了,来不及吃的青菜白菜就从菜尖尖那儿开始一点点枯萎,腐烂进泥土里。

他家的狗,在我们刚刚走进院子的时候,猛然从某一个角落里奔出来,立起头警惕地冲着我们吠,他朝它们大声吆喝,它们便收起目光里的杀气,扭头走到院子的另一个角落,慵懒地躺到阳光下睡觉。当他走动,它们便迅速站起来,咬着他的脚步,从大院跟到堂屋,从堂屋跟到伙房。它们不时蹭到他的脚,或是抢先一步,跨过门槛,四只肥硕的狗你追我赶,有时候便会拥挤着,把门口堵塞得满满当当。他低声吆喝,像责备一群不听话的孩子。他看狗的时候,目光很软,似乎稍一用力,就会拧出水来。

他会写自己的名字,很长很粗的笔画,扭曲而倔强地占满一个方格,又从方格落下来,占满另一个方格。他说他读过两年书,因为家里穷,父母送不起就不读了。现在,他除了能写自己的名字,其他的字都不会写了。他拿笔的姿势,硬邦邦的,显示出多年的生疏,笔杆在他手里,像是一只滑溜的泥鳅,一不小心就会逃跑。他小心翼翼地,握笔的指头捏得很紧。

除了帮扶手册里缺少的那个女人,什么事他都乐意说。他说起自己的事,平静得像是在说一个遥远的人。三十来岁,他妻子就去世了。他说,那一天,根本没有什么征兆,妻子从地里干活儿回来,像往常一样,把小儿子奶好了,把饭做好了,把猪喂好了,一家人便躺下来睡觉。夜半时分，她突然觉得胸口绞痛，那样窒息的痛，就算把她生六个孩子的痛全部加到一起，也不及它一半。他慌慌忙忙地找马车，慌慌忙忙地把妻子送往医院，还在半路，妻子就没了。

那是1982年，他们最大的孩子十一岁，最小的只有一岁多。余下来的时光里，他一个人带着六个孩子，又当爹又当妈，总算熬了过来。

一个人的三十来岁，那是多么美好的年纪呀，走过的路很短，没走过的路却很长。如果放到现在，有些人的爱情都还没来得及开始呢。他说，最初的时候，也有人给他说媒，可被他拒绝了。他怕来的人不好，委屈了六个孩子。几十年的疼痛和艰难，他笑笑地将它们挂在嘴边，轻轻松松地讲述出来。也许，时间真的是医治一切疼痛的良药。他多年前的伤，结疤了，愈合了，那些曾经的裂口，被新长起来的血肉缝合，除了记忆里还有疼痛，便再也触摸不到疼痛了。

火塘里的火，把他的脸烘烤得红彤彤的，像刚刚喝了几杯烈酒。他挥动着手中的锅铲，翻炒锅里的菜——这菜是我刚刚和他一起去菜园摘来的。他说，菜都过季了，没什么好吃的了。他说话的时候，嘴角带着笑。他的笑，怯怯的，带着歉意的羞涩。

他一直不肯提帮扶手册里缺少的那个女人，就连有些话题不得不提到那个女人时，他总也含糊着，迅速绕了过去。他的刻意回避，让那个裂口在我心里越裂越大，我总会不由自主地惦念，这个并不是被遗忘，而是被刻意隐藏的女人，她与这个家之间，到底发生了什么？

帮扶手册里可以查到他家的人均住房面积，查到旱地多少亩、水田多少亩，可却无法查到有关于那个女人的蛛丝马迹。那个女人就这么停留在我心间，长成了一道长长的裂口。

二

加尤镇陇木村票纳屯,我第一次踏上这个村子,是在2016年春天。

我坐在村干部的摩托车后,头缩进缠了好几圈的围巾里,缩进村干部厚实的身后。风从他的脸庞擦过来,擦过我耳畔,又擦向我身后更远处,不知道谁的脸庞和谁的耳畔。我感觉到冬天的寒冷,它们混在春天里,以掩藏不住的冰寒正割向我裸露在外的任何一块皮肤。其实,春天早就来了,花儿们在山间地头开得正热闹。凌云的初春总像是几个季节的混合体,它们高兴的时候,可以是春天,可以是夏天,也可以是冬天。

从加尤镇出发,摩托车拐进陇木村,又拐进票纳屯,路从直到弯,从宽到窄,像一根越甩越远的绳子,伸进深山里。不过是十来二十公里的路,却漫长得似乎没有尽头。零零星星的几户人家,像一把沙子撒进大山的皱褶处,如果没有村干部带路,我是无法找出我那19户帮扶联系户的。这天,我是认亲戚来了。

我们都喜欢把他们称为亲戚,全县57个贫困村,11236户50752名贫困人口,具体分派到全县干部职工那里,我们便都有了自己的帮扶联系人。我们一次又一次走进撒落在大山深处的村村寨寨,一次又一次走近他们,触摸他们,了解他们。之前的很长一段时间里,之后的很长一段时间里,我们的话题中,更多的是他们。

陇木村,最初的时候,我常常会写错这个村名,我把"陇"字写成"弄"字,在凌云众多的村寨名里,"陇"和"弄"占大多数,我从来没有细究过,这两个字有什么本质上的不同,或许它们本应是同一个字,只是,在最初登记造册时,被某个粗心的工作人员误将一个字写成两个字。

这个村子,距离县城37公里,距离乡镇所在地10公里。全村辖26个村民小组，有人居住的自然屯有75个，居住着汉、瑶两个民族共784户。2016年全村建档立卡贫困户291户1214人。全村26个村民小组中，仅有6个村民小组位于土山区，票纳屯很幸运的就是其中之一。

是的，这是一组从相关材料直接复制过来的数据，它们清晰而有效地描述了陇木村的底色。这组数据躺在各种材料中，也许是枯燥无味的，可是，对于我来说，至少，在291户里，我牵挂着19户，在1214人中，我牵挂着88人，他们是我的帮扶联系对象，在材料中，他们是一串机械生硬的阿拉伯数字，可在我这里，他们是一个个鲜活灵动的生命，都有着属于自己的欢乐和痛苦。

三

19户，不论是从近及远，还是从远及近，一圈下来，总需要三四天才能完成一轮入户帮扶工作。——后来，为了能更扎实地做好全县的脱贫攻坚工作，2017年，县里又重新调整，将每个干部职工的帮扶联系户调整到5户以下。我的帮扶联系户从19户变成了5户。路像一只只手，从凌云县城伸出来，从加尤镇伸出来，然后分离成更多的手，向不同方向的深山伸去。村干部带我们认了一回门之后，我们便独自骑着摩托车，跟着这些手，找到各自的帮扶联系户。

当路拐向一个近乎垂直的高坡时，我便知道票纳屯近了。当我的视线里，开始出现一栋吊脚楼时，我便知道票纳屯到了。在很长一段时间里，我就是用这样的地理标志来确认票纳屯与我的距离。

进屯的路，晴天的时候，尘土飞扬，下雨的时候，一路泥泞。路面总是坑坑洼洼的，摩托车一路颠颠簸簸，好些时候，分明感觉到车的轮子已经碾压到路的最边缘，像是在下一秒就会颠下路坎，滚进深深的坡底，但每一次，在我心悸未消之余，总能安全地驶到吊脚楼前。

桂伯娘看见我，大老远就打招呼，她的声音钝钝的，像是那里面裹着几百年的沧桑，那些钝钝的声音，一摞接一摞，不由分说地甩进我耳里，让人有应接不暇的忙碌感。她的嗓门很大，再平常的话，被她从嘴里说出来，都像是在和什么人吵架。桂伯娘今年七十八岁了，她的儿孙们分别在南宁、广东等地打工。桂伯娘平时没事干，就从这家逛到那家，再从那家逛到这家。因此，我会在路坎上遇见她，在田坝上遇见她，在屋檐下遇见她——几乎票纳屯的任何一个地方，都有可能遇到桂伯娘。

桂伯娘很喜欢聊天，不管是认识或不认识，只要在路上遇见，她都会停下来，哪怕她的身后，正背着一捆沉甸甸的柴禾。她就这么弓着身子，努力将脖子长长地伸出来，立在路中央，与来人悠闲地扯上几句话，然后才又弓着身子继续走路。

我将话题拐到帮扶手册里缺少的那个女人，我是有预谋的，我想从另一个人的嘴里找到那个女人。桂伯娘嘴角往下一撇，眼神里流露出鄙夷，她说，那家人呀，臊皮①死了，同族同宗的兄妹竟然结婚。同族同宗的兄妹怎么能结婚呢？那不是和猪啊狗啊一样吗，真是伤风败俗到底了！全寨子的人都戳他们家的脊梁骨，他大伯没脸，前几年还喝过农药呢！

啊！怎么会呢？！我大惊。对于桂伯娘一摞一摞的话，我向来是半信半疑的，农村妇女擅长的夸张手法，我是见识多了，她们是天生的说书人，再微小的事从她们嘴里流出来，也必会是一部血肉饱满活色生香的长篇小说。

怎么不是呢？如果不是他二娃仔②刚好回来收油菜籽，看到他爸抱着

---

① 臊皮，桂西方言，害臊的意思。
② 娃仔，桂西方言，即小孩子。

肚子在地上打滚，现在早没得命了！

桂伯娘愤愤地说，她将眼睛投向门外，目光里满是鄙夷和厌恶，仿佛那对忤逆的年轻人就站在门外。她接着说，他大伯死活不同意，女方家的爹妈也死活不同意，可是，有什么办法呢，子女不听话呀，不管老人怎么劝怎么骂，就是要结婚，现在娃娃都生两个了。他大伯横竖是坚决不认这个儿媳妇的，就连家门口都不让她跨进一步。那两个不成体统的娃娃也没脸在寨子里待着，这几年一直在南宁打工呢。

我沉默。脑海里全是他笑吟吟的模样，这么一个健谈爽朗憨厚的男人，他在不得不提到这个儿媳妇时，眼睛里的躲闪和语言里的躲闪，现在回想起来，我总算有些明白了，其间更深层处，原来是羞愧。

桂伯娘还在絮絮叨叨地诉说，她的语言快速叠加在一起，刺咧咧地甩进我耳朵里，每一个音节都明显沾有她内心里无法抑制的不屑和激愤。我的思绪开始飘忽，在桂伯娘和他之间游离。不知怎的，突然心疼起这个眼神柔软和温暖的男人。我很想为他做些什么，比如说，能帮他打破他与儿子儿媳妇之间的僵局。

四

与他的联系，更多的是电话。这个户主，他的名字排列在帮扶手册中的第一行，可我见到最多的却是他七十二岁的老父亲和他们家那四只肥硕的狗。

在电话里跟他解说，政府关于易地搬迁的政策——几乎是，与他的每一通电话，都与一项扶贫政策有关。他听到我说，按照国家有关贫困户易地搬迁的政策，他可以在县城附近的安置点要一套房子，便不假思索地表示愿意搬迁。他是那么的急切，像是手里终于握有一把利刀，他反手往身后用力一挥，就能切断自己与票纳屯的关系。

在电话里，他的话很少，几乎稍长一些的句子都很难找得出几句，更多的时候，是嗯嗯的应答声。从话筒里传来的声音是单线条的，我感受不出他的性格，或许沉默寡言，或许像他父亲一样健谈并羞涩。我跟他说着话，内心里惦记着的，却是他和他的妻子，这场不被祝福的婚姻，在众叛亲离中，是什么样的力量，使得他们不管不顾地坚持下来了。

我特别加了他的微信。在朋友圈里，我看到他们一家四口，清秀的妻子，活泼的孩子，他的双臂环拥着他们，脸上的笑容是那么的富足。

在拐了很多道弯之后，我小心翼翼地把话题绕进他和他妻子的故事里。在微信里，他长久的沉默，那样的漫长，让我感觉到时间已经过去一个世纪。良久，他回复说，是的，我们是同族同宗的兄妹，可是，我们已经隔了六代，我们并没有违反婚姻法。

他的语言一旦变成文字，便开始有了色彩，我能读出他内心里的波澜。他是有怨气的，对于我所提出来的话题，他本能地反感并警惕。我想，如果我不是他的帮扶联系干部，再加上之前与他有过那么多次的电话沟通，他会不会立刻将我拉进黑名单里去呢？

我尽量让文字放松。相比电话和文字，我更愿意用文字与他交流，文字是可以让时间停顿的，在句与句之间，我可以慢慢思考，斟酌一些得体并柔软的词语，避免伤害到那颗自尊又自卑的心。电话就不行了，每一句话刚从嘴里说出来，都会被对方的另一句话紧紧相逼。我是一个迟钝并木讷的人，应付不了从嘴巴里流出来的语言的较量。

几个回合下来，他的文字忘掉戒备，渐渐有了温度。他跟我说起他们的爱情、他们的婚姻、他们的孩子。他发送来的文字越来越长，我读着这些长长短短的句子，感受到他憋了很久的心，其实是那么地想找到一个出口。如果没有票纳屯那些让人烦心的事，他的生活应该是圆满的。

从逃离票纳屯的那一天算起，他来到南宁快十年了，平时，他外出找工挣钱，妻子就在租来的简陋房子里带两个孩子。大女儿今年上一年级了，小儿子还刚刚上幼儿园。他干得最多的是装卸工，在票纳屯，乡亲们管这工种叫扛包，每当装载有满满货物的汽车一到站，他就飞奔过去，把一包包水泥或其他什么沉重的货物扛到肩上，他把它们从车里卸下，然后再扛到仓库去堆码好。扛包很累，一天下来身子像散了架，可他觉得力气去了力气来，他能用自己的力气去给妻子和孩子挣回一个温暖的家。

春节是一道劫，是他内心里最难跨越的一道坎，也是妻子内心里最难跨越的一道坎。票纳屯的目光，每一年，都会集中在春节，在他们带着孩子回去的时候，将他和妻子恶狠狠地杀死一万遍。可他不能不回票纳屯，因为，那里有他的老父亲。

快十年了，他原来以为，时间可以抹去父亲的怨恨，可是，他错了，父亲一直不肯原谅他们，他不肯认这个儿媳妇，他甚至不让这个儿媳妇踏进他们家门一步。每年春节，他带着两个孩子和父亲一起过，而妻子，只能独自回娘家，跟她的父母兄弟一起过。在她的村里，嫁出去的女儿是不应该在娘家过除夕的，她们只能在大年初二那天，带着丈夫和孩子，拎着礼物，转回娘家探望父母。他家与妻子家离得并不远，站在院子里，他能看到妻子走动的身影，她兄弟说的那些带刃的话，被风送过来，零零散散地落进他耳里。他很难过。觉得自己亏欠妻子太多。

你试过向你父亲解释，并争取到他的理解和宗族的谅解吗？我在对话框里打下这些话。其实我何尝不知道呢，这些解释的话，在十年前，他和妻子一定无数遍说过。只是，他们无法打动票纳屯那群人。正如心疼他的父亲一样，我也深深地心疼起这个男人和他的妻儿们。可是，一个人与一群人对峙了近十年，他们彼此的内心也许早该坚硬如冰了吧？这样的恩怨，是怎样的突破口才能消解呢？

没用的，他们都是老封建、老顽固。他打下这行字，从对话框里向我甩来。他的文字里，是一种已经碰壁到绝望的淡漠。

让我试试，好吗？我说。我去帮你说服你的父亲及族里的长辈们。

他又沉默了良久，最后发来一行字，那你试试吧。与他的对话，就这样被他匆匆收尾，他甚至不愿意客套地说一声谢谢。也许，他对于所有的解释或和解，早就死了心了吧。

五

他家的狗，远远听到车子的引擎声，便从院子里跑出来，立在路中央不停地摇尾巴，我们的车一靠近，它们便率先奔在前面，一路撒欢儿把我们引向主人家。

去的次数多了，狗便记住了我们的味道，我们的脚刚刚落到地面，它们就凑过来，嗅一嗅我们的裤脚，然后才放心地走开，懒洋洋地趴在阳光下，默默地看着远方。没有人知道它们在想什么。这是两对有着深邃目光的狗，它们温婉的样子，只一眼，便让人忍不住内心温暖。

和之前很多次不同，这一次，我是特意选择在饭点的时候来到他家的。

他坐在火塘前，翻炒着黄豆。他在做黄豆炒鸡蛋，我只说过一次我爱吃，他便记住了。我站在砧板前切牛肉，牛肉是我从集市上买来的，在所有的菜中，我只擅长炒牛肉。

我们有一搭没一搭地闲聊，虽然与他已经很熟稔了，可我仍然不敢贸然开口，我在寻找一个适合的切入口，期望不动声色地进入到他的内心。我实在是一个嘴拙的人，如果用文字，也许就顺畅多了。

一直到饭菜端上桌，我仍然没找到一个很好的切入口。他用勺子舀了一勺黄豆炒鸡蛋递到我碗里，说，小南，你爱吃，多吃点。从来没有人叫我小南，他叫得那么柔软，我心头一热，全然忘了之前打好的那么多腹稿，直接将触角伸进那个令他疼痛的话题。

吴叔，看在孙子孙女的面上，让他们的妈妈进屋吧。

他愣了片刻，脸上的表情迅速渗透出苦涩的味道，他慢慢放下手中的碗筷，叹了一口气。看在两个孙子孙女份上，他何尝不想接受这生米煮成熟饭的现实呢，可是，就是过不了心中"伦理"的这道坎。如果单独他们一家生活在哪个角落也就罢了，但这么大的寨子，族间的人那么多，都在看他们家的笑话。年轻人还可以躲出去眼不见心不烦，可他能往哪里躲呢？他这张老脸只好丢在票纳屯，独自去面对这些羞辱了。还有就是，之前一直喊着的嫂子，现在变成了亲家，他的儿子、孙子该怎么称呼之前族间的长辈呢？

"这符合伦理道德吗？"他在自己提出来的每一个问题后面，都会紧跟着甩出这句话。他的语气从哀伤到激动，最后变得冲动起来。

他一口浓浓的西南官话，让人很轻易就看进几百年前的时光里，现在，他的哀伤就带着汉民族深远的烙印，让我猛然跌入遥远的时空，我看见汉民族先祖长成一棵参天大树，在他心的最深处，盘根错节，树的根须扎进他的骨髓里，树的枝叶缠进他的血肉里。我终于明白，为什么父与子之间，一段恩怨可以持续近十年，也终于明白，为什么这个开朗憨厚的老农民，以前会去喝农药了。

票纳屯是一个纯汉族村寨，全屯二十来户一百三十多口人，全姓吴。没有人知道，他们的祖上是哪个朝代为着什么事来到这个地方的，只知道,一个寨子的人全都是同一棵树蔓延出来的枝枝丫丫。

我静静地听着。他滔滔不绝的话语,拼接起来,便是一片汪洋。他是那么地委屈和羞愧,像是一个孩子,一边在不停地争辩自己的清白,一边又不得不承认自己的错误。那么多话,堆积在他心里,早就布满了尘埃。我这才发现,原来,进入他内心的最好切入口,不过是打开一道缝,让那些堵塞在他内心里的话,找到路口,倾泻而出,而我需要做的,只是安静地坐在一旁,认真倾听。

等到他的语速渐渐慢下来,他的双手重新捧上碗筷,并终于停止说话,我夹起一块牛肉放进他碗里,说,吴叔,按照古理,你说的都对。

他默默嚼着牛肉,不说话。

我在照片上看见过你的孙子孙女,他们都很可爱。春节回来,他们黏你吗?我问。

黏哩,这两个鬼精灵,嘴巴又乖,特别是小的那个。他忘了之前的哀伤,脸上又挂起了笑容。

吴叔,还是让他们的妈妈进屋吧,你看你这里,过年过节的,孩子妈在一边,孩子在一边,明明一家人可以团圆的,偏偏要分开,这像什么家呢?老话都说了,家和万事兴嘛。

他的脸重新萎缩成一团,右手举了举筷子,欲言又止。

何况——我的声音重重地停顿在转折点上,拖长声音说,按照国家法律规定,你儿子儿媳结婚是合法的,受法律保护,你们长辈再怎么反对都是无效的。再说了,你们反对了那么多年,他们仍然坚持在一起,说明这两个年轻人的感情非常坚固。儿子儿媳恩恩爱爱,孙子孙女又健健康康,一家人和和美美的,这多好呀!

国有国法,家有家规,他们两个就是不符合伦理道德!他气愤地说。

他又放下碗筷，哀伤再一次让他的气息变粗变长。

吴叔，现在时代变了，再也不是我们老辈人那样了。以前不是很讲究三媒六证吗，现在很多年轻人看合眼了，不要一分彩礼也跟来了。如果放在以前，还挨人家骂是自来狗呢。我看你儿媳妇很不错呀，人孝顺，脾气又好，这样好的媳妇去哪里找呢？！

他重新拿起碗筷，想说什么却又没说，最后叹了一口气说，这两年，他也想通多了，但心里总还有个疙瘩，尤其是族间人的议论，让他承受太大的压力。可是有什么办法呢，只能慢慢去接受吧。

我们的谈话断断续续，天色便在这些停顿里，不知不觉暗了下来。我看见他的伤口，在时间里，正慢慢结疤，慢慢愈合。也许他并不自知，自己内心的最深处，其实早就原谅儿子与儿媳。他强硬着，坚持不让儿媳妇进家门，更多的，只不过是以这样的方式，表达自己的一个立场，就像持着一面盾，用来阻挡族间里的流言蜚语。

六

和桂伯娘聊天，和族间的几位长辈聊天，我都能看到他们心底盘根错节的大树，从他们的骨髓里长出来，缠进他们的血肉里。那些从先祖的血液中流奔而来的信仰，在经过几百年的长途跋涉之后，仍然在他们的血液里奔流。这让他们谈论起这桩"有违伦理"的婚事时义愤填膺。

我坐在一旁，静静听着。我想，每一个人的心里，都堆积着一大堆布满尘埃的话吧，那么多话，从他们心里倒出来，总得有一个人去理解和倾听。

鄙夷的话、嘲讽的话、激愤的话，在老人们的嘴里翻来覆去，那么多谴责的声音带着先祖沉甸甸的古训，重重压在一家人的头上，不，确切地说，是压在他一个人的头上。

等到他们的谈论终于有一个间歇，我说，几位老人家说的都有道理，但是，那些讲究都是老一辈人的事了，现在跟过去不一样，两个年轻人结婚只要是合法的，就受法律保护，国家就承认，政府就许可。如果大家再干涉别人的婚姻家庭，再出现喝农药的极端事故，那大家都要负法律责任的。

族里的长辈们怔怔地看着我，我的话让他们愕然，他们原以为，我向他们打听这件事，是出于猎奇，或者能站到他们一边，跟他们一起谴责这两个不成体统的年轻人。现在听我这么一说，他们顿时感觉到事情的沉重，细细掂量起来，负法律责任，并不是每一个人都能承受的。老人们的语气，从原先的激愤，慢慢缓和下来。他们叹息着说，也只能由着他们了，现在的娃娃都有自己的主张，我们哪里讲得动他们呢？我们老了，也管不了那么多了！

他们的声音很低，被压下来的部分，是几百年迁徙而来的沧桑，还有一部分，是内心里无处放置的无奈和失落。先祖将一颗种子种在他们心里，就会从他们的骨子里长出一棵参天大树，可是，他们将同样的一颗种子种在他们孩子的心里，却无法长出和先祖种下的一模一样的树。

也许，在内心里，他们早就放弃这两个忤逆的年轻人了。

七

2017年春节，她终于跨进那道门槛，成了那家人真正意义上的儿媳妇。这个执着的女人，守护着自己的爱情，终于成功地跨越时光，跨越一道道难以攀爬的坎，走进了自己的生活。不，绝不是因为我。我的几句话还不至于产生这么大的魔力。如果真有一丝丝作用，那也不过是，我搭了一个台阶，让他和他们，有了一个走下来的借口。

让他们的伤口愈合的，我想，仍然是时间。

那年春节过后不久，我和同事又来到票纳屯。进屯的路，在驻村第一书记和村民们的共同努力下，在后援单位中广核集团的资助下，已经从一条坑坑洼洼的泥泞路变成一条平整宽敞的水泥路。我们的摩托车，再也不会像一颗蚕豆，在山道上蹦蹦跳跳，随时都有跌下路坎的危险了。

他不在屋里。我们站在院子里，喊了几声，他才从菜园子里钻出来。

这次，我是来收集材料的。贫困户易地搬迁需要很多材料，我得到他家，把这些材料一一收齐。那天，我们坐在大门前，一边登记各种信息，一边闲聊。

我们身后这栋大房子是他二儿子起的，三层的楼房，瓷砖铮亮。他的三个女儿早嫁人了。大儿子在云南养猪，娶了一个云南妻子。二儿子在票纳屯起好这栋房子后，就到县城打工，因为他的孩子在县城读书，他和妻子就留住县城一边打工一边守着孩子。他把自己分到小儿子的户口簿上时，小儿子还没有成家。几个孩子中，他最心疼这个孩子了，他妈妈去世时，他还没断奶。小儿子历来就长得比他哥姐们瘦小，他整夜哭闹不停，因为找不到妈妈的奶头。他习惯含着妈妈的奶头才能入睡。那一段时间，回想起来，都不知道是怎么过来的。他只记得，小儿子哭闹了很多个夜晚，才慢慢适应没有妈妈奶头的日子。

他万万没有想到，他最疼爱的小儿子，长大后，却与他结下了仇。父子俩，吵来吵去，吵了那么多年，就算他喝下农药，以死相逼，小儿子也不肯向他妥协。每每想起，他都觉得心寒。儿子坚决不妥协，那么，只能他妥协了。有些孩子，生来就是来讨债的。上辈子，他欠他的。

他与我聊着天，目光不时看向门外，他家的菜园里永远是绿油油的，每一个季节都有每一个季节的菜。这些菜，他一个人吃不完，于是，便一季季地枯萎，又一季季地重新栽种。

吴叔，等小儿子搬进县城住了，你要不要跟着一起去？

他笑着连连摆手，说，不、不，我就在票纳屯，哪里都不去。他又将目光投到门外，这一次，我不敢确定，他的目光会停留在门之外的什么地方了。

现在，票纳屯看他的目光里，仍然掺杂着嘲讽和鄙夷，那些陈旧的话题，被一些人提起，又被另一些人放下。他默默忍受着，等待时间从自己的身上流过，从他们这一辈人的身上流过。十年的时间太短，还不足以消化一切，也许，二十年、三十年之后，这些目光会淡去，消去。所有的人都会遗忘，发生在他们家，那场不符合"伦理道德"的往事。他不知道会不会有这一天，他也管不了这么多了。他老了。他的儿孙们会从这里飞走，停留在各自喜欢的地方，就像他们祖辈离开家乡来到这里一样。而他，在七十二年的时光里，早已经长成一棵树，扎进票纳屯的泥土里，再也离不开了。

现在谈论起儿媳妇，他的语气自然多了。那天，他坐在火塘前，给我们数他们一大家子的十四口人，三个儿子，三个儿媳，七个孙子，再加上他，满满当当的一家人。他说，今年杀了三头年猪。一家人全回来了。

（原载于《民族文学》2018年第11期）

将一堵墙砌完

一

能借我一千元吗？他在微信里说。

事实上，我已经把他淡忘了。时间像浪潮，将一些人送到我身边又将一些人带离。而他就是那个被带离的人。时隔一年多后，他突然出现在我对话框里，突然说出这句话。我们之间被时间阻隔的那段空白，便又像浪潮，一波一波填补回来。我重新回忆起他的笑，羞涩而温暖，拘谨得让人莫名内心柔软。

是他吗？或者只是一个骗子在跟我对话？有些时候，网络是无法令人信赖的，尤其是隔着一大段时间的空白，尤其是涉及金钱。太多的骗子让人神经过敏。

我以为他还会打来电话，可是没有，微信里甚至没有第二句话。他像是凭空丢下一颗炸弹，然后若无其事地转身离开，任由我独自面对。

不用理他，你就装着没看见。朋友说，他已经不是你的帮扶联系户了，你可以不用管他。朋友的话里有嫌隙，很明显，朋友不信任他。脱贫攻坚帮扶工作开展五年多来，我们遇上过形形色色的贫困户，见识过最纯朴的和最狡黠的，这让我们的心时而柔软，时而坚硬。

可我无法装着没看见，那句没头没尾的话像一只手，一次又一次伸进我胸腔，把我的心提出来，揉捏成一团。

我已经很久没去票村屯了。

2017年春节快要来临的时候，我把我联系了两年多的五户贫困户，交到另一个帮扶干部的手上，然后去到另一个乡镇，重新一点一滴慢慢熟悉另外五户人。

我记得那一段时间，天气好得让人内心温润，像是盛开有一树树的桃花和李花。我带着那个帮扶干部，一家一家走访我的帮扶联系户。

那一天，他不在家。他在外地打工，已经很久没有回来了。他母亲拿出小板凳，请我们坐到院子里。柔软的阳光从瓦檐上斜落下来，把他家的院子割成一半阴凉一半阳光。我坐在阳光里，面对着他母亲和新帮扶干部，向他们介绍彼此。他母亲看看我，又看看新帮扶干部，眼睛里满是不舍和无措。那样的眼神，像极了一个即将被母亲丢下的孩子，我突然感觉有些伤感。

我说，我还会回来看你的。山风从我脸上掠过，他母亲胡乱搭晒在竹竿上的衣物随之大幅度摆动。他家的大黄狗懒洋洋地趴在女主人脚边，风的到来让它挣扎着半睁了一只眼，也许没发现什么令它感兴趣的，又将那只眼闭上。我看着眼前熟悉的一切，确信自己一定还会再来。可事实上，我食言了。总会有许多事，让我有许多理由没再回到那个小山村。

一千元，我月工资的四分之一。这些并不重要，重要的是，微信里是他本人吗？他为什么要借一千元？

我给他母亲打电话，是他接。我说，是你在微信里说借一千元吗？他说，是的。一个音节进出，我听见那里面有一种低微的、小心翼翼的笑。那曾经是我非常熟悉的笑。他说，我在起房子，买沙的钱不够。他说，年底就还你。他的话，一句比一句急促，层层递加，像是在强调他的理由和承诺。

那时候是十一月份，距离年底很近。我在心底暗忖，一千元能干什么呢？一扇窗？或一扇门？其实一千元什么都做不了。我想，在他打算向我开口借钱的那段时间里，应该有一排数字，像一群马在他心底来回奔跑，他犹豫许久，最后选择了一个不至于让我为难，也不让他尴尬的数字。

我说，行，你发账号来。他说谢谢。我又听到音节里的笑，羞涩而愉快，顿时心又软塌成一潭水，接口想说，这个钱你不用还我了。就在话要脱口而出的瞬间，我迅速又把它压回舌根下。

像一根藤，长着长着，就偏离了方向。像一棵树，长着长着，最后却长成了藤蔓。谁知道呢，人的心本来就无法说清，有时候，它是一汪清澈见底的水，而更多的时候，它是黑洞。

我不得不时刻提醒自己，在我的心软塌成一潭水时，及时阻止我的动作——事实上，我仍习惯于帮助便是施于物质。这样的思维模式，在漫长的时间里被固定下来，长成顽强的模样。可这样毫无原则的施舍是危险的，它会把一个人推上极端——感觉自尊受伤，或是感觉理所当然。而这两种结果，都是我不愿意看到的。

二

他家的房子，两年多以前，就已经在他母亲嘴里建起来很多次了。每一次去看她，她都会告诉我，等儿子回来，就要起房子了。

他一次都没回来，因此，房子便也一直是原来的样子。砖砌的墙，青黛的瓦，低矮孤独地立在一个小山包上。

每一次去他家，总是他母亲迎上来。她有一部陈旧的手机，我站在她家门前，拨打一串号码，她便从路坎下或是山坡上走出来。她家的地大多都很近，有些就在路坎下，只隔着一条窄窄的山道和一条窄窄的沟。她背着背篓，提着镰刀，刀口还带有草汁鲜润的绿色。她拔开的脚步急促，风从她鞋底生出，将她身上的芳草气息，沾染到我身上。

我总在重复我的名字。我叫罗南，你叫我小罗或罗南都行。她看着我，只是很羞涩地笑。她笨拙的样子，时常让我怀疑，她根本听不懂我说的话。她丈夫也是笨拙的样子，甚至比她还笨拙，他坐在我身边，我问一句，他答一句，如若我不开口说话，他便可以让空气一直凝滞下去。

只有谈到儿子，她和他的眼神才会飞扬起来，像一潭死水被唤醒，活泼泼地流淌一地。她的语言变得流畅，那些生硬的音节突然圆润，快速地从她嘴里蹦出。

家里的每一项重大规划，都是以"儿子说"开头。这个家，儿子才是天。她和丈夫，跟随岁月风风雨雨地一路奔跑，跑到中年的关口，倒突然变得怯懦了，周围的一切似乎变得越来越陌生，越来越不可逾越，于是，只好把身子蜷起来，蜷到最小，最后变成了儿子的孩子。他们依赖他，就像一个孩子依赖父母。

我在帮扶手册里看到他们的儿子，叫兴，1998年出生。我对"1998

年"特别敏感，那一年，一把锋利的手术刀从我腹上划过，我的身体便分离出另一个身体。——那个小小的女孩儿，她的眉眼里藏有我的眉眼，她的身躯里流奔着我的血脉。生命是如此神奇，从此后，我的世界便多出一个人，让我无论身处何方，都牵牵念念。我的心变得越来越辽阔，越来越柔软，以至于，那一年出生的人，在我眼里，都只是个孩子。

而现在这个孩子，却成了一个家的天。

他母亲第一次和我谈起他时是2015年夏天。那时候，十七岁的兴正跟着叔叔，在河池市的一个工地上砌墙。

他没念完初中就辍学了。

他母亲说，没办法呀，家里太穷，我和他爸爸都不认得字。她微肿的眼睛望向丈夫，似乎在征得他的同意。那个男人木桩一般杵在我们身旁，什么话也不说。他木讷的脸，让人的目光无法探进他的内心里。她或许早就习惯男人的沉默，不等他回答，就自个儿接着说下去，我和他爸爸就在家种点儿地，也找不到什么钱。

我问，是家里送不起孩子念书吗？

她说，不是的，现在念书都不花钱了，是他自己不愿意念。他说我和他爸爸太辛苦了，他要自己出去找钱。她低下头，不停地揉搓自己的手指。

我又问，那他爸爸不出去找钱吗？她把微肿的眼睛再一次转向丈夫，说，他爸爸去外面也找不到工来做呀。

那个男人，五十三岁，看起来像六七十岁的人，他矮墩墩的身材，走动的时候，每迈开一步，都缓慢而谨慎，似乎一不小心就会摔倒。

我沉默。每次看到他们木桩一样静止，我的心里都会悬起一块大石头，颤巍巍的，随时都有砸下来的可能。我将眼光伸向门外，我的名字和电话号码挂在她家门口很长时间了，她一次也没叫过我，也一次没拨打过那串数字。她和丈夫都不识字，也许，家门口挂着的那张纸片，对他们来说，并没有什么用处。

兴辍学那年，也不过十三四岁，一个未成年的孩子，可她和丈夫从来没有想过阻止。他们这辈人，以及上辈人，几乎没几个读书人。他们是盘王的子孙，先祖时代那些颠沛流离的故事，在他们族里口口相传了一代又一代。在过去很多年里，他们的生活是流动的，从这片山林，流动到那片山林，像水一样随意。时代的变迁，终于让他们停止流动的脚步，像树一样，长出根须来，牢牢地深扎在某一个村寨，过着和别的民族一样固定的生活。

在山上流动的时候，他们熟知飞鸟的习性，走兽的踪迹，知道每种植物在什么时节开花结果，他们熟悉大自然的规律，就像熟悉自己的身体，这让他们感觉到自由而松弛。那些时候，文字并不比一杆猎枪或一只猎狗更让他们痴迷和信赖。

一棵树深扎在一个村寨，就会遇见许许多多不同的树。他们的身边，多了汉族人、壮族人，多了学校、机关单位、菜市场，还有更多他们不能言状却无法避免的新鲜事物，世俗的生活突然比之前复杂难懂了。

文字就是在这过程中变得重要起来的，它是一道密码，可以通向更多更远的地方，它可以让一件事情变得简单，也可以让一件事情变得复杂。我想他们是了解这些的，否则在兴七八岁的时候，他们就不会送他上学了。可是那一天，当兴跟他们说不想再念书时，他们却全都同意了，他们并不知道继续念下去，兴还会看到一个更广阔的世界。

其实我完全无法猜测，如若他们阻止，兴会怎么样。继续将书念下去，抑或是毅然决然丢下学业？每一个主动辍学的孩子内心，都有一处隐秘之地，他们将自己困在其中，却拒绝别人进入。我从来就不了解兴，我与他之间，阻隔的不仅仅是千山万水，可是，如果我能穿越到几年前，穿越到兴最初辍学的那段日子，我仍愿意一次次去到他家，去到工地，把他带回学校，我希望他能看到那个广阔的世界。

可是，这世间永远没有如果。时光从兴身上碾过，把他握笔的指头变粗糙，把他阅读的眼睛变沧桑，他很快从一个砌墙的生手变成了老手。

话题到这里戛然而止。抬头看屋顶，几根赤裸裸的木梁蓦然撞入我眼睛，蜘蛛网被岁月撕裂，挂成一缕一缕的，从木梁上长长短短地垂下来，有风吹过时，便前前后后轻轻摆动。陈年的灰尘像是已经长进网丝里，彼与此，早就互相融为一体，丝毫不见有纷纷扬扬掉下来的意思。屋顶瓦片的缝隙透过几缕阳光，打进堆码在墙角里装满玉米棒的麻袋上，黄灿灿的有些耀眼。

这座房子，是她和丈夫结婚后建起来的。她清晰地记得那段日子，在忙完山上的活儿后，在忙完家里的活儿后，她和丈夫一遍遍将沙和泥，打成砖，烧成瓦。还有那些檩条，也是他们在忙完屋里屋外的活儿后，将山上的大树伐倒，晒干，一根根扛回来的。就像蚂蚁积攒冬天的食物，她和丈夫一点一点积攒着一座房子。几年后，当那些建房材料堆得比他们居住的茅草房还高时，她便知道，他们已挣下了一个世界。那段时间真累呀，一天掰成三天花呢，多出来的那些日子，是用她和丈夫的睡眠换来的。可她的心每天都是满的，就像夏天里落了一院子的阳光，满满的、暖暖的，让人走过时，总忍不住想要咧开嘴笑。

那个时候，在票村屯众多的房子间，这座房子也曾鲜亮过。日子一天天过下去，房子便老了，好在，儿子也大了。现在，这个儿子，正在远离家门的某一个工地努力挣钱。不久的将来，这个房子将会被推倒，等到再次建起来的时候，就变成了儿子的房子。

在乡村，当一座房子取代另一座房子，一辈人便也完成了对另一辈人的责任交接。他们每一个人都在等着，这个仪式的最后完成。

三

在微信上搜索，很快寻找到兴。兴的网名叫：许你一世柔情。我猜想他在恋爱，只有恋爱中的人才会说那么傻气的话。

清晨六点多，兴通过我要求加好友的申请，并问我，你是罗南姐姐？兴的文字从对话框里弹出，我便感受到他的流畅，那些来自远古民族的生涩棱角慢慢圆润了，语言流出的时候，再也不像他父母一样犹豫迟钝。

我说，是的，我就是常去你家，你却从来没见过的罗南姐姐。

我喜欢兴叫我姐姐，这样的称呼猛然跨越陌生，在我与他之间，搭起了桥梁，我能轻易走近他，感受他。——像是被授予了某种特权，我甚至可以跟他说一些特别的话，比如，关心、教导或是责备。就像在家时，我和我弟弟一样。

与兴在微信上的交流，总打着时间差。他在线的时候，我不在，我在线的时候，他不在。这倒也好，错过的那些时间，可以用来思考。——关于如何发问和如何回答，我总是小心翼翼的，生怕一不小心，就伤了这个大男孩的自尊。

兴敦实的样子，和我想象的差不多。他嘴角上扬的时候，既像父亲，又像母亲，那是一种明净而又朴拙的笑容，是羞涩的，又是温暖的。翻看兴的朋友圈，零零碎碎，和其他年轻人一样，喜欢发视频，喜欢发心绪。从头到尾翻阅一遍他的朋友圈，便也大致了解他的生活状况。

我看见兴砌的墙，大小不一形状各样的石块被遵着某一种规律叠垒、镶嵌，水泥浆填充进石头缝隙内，又沿着石头缝隙被抹平，两堵棱角分明的墙形成近似垂直的角，顺着山势攀爬，直至两人来高。那些裸露在水泥浆外的石头，像一朵朵不规则的苍劲的花，从山脚下一直开到半山腰。——这种墙，凌云人习惯叫边坡挡土墙，用来阻挡山体滑坡。它的牢固是可以与时间抗衡的。——等到时光层层覆盖，水泥浆的痕迹变得陈旧苍老，石头与石头的缝隙里就会长出野草来，长出野花来，这些草和花的根须，在墙体里攀爬交错，像一双双手，把自己拥抱，把石块拥抱，把泥土拥抱，把山体拥抱，它们盘缠交错，融为一体，像是给彼此许下一个最恒久的誓言。据说，方圆百里，就数凌云人的砌墙手艺最为牢实美观，因此，在砌挡土墙的劳力市场上，凌云人最为抢手。

十三四岁那年，兴的叔叔将兴带离家门。叔侄俩站在一片荒野里，叔叔指着一堵刚刚砌起基脚的墙，对兴说，等到把那堵墙砌完，你就可以出师了。

叔叔的砌墙手艺是从汉族人那里学来的。票村屯原来全都是汉族人，二十世纪七十年代，兴的一个族人被组织派到这里，当上了这个村的生产队队长，安排着一村人的生产生活，他将根扎在一群汉族人中间，慢慢开枝散叶。

兴的母亲有时候会提起那段时光，两个民族相互磨合的过程，在她的记忆里渐渐铺上尘灰。像两棵交错生长的树，他们彼此吸纳着对方。如今，单从外表看，已很难分辨出两个民族之间的区别。只有各自的母语，还倔强地暗藏在舌根下，每当开口说话的时候，便会向外人透露出属于那个远古民族的秘密。

汉族人的砌墙手艺，据说是他们先祖从中原带来的。在迁徙而来的那段艰难日子里，这个手艺安顿了汉族人，也养活了汉族人。在过去的漫长时间里，这个手艺只在汉族人中间流传，现在，它传到兴的叔叔手上，又传到了兴手上。

兴的叔叔带着兴，将墙越砌越远。从一座城市到另一座城市，兴已记不清砌了多少堵墙。墙砌多了，墙就模糊了，最后兴的记忆里，便只剩下一堵墙，残缺的，刚露出地面的一点点基脚。有时候在梦里，兴还会看见自己站在那些残缺的墙前，手足无措的样子。好几个春秋交替，兴没回过一次票村屯。他家的房子，在他的计划里，无数次建起，推倒，又建起，又推倒。

在他母亲的嘴里，我看见兴的计划，先是建起一层，毛坯，后来又建起二层，仍然是毛坯。不论是一层抑或是二层，都将会有一扇结实的门，闪烁着金属的光芒，重重地把守着兴未来的日子。而那些毛坯，是兴留下来的一个念想，需要等待一个女孩子的到来成全，到那时候，这些毛坯将会被粉刷，也许还会被贴上闪亮的瓷砖。单单是一座房子和一个男孩子，总是不完满的。

在朋友圈里，兴贴出一张砌墙的照片，然后在一旁感叹，搞了三天，累得要死了，搞得腰痛，难受啊！又在另一张砌墙的照片旁写道，这工作真的有点累啊！但是哥我从来都没有怕过！文字的后面，紧跟着两个吐着舌头的调皮表情图。

我想象他的双手，应该是皲裂的，长满老茧，像我母亲的手一样粗糙。可那两个吐着舌头的表情图，却分明透露出如我女儿一般的稚气和顽皮。

兴励志的文字，总会舒缓我心底那块大石头压下来的重量，尽管我知道，他一定曾经度过很多个黑夜，并且在未来的日子里，还将度过更多个黑夜。

我在微信里给他留言：原先说好要去学技术的，学了没有？

在我潜意识里，总觉得砌墙是一项体力活，它的未来不会有太多的变数，这样的日子基本能一眼看到头，石头将一天天消耗着兴的体力，消耗着兴的岁月，直到他再也抱不动。兴还那么年轻，他应该学一些与年轻人匹配的东西，比如学开车、学汽修、学美发，以及更多有着多种可能的领域。也许通过它们，兴就能到达另一个广阔的世界。

下午三点多，兴在微信里回复了。他说，正在木具厂里学开机床呢。

我去过木具厂，看见过木匠师傅开动木工机床的样子，那些带有锋利锯齿的转轮飞速旋动，木匠师傅把一块木头从转轮这边推过去，木屑便从锯齿口飞喷出来，铺落一地。当然，这并不是全部，还有各种形状的零件，以及繁复的雕花。这些散落一地的东西组合起来，才是我们所熟悉的家具的模样。木匠师傅坐在木屑飞扬的工作台前，操纵着这些冰冷的机械，那些木头就慢慢生出家具活色生香的眉眼来。

难学吗？我问。

不难的，一学就会。他在网络那边，飞快地打下这行字。我能感受到他的快乐，甚至能想象出，他嘴角带着微笑的样子。

我连连夸他聪明，他改用语音说谢谢。他的声音略显单薄，他说的汉话，在经过比他父母更多的学校教育及生长环境的浸染之后，到底比他父母说得圆润，那些来自他那个民族特有的尾音，弱弱地藏在每一个汉音节的后面，很轻易就被人忽略过去。

我很开心。兴让我看到一种力量，它弱化了我心底那块大石头带给我的压迫感和无力感。我喜欢有明晰方向的人。

四

我把兴的父母交到另一个帮扶干部的手中时，兴已经到木具厂上班了，那时候，他的月工资是五千多元。兴说，在木具厂做工比砌墙稳定，砌墙还要看天气，碰到雨水季节，基本是无工可干的。兴说，等房子起好了，他还要学汽修，也许到时候工资会比现在高。

兴在微信里和我说这些时，他母亲的眼睛正在我与另一个帮扶干部之间游离。两年多的时间里，我无数次来到这里，和她说扶贫政策，帮她申请项目，帮她收集递交各种材料，而更多的时候，我只是静静地坐在她身旁，听她说收成、说邻居、说丈夫、说儿子。她有很多很多的话，需要有人倾听。

凌云的山，一重接连一重，向远不知处延伸。重重山之间，票村屯像一粒沙子。每一次摩托车蜿蜒过那些盘山路，我都觉得我是一只蜘蛛，一边往下爬行，一边吐出丝线，将自己倒挂进一个深井里。

我们掐着村人从山上做工回来的时段，那时候，夜幕离我们很近。我坐在火塘边，和兴的母亲聊天。柴火儿旺旺，映得她脸膛红润，煨在火灰里的红薯发出诱人的香味。兴母亲扒出一个，拍净，递给我，又扒出一个，拍净，拿在手上慢慢剥开皮儿。我真喜欢那样的时刻，日光灯在我们头顶发出柔和的光，应和着火塘里的暖，在我们四周围恣意流淌。坐在我身边的这个女人像是变了一个人，目光温软，口齿清晰。她和我聊起年轻时，她的歌声和丈夫的歌声。她们这个民族，从来都是以歌声去寻找对方。我抬眼看那男人，他仍木讷地坐着，眼睛不看她，也不看我，似乎我们说的，是另一个与他不相干的人。我想象不出他唱歌的样子。

那些沉重和迟钝，被隐在我们身后越来越深的黑暗里，我知道我仍会穿过这些灯光和火光抵达它们。很多个瞬间，我都觉得自己是针，拖着长长的线，努力地将他们与山之外的世界缝合。

坐在兴家的院子里，人一抬头，眼睛就会撞到山。连绵起伏的山阻隔着人的视线，天空便像是从高处窄窄地压下来。新修好的屯级路像一条细细的带子，从票村屯的每一家门前，往山腰绕去，往山外绕去。年轻人的眼睛沿着路，越伸越长，他们看到了和父辈祖辈完全不一样的生活。

在兴之后，更多的年轻人背着行囊离开票村屯，他们要去寻找另一种生活。他们的父母站在家门前，目光伸出老长，尽管内心忐忑不安，却也知道，现在的世界，自己已经看不懂了。

兴的父母从来就讲不清兴的准确位置，他们的心里只储存有一座模糊的城市。兴所在的城市时常变换着，墙延伸到哪里，兴就跟随着挪移到哪里。

我一直以为我还会回到票村屯的，在这个地方，我还有许多未了的事。因此那天，兴的母亲眼神忧郁地望向我时，我只是很轻松地笑，我说，我会回来看你的。可是一年多过去了，我一次也没有回来。我在另一个乡镇，又开始了新的帮扶工作。生活于我来说，只是一种重复，可对别人来说，也许并不是。

2017年春节快要来临的那一天，我在微信里与兴告别，兴便在我微信里沉默下来。兴已经很久没更新朋友圈的内容了，他安静地待在我的通讯录里，无声无息。我的通讯录隔三差五就会加进来一些新的名字，一些陌生的，只见过一面或从来没见过面的人，将我通讯录的名单越拉越长，这些或陌生或熟悉的名字渐渐覆盖了兴。如果不是兴的信息在一年多之后突然从我的对话框里跳出来，我几乎忘了他的存在。

兴的房子终于建起来了，在我的微信朋友圈里。是兴发的视频，十秒，一座砖混楼房，第二层刚刚砌到一半。我总在疑心兴是故意发给我看的，因为在我将钱借给他之后不久，他便更新了朋友圈的内容。我点开视频，看了又看，旧房子的痕迹已经看不到了，除了那座我熟悉的小山包和那条往上爬伸的小路，兴家的房子全然变成我陌生的样子。按照政策，危房改造款很快就会拨下来，兴的房子将会按照他原来的设想，顺利进行。

兴在微信里说，腊月初八你来我家玩。腊月初八是大吉之日，兴进新房。我答应了。可我又食言了。腊月初八那天下着大雨，兴的新房贴上喜气洋洋的大红对联时，我正奔向另一个乡镇。很多时候，我并不属于我，时间也不属于我。我没跟兴解释这一切，我不知道，对于我的失信，兴是否失望。傍晚，我看到兴发在朋友圈里的视频，那幢两层的砖混毛坯房前，兴用白颜色的塑料薄膜搭起一个棚子，雨水从四周汇集，将薄膜悬出一个又一个明晃晃的"水肚子"。票村屯的乡亲们陆陆续续从那些"水肚子"下走过，他们的脸上堆满了喜气。我默默看着那些熟悉的面孔，想象他们吃饭谈笑的样子，想象兴父母笑意盈盈的样子。

这最后一个仪式，终于在全屯人的注视下完成了。

不久，兴在微信里给我转来一千元钱，那时候，距离年已经很近了。我看着那条跳跃的转账信息，沉默了片刻，点收下那些钱，并在对话框里打下，谢谢。兴很快回复，应该是我谢谢你。我没有再回复。

(原载于《南方文学》2019年第4期)

然 鲁

一

然鲁越来越喜欢摆往事①,我想他需要人倾听。过去像一条长长的河流,不间歇地朝前奔腾,六十七岁这年,却突然转一个弯,想要回溯。然鲁说话时,眼睛越过我看向远处,那时候是傍晚,夜幕从山那头落下来,漫过我们头顶。我的眼前是山,更深处也是山,然鲁目光抵达的地方,时光攀爬过来,弥漫在我们彼此的眼睛里。

然鲁的记忆是八岁那年长出来的,长得有些慢,像后龙村被石头挤压得找不到空隙生长的玉米苗。而八岁之前,他所有的记忆,全都垒叠到一起,模糊得只剩下饥饿的感觉。

八岁,然鲁的双脚已经能在乱石间奔跑了,对,

---

① 摆往事,桂西方言,即讲往事的意思。

就像山羊。每天早晨，光线刚从燎箭竹墙透进来，母亲玛襟就叫他起床。多少年了，背陇瑶人都不曾进过学堂，玛襟却天天叫他起床去上学。他抓起两个红薯，边吃边往陇喊屯爬。那时候，村部还在陇喊屯，学校也在陇喊屯，一个叫向仁元的汉族老师在那里教书。向老师是广西省立田西师范学校毕业的，家在陇隘屯——那是一个独家屯，四面高山，铁桶一样严密箍合，那个汉族人家单家独户，孤零零地窝在桶底。多年后然鲁才知道，向老师是躲国民党抓壮丁，逃到后龙村来的。那是后龙村有史以来的第一个老师，陇喊小学也是后龙村有史以来的第一所学校。

然鲁光着脚板，踩过那些玉一样光滑的石头，荆棘从两旁伸过来，咬他的裤脚，咬他的脚杆，然鲁没有理睬。一个多小时的山路，才到达陇喊屯，这期间，肚子叫了无数次，他强忍着，不去想口袋里的煮佛手瓜，那要挨到中午才能吃的。

要是学校一直在陇喊屯，然鲁会一直坚持下去，只可惜，五年级之后，就要到县城读初中了，两个红薯无法支撑起这些路的长度，只好离开学校。叔叔把然鲁带到陇兰屯，指着一堵刚刚砌起基脚的墙，对他说，等到把那堵墙砌完，你就可以出师了。

然鲁熟悉这种墙，后龙村的人几乎都会砌。大小不一形状各样的石块被遵着某一种规律叠垒、镶嵌，两堵棱角分明的墙形成近似垂直的角，顺着山势攀爬，直至两人来高。这种墙，凌云人叫边坡挡土墙，用来阻挡山体滑坡，它的牢固是可以与时间抗衡的。

然鲁只有十三岁，拿不动十八磅的大锤。叔叔让他做副工，帮忙传递打好的料石。叔叔说，等过两年，然鲁的力气长粗长壮了，就可以拿大锤了。氏花拿的就是大锤，她比然鲁大五岁，她将大锤高高抡起，又重重落下，石头便裂开一道缝、几道缝，最后变成料石，散落一地。氏花长得黑，做工间隙，大伙儿坐下来抽烟杆吹牛解闷的时候，她不声不响地隐在人丛中，像一道影子。叔叔说，等然鲁长大，玛襟就会把氏花讨过来，给他做老婆。工地里的大人哈哈笑。氏花背对着众人，低头打草鞋，然鲁只看见她鲜艳的彩珠长耳环，从脸侧吊下来，在阳光下一晃一闪的。玛襟从没说过这件事，叔叔也许只是开玩笑，可也很难说那就不是真的，背陇瑶人的姻缘几千年前就定好了的。

玛襟说，很久很久以前，背陇瑶先祖从皇门迁到巴拉山途中，遇到一条大河，那条河真大呀，船行走一百个白天和一百个黑夜都走不到头。罗杨卢赵四家人，砍下构树①做船身，砍下五辈树做船舱，造了一只茅草船。韦王李那四家人，砍下白木和阴沉木做船，用五彩丝线和珠子，把船装扮得很漂亮。有一次遇到大风浪，那只华丽的船失去控制，水灌进船舱内，茅草船上的人解下长腰带，把他们拉上来，才得了救。后来，同船的四姓成了兄弟，而与另一只船上的四姓，则成了亲戚，并发誓，兄弟姓永世不通婚，亲戚姓永世结姻缘。千百年前的约定，背陇瑶人一直坚守到现在。

等到然鲁抡得动大锤，叔叔却又让他拿小锤。石匠的锤子是越拿越小的，拿到手锤的时候，就能随心所欲地把石头敲出自己想要的样子。一堵墙接一堵墙砌下去，然鲁的手很快跟叔叔一样灵巧有力，他当上砌墙大师傅时，还没满十九岁。然鲁以为，他会当一辈子的砌墙师傅，不承想，一年多后，他就到百色军分区当兵去了。那时候是1970年，国家号召全民皆兵，有志青年都应征入伍。

世界突然大到没有边际，然鲁看着平展展的稻田、平展展的街道，右江河日夜不停地咆哮，内心里满是惶恐。是的，是惶恐，然鲁清晰记

---

① 构树，落叶乔木，枝粗而直，叶子卵形，叶子和茎上有硬毛，花雌雄异株。

得这种感觉,百色城满眼的陌生让他感觉每走一步都探不到底,这让他无比焦虑和恐惧。多年后,然鲁一次次爬上盘卡屯,劝盘卡屯的人把家搬下山时,他们的眼睛里就是这种惶恐。

从部队复员回来后,然鲁做了几年后龙大队队长兼民兵营长,后来又到县食品公司工作。每天下午下班后,然鲁都要爬一个多小时的山路回后龙村,那里有玛襟,有氏花,还有他的四个孩子。正如叔叔说的那样,氏花后来真的成了然鲁的妻子。玛襟说,小南呀,你不知道,背陇瑶人的姻缘是几千年前就定下来了的。然鲁和玛襟都喜欢叫我小南,这让我感觉后龙村很亲。玛襟说,你上辈子一定是后龙村人,只有后龙村的人才会感觉后龙村亲。

玛襟说这句话时,我还很年轻,那时候也许是2002年,我记不真切了。我常在周末,爬上高高的后龙山,去陇署屯听她唱背陇瑶迁徙古歌。玛襟盘腿坐在火塘边,抽一尺来长的烟杆,七八枚铜板叠串成的流苏,从烟杆尾悬下来,在火光中晃动。玛襟的眼睛长久停留在火塘里,似乎在等待什么,她双唇开启,苍凉的歌声便藤蔓一般,盘缠交错,在屋子里生长繁茂。

然鲁已经回后龙村做村干部了,先做村委会主任,后来又做村支书。他常年穿一身泛白的旧军装,像是同一件衣服从来不曾更换。然鲁说,当过兵的人,就再也脱不下军服了。

然鲁说起修建学校的事。那段时间,他正计划把三台小学的旧房子拆了,重建一栋三层的教学楼,原来那座木瓦房实在太旧了。那时候,后龙村有五所小学,分布在三台屯、陇喊屯、陇署屯、盘卡屯、马岭屯,其中三台小学的学生最多,生源最广。

然鲁写了好几份报告,递送到镇政府、教办、教育局、民族局等部门筹措经费，接下来还要动员后龙村的人投工投劳，大家一起把旧房子拆下来，把操场挖出来，等建筑工人把教学楼建好，才又一起把操场填方平整。然鲁都计算好了，有学生来三台小学读书的屯，每家出四个工就够了。

三台小学建好后，外出务工的人却越来越多了，年轻人流水一样不断往外走，孩子们跟随父母，流到各地去。后龙村没那么多学生了，五所小学便整合成一所小学，也就是三台小学，后来扩展成后龙村中心小学。十几年过去，学校设施越来越好，国家对少数民族教育的投入越来越大，社会各界的捐资助学也越来越多，背陇瑶孩子上学却仍然有一搭没一搭的，他们有时候去上学，有时候就在家放羊或种地，也或许什么活儿都没干，纯粹只是想玩了，也或许突然就嫁人了，老师去到家找时，早婚的女孩子已腆起了肚子。他们像后龙山顶无羁的风，没有人知道他们的来去。然鲁把一个没做完的梦，种植到孩子们身上，却似乎没能长出相同的梦来。

二

凌云县城在山下，后龙村在山上。抬头低头间，便能看得见彼此。从后龙山山脚往上走，时光开始变得陈旧，越往上走，时光越陈旧。山道依然曲折陡峭，茅草房依然低矮狭窄，一切都是然鲁二十岁时的样子、十三岁时的样子、八岁时的样子。然鲁的双脚一次次往山上走，一次次往山下走，时光便不断在他脚板底逆流回转。

很长时间里，然鲁的白天和黑夜是撕裂的。白天他在县城上班，看到的是明晃晃的电灯、热闹的电视剧、临街店铺琳琅满目的商品；傍晚回到后龙村，看着氏花点起火油灯，在昏暗的灯光下砍猪菜，玛襟在一旁脱玉米棒，火油灯的焰，被风撩拨，左一晃右一晃的，总像快要熄灭的样子。

只不过一个多小时的路程，却已是截然不同的两个天地。因此，当镇里的干部来动员他回后龙村做村委会主任时，然鲁二话没说就同意了。

有些事情总得有人去做。然鲁说。那时候，后龙村识字的人并不多，大家都还打着光脚板，在陡峭的石壁上攀爬，捉蛤蚧，掏山货，或是把一棵棵树砍倒，破开，晒干成柴火，扛到县城卖。

2003年之前，整个后龙村还没有一寸公路。然鲁当然没有忘记那条四级公路，那是凌云县城通往逻楼公社（后来改为逻楼镇）的路，也是百色地区通往河池地区的路。这条全程三十六点五公里的四级路，从后龙山山脚蜿蜒爬上来，穿过头台、二台、三台屯，又沿着山势，七拐八弯往逻楼公社方向去。这条路整整修了三年，一直到1975年1月才建成通车。那是整个凌云县修建的第三条四级公路。

路的方向，不是后龙村的方向。后龙村的人下县城，或是去别的什么地方，仍然得攀着山道。

然鲁想修一条路，从有四级公路穿过的三台屯接过来，一直修到陇署屯去。这条九点五公里长的路，将从三台屯、陇兰屯、陇喊屯、陇法屯、陇设屯、长洞屯、深洞屯、陇署屯经过，几乎能把后龙村较大的自然屯连接起来。一条路，要从八个屯经过，沿途的坟墓要让，屋基要让，山场要让，这并不容易。后龙村的石头太多，土太少，谁都舍不得。

动员会在陇兰屯坳口开，路需要经过的第一站就是陇兰屯。几个屯的群众代表都来了。等县里镇里的领导说完话，一个年轻人站起来，用背陇瑶话说，从古至今，后龙村都没有公路，我们后龙村人养得一头大肥猪，都没办法扛下县城卖。现在，好不容易有这个机会，这条路我们一定要修。后龙村的人抬头，便都认出他来，陇法屯的启良，后龙村第一个把书读到中专，二十多岁就当上乡长的人，他留着三七分的发型，朝气蓬勃的脸，无论什么时候看，都是一副意气风发的样子。这次回后龙村，是县领导特地让他来给本村的乡亲做思想工作的。

仍是有人赞同有人反对，说什么的都有。然鲁习惯了。后龙村的人满意他时，就说他好，不满意他时，就说他不好。路终究是要修的，它会像玛襟说的古老故事里，那棵长了千百年的奇树，一直长一直长，便长进天里去，后龙村的人通过它，就能抵达另一个世界。

路经过的地方，需要占用队长一个屋基，还需要占用队长弟弟半个屋基。然鲁提着酒，一次次去到队长家，去到队长弟弟家，兄弟俩冷着脸不搭理。然鲁就坐在那里一个人自说自话。然鲁和兄弟俩是亲戚姓，然鲁说，唉唉，我们也不要成仇吧，万一以后两家打起亲家来那可怎么办？便径直起身，从碗架取碗倒酒。也不知是哪一句引得队长开腔的，两个人辩来辩去，争得脸黑脸白的，几碗酒下肚，全都变红脸了。酒能将人的心泡硬，也能将人的心泡软，喝到然鲁和队长都醉倒在桌边时，兄弟俩便让出屋基，搬到别处去。那时候是不谈补偿的，山场让了就让了，屋基让了就让了，没有什么补偿。然鲁帮着兄弟俩把盆盆罐罐搬出来，心里又轻松又难受，觉得欠了他们。

竣工的时候，已是2005年秋天了。开通仪式那天，然鲁早早来到会场，看到八个屯的人几乎全来了，男女老少站的站、坐的坐，把坳口都挤满了。玛襟和几个老人坐在石头上抽烟杆聊天，玛襟说，大家都来看热闹，她也来看看。玛襟九十岁了，至今还没见过车是什么样子。

第一辆车开过来，第二辆车开过来，然鲁看到老人们眼睛里的稀罕。一个县领导知道玛襟从没见过车，便说，让老人家坐上车，转一圈感受感受吧。然鲁便扶着玛襟坐到车里，车带着他们，在新开通的路上转了一圈。玛襟很是不安，摸摸这摸摸那，说，这车吃什么呀？这样大的家伙，吃得一定很多吧？司机笑着说，阿娅，这车也吃草呢，跟牛一样。玛襟瞪大眼睛说，真的呀？然鲁便说，莫信他，他开玩笑呢，这车吃汽油。后来想想，也没法再向她解释汽油是什么，便只是笑。玛襟说，嘀嘀，我的心在肚子里蹦上蹦下，快要落出来了，坐这车还不比光着脚板走路舒服呢。她嘴里说一些嫌弃的话，脸上的表情却是兴奋的。

事实上，1997年那场在全百色地区掀起的人畜饮水、村村通公路、茅草房改造、村村通电、村村通广播电视和改善办学条件的六大会战之后，凌云县就没停止过基础设施的建设。只是，在这个高山林立石头遍布的国定贫困县，人家户大多窝在大石山深处。从一个村到另一个村，从一个屯到另一个屯，是一重又一重大山。单就运输来说，便是个大难题，一块砖头一包水泥，就连和水泥浆用的水，都需要人挑马驮从山下运上来。所有的艰辛，在多年后，全都模糊不清了，然鲁只记得那些缓慢甚至停滞的过程。一直到2016年，交通、饮水、住房仍然是全县脱贫攻坚工作的重点难点。

三

再次见到然鲁，已是2016年春天，我们坐在后龙村村部会议室里，相视而笑。会议室很满，县领导、镇领导、后援单位、驻村工作队、村"两委"、包村干部，那么多人坐到一起，氛围便凝重起来。

县委书记伍奕蓉说，后龙村四百八十户，就有四百零二户是建档立卡贫困户，这个全市乃至全区贫困发生率最高的村，是我们县最难攻克的堡垒，我们用尽全力，也一定要拿下。为了摸清底数，对症下药，后龙村二十四个自然屯四百八十户，除了第一书记、驻村工作队、村"两委"要遍访，后援单位负责人也要遍访，绝不能漏下任何一个贫困户。她的目光沉甸甸地压过来，我的心也变得沉甸甸的。我又看向然鲁，后

然 鲁

龙山那么高，如果没有然鲁，我是找不出那四百八十户来的。

曹润林坐在我前面一排，他刚来后龙村没多久。这个自治区财政厅选派来的驻村第一书记，是湖北人，中南财经政法大学博士。还没来后龙村，我就知道后龙村的第一书记是个博士。那段时间，还有清华、北大、人大等名校的博士、硕士，被中广核、区党委组织部、区老干部局、区旅发委、广西交投集团、国家开发银行广西分行等单位选派下来，到凌云县不同的村做驻村第一书记，这些看起来很遥远的才子，成批成群地扎进村里，让人感觉好像有什么东西，跟以前不一样了。

散会时，伍书记站在门口，跟曹润林说话。我从他们身边走过，听见伍书记说，后龙村是块硬骨头，你可得加把劲了。曹润林说了些什么，我走远了，听不清了，只记得那是个白净的年轻人。

2016年之前，时间是涣散的，在后龙村，早上和中午没太大差别，一天和几天没太大差别，甚至一个月和几个月也没太大差别。村"两委"办公大多在圩日，村委会主任把公章装进袋子里，就下到县城去了。从早上九点到中午两点，村"两委"的人汇集到后龙山山脚下，那里原来是岑氏土司后花园，现在仍然是花园，有荷池、凉亭，还有茂密的古榕和几张大石桌。大家坐在那儿，抽烟杆聊天等来办事的村民。后龙村的人把带下山的货物卖了，把日常用的东西买了，便也从熙熙攘攘的集市里汇集到这里来，咨询村干部政策上的问题，让他们帮填个表格，盖个公章，或是签名领救济，没什么事要办的，也坐到这里来，扯扯各自听到的八卦。

曹润林坐到一旁，看村"两委"办事。背陇瑶古拙的服饰，让他感觉看到一群从时光深处走出来的人。他们走在衣着时尚的人群中，竟也没有违和感，就像两棵纠缠到一起的树，时间久了，便融进彼此的气息里，成为一体。

一切都是闲散的，一切又都是拥挤的，像另一个集市。曹润林问，为什么要来这里办公呢？然鲁说，从老一辈到这一辈都这样呀，群众来赶圩，顺便也把事情给办了，两样都不耽误。以前没有公路，后龙村的人上上下下都从这里走，大家都习惯集中到这里来。

第二个圩日曹润林又来，等到圩场散去，人群散去，才对然鲁说，这样办公不行，没个规矩，现在不是老一辈那时了，以后村"两委"都要在村部办公，群众有事来到村部，随时都可以找到人。

村部几年前就从陇喊屯搬到三台屯来了，就在四级公路旁，与后龙村中心小学相隔不过百来米远，一个宽敞的院子，功能齐全的村级公共服务中心，都是刚建成不久的。然鲁心里有些不痛快，村人千百年的习惯，早就坚固得像后龙山，也不是说改就能改的，他并不觉得这样办公有什么不好，群众来赶圩，顺便把事情给办了，大家坐到一起聊天，还能了解乡亲们的想法和难处，多好的事呀。城里人是不会明白山里人想什么的。然鲁嘴里却什么也没说，他就想等着看曹润林碰壁。

一连几天，村部冷冷清清的，一个群众也没来。曹润林埋头在自己带来的笔记本电脑前，不知道在忙什么。村部没有电脑，村"两委"没人会用。值班村干部说，曹书记，等到现在都没人来，我先回家了哈，家里还有事。曹润林说，群众会来的。仍低着头，双手不停在键盘上忙碌。那不容置疑的语气，是然鲁和村干部们所不喜欢的。

后龙村的人需要写请示或证明时，仍习惯去然鲁家找然鲁帮写。氏花拿出玉米酒，然鲁便和来客坐到饭桌边，先慢慢喝上几碗酒，天南地北胡侃上一阵子，才起身翻找出笔和纸，铺在饭桌上写，等到一份请示或证明写出来，一天也就过去了。

后来总算零零星星有群众找到村部来，却也是抱怨连天的，说原来那样多好呀，现在改来村部，还要挨绕一大弯，真麻烦。曹润林笑着说，以后习惯了就觉得方便了。曹润林的普通话，在一群说背陇瑶话的人中，很是生分。就这样拧拧巴巴地过了很久，一年多后，村"两委"和后龙村的人才渐渐习惯这样的办公方式。

时间仍然是涣散的。曹润林召集开一个会，说好是上午八点半的，时间都过了人还没来齐，他拿起电话，一个个催，等到九点人仍没来齐。

村委会主任谢茂东坐在角落里不说话，不久前，他刚向村"两委"做检讨。他在邻县有个工程要收尾了，赶着去处理，说好请假十天的，谁知工地材料短缺，赶不回来，便拖延了几天。回后龙村那天，正好与曹润林在路上相遇，曹润林从摩托车上跳下来，开口就责问他，你这主任是怎么当的？村里你不在，入户你不跟，工作还怎么开展？你还是不是党员？那天下着毛毛雨，两个人就这么站在雨中，曹润林板着脸，他平时说话声音就大，生气时声音更大。雨落在他们头发上，像白糖，白糖越积越多，掉下来，在他们脸上汇成河流。谢茂东说，我错了以后我改正。曹润林仍坚持让他写检讨书，郑重其事向村"两委"做检讨。然鲁记得，谢茂东在检讨书里说，他做村干部做上瘾了，还想继续做下去。然鲁不知道曹润林看到这行字时，会怎么想，也许只有做过多年村干部的人才读得出其中滋味。谢茂东从十九岁开始做村干部，转眼二十多年过去了，一个人最好的年华都泡在那里，能不上瘾吗？一千八百元的村干部工资，要供女儿读大学，供儿子读高中，妻子做苦力活也挣不来几个钱，谢茂东平时就接些工程补贴家用。三天两头来回跑，两头都不讨好，谢茂东好几次想辞职不干了，最后都没走成。长感情了，丢不下。几十年里，村干部走了又来，来了又走，最后剩下来的便像树一样，长出根须来。

四

　　从后龙山山脚往上走，地头水柜像碉堡，一个碉堡接着一个碉堡，星星点点从石头间长出来。曹润林不知道那是什么。然鲁说，那是储存水用的，后龙村没有水，一村子的人一年到头，就等着望天水了。曹润林便走到水柜边，看到细长脚杆的活闪虫①，在水面上悠然地划来划去。树叶飘下来，落在水里，有些腐烂了的，就半沉半浮地悬在水中间。池水浑浊，看不到底。

　　后龙村的人都喝这水吗？曹润林问。

　　是的。然鲁说。

　　村部也是喝这水？

　　是的。

　　曹润林吃住都在村部。然鲁想，以后他该吃不下饭了吧。几年前，有几个城里人来后龙村捐资助学，送棉被衣物书包等给学生，然鲁一大早就准备饭菜给他们。一个女孩子看到水柜里的水，吓得惊叫，说，就吃这种水呀？那顿饭便再也吃不下去。女孩子说，为什么不从县城拉纯净水来吃呢？早知道我们拉一卡车的纯净水来。然鲁把目光从她脸上挪开，望向她身后的山，视线所到之处，全都是灰暗暗的石头，像一群群羊，沉默地卧在灌木丛里、荒草里、玉米地里，似乎抽一鞭子，它们就会撒开腿，满山遍野跑起来。后龙村的土壤之下，是坚硬的碳酸钙岩层，从地面往下钻孔，根本找不到水源。为了修建这些水柜，后龙村人费了多大劲，政府费了多大劲，一个大城市来的女孩子是无法理解的。玛襟

---

　　① 活闪虫，桂西方言，即水黾，一种水生半翅目类昆虫，栖息于静水面或溪流缓流水面上。

说，城里人的心是往上长的，山里人的心是往下长的，都长不到一块儿，他们怎么会知道我们想什么呢？

水柜里的水够吃吗？曹润林又问。然鲁说，那就看老天爷了，要是雨水足，水就够，要是遇上天旱，那是不够的。

那怎么办？

挑呗。去有水的地方挑。有时候就去县城挑。现在路修通了，方便多了，用摩托车拉。见曹润林的眼睛还没从他脸上挪开，便又说，把水灌进五十斤装的塑料壶里，拧紧盖子，左一个右一个，牢牢绑在摩托车后面，就可以拉回来了。政府也会送水来。用车拉，消防车，一车车的，送到村里来。

曹润林便没再说什么。以后，仍然吃住在村部。然鲁开始有些喜欢这个年轻人了。

那段时间，几乎天天爬坡走户。进屯的路多是砂石路，路是从半山腰硬生生劈出来的，一边贴着山体，一边临着深谷。曹润林坐在面包车里，把头伸出去，又缩回来，连连说，这太危险了，应该装安全防护栏的。然鲁看了一眼深谷，谷底有人家，八九家或十来家，窝在谷底，或是贴在半山腰。路七拐八弯，将深谷里的屯连起来，要是有一只大手，把路扯起来，那一定像扯着一根红薯藤，嘟噜噜牵出一串红薯来。

面包车在山道上爬了一截，便靠到路边不走了，接下来的路需要用双脚爬。我们仰头，看见一个"Z"叠着一个"Z"，从山脚，拐来拐去地向山顶攀去。那些"Z"新崭崭的，从山体破出来的石头颜色，白得晃眼，非常突兀地从绿色和黑色里显现出来。然鲁说，进盘卡屯的路是2013年7月修通的，被雨水冲坏了，车走不了。政府年年修，雨水年年冲，有什么办法呢，老天爷就这么恶。

路陡，石头硌脚，走起来很费劲。一路都是雨水冲刷的痕迹，原先藏在土里的石头裸露出来，高高低低立了一地。而路总像是没有尽头，一道弯又一道弯，从人的头顶盘旋而上。路旁不时见到摩托车，也不知道停放了多久，都长出锈来了。然鲁说，这是村民丢弃的摩托车。他们骑到这里车坏了，就丢在这里了。

我和曹润林都很惊讶，在盘卡屯，摩托车竟然可以像一次性用品，坏了就丢了。这真超出我们的想象。我们一路谈论这些丢弃的车，一路感叹。山那么高，路那么陡，谁又愿意费九牛二虎之力扛车下山修理呢？叫修车的人来拖到县城，费用和买一辆新摩托车差不多，只好丢弃。曹润林已经不像我第一次见到时白净了，他背着双肩包，条纹T恤被汗水浸透，湿湿地贴在身上，也不知从哪儿摘来一张广荷叶，当成草帽倒扣在头上。

爬到山顶，终于看到盘卡屯了，窝在山底，零零散散的几户人家。其实是三十户，看不到的那些，还窝在更深的皱褶里。于是又盘旋而下。山越高，土越少，玉米苗从石头缝隙长出来，瘦瘦弱弱的。几只山羊挂在高高的石壁上，啃食树叶，它们纵身一跃，在陡峭的石壁上奔跑自如。

房子是一层砖混平房，白墙蓝瓦，整齐划一，沿着地势，从石头上建起来。几年前，这里还全是低矮狭窄的茅草棚，政府实施茅草房改造后，才变成了瓦房，后来又变成了砖混平房。四周很静，看不见家禽家畜走过，盘卡屯的男人女人盘腿坐在家门前，闲闲地抽烟杆、聊天。一个又一个鸟笼挂在树上、篱笆上、屋檐下，画眉鸟在笼子里上下跳跃。

然鲁说，这是曹润林博士，区财政厅派到我们后龙村来的第一书记，这是县文联主席罗南。大家的脸便都转向我们。

曹润林说，我是财政厅的曹润林，大家叫我小曹好了，我就住在村部，大家有事可以随时找我。盘卡路损坏得不成样了，不好走，一定得把它硬化，回头我就向厅领导汇报这个事。曹润林有些激动，我猜想，这一路走上来，他心里记挂的，就全都是那些锈迹斑斑的摩托车了。

然鲁扭头看曹润林，又看我，他一定很意外曹润林说这话吧。凌云的雨季来势凶猛，每年一进入五月，强降雨就一波紧接一波。盘卡屯几乎就在后龙山最高处，山洪顺着盘卡路冲下来，犹如千军万马，那阵势，根本没有什么东西能够阻挡。他不觉得硬化盘卡路是个好主意，就算真硬化了也是白费，暴雨一来，什么都不会留下。然鲁保持原来的姿势，什么也没说。盘卡屯的人眼睛全都亮了起来，他们说，好哟，曹书记，这条路早该硬化了。

——盘卡路最终没有硬化，盘卡屯的人每次见到然鲁，总不忘说，嗨嗨，哄我们老百姓，说帮硬化盘卡路又不帮，讲话不算数。一直到2017年，县里将后龙村的盘卡屯、陇茂屯、陇金屯、冷洞屯、凉水坡屯等五个屯列入整屯搬迁的规划后，我们一次次爬上盘卡屯动员村民搬迁，他们仍在提这事。——也就在那个时候，我和曹润林才深切体会到，说服后龙村的人搬下山竟比修一条路上盘卡屯更艰难。

那天，我们就在盘卡屯走访，走进一家，一个老奶奶正在吃饭，菜是一碗青菜。又走进一家，两个小女孩也正在吃饭，菜同样是一碗青菜。几乎所有的人家都差不多，一样的饭菜，一样四壁空空的房屋。整个盘卡屯，全都是低保户。曹润林低头记笔记，盘卡屯的人将目光热气腾腾地伸向我们，传递到我这里时，全变成沉甸甸的石头。我有些无措，内心里有很深的无力感，仿佛深潭里伸出很多双手，而我却无能为力。然鲁又坐在一旁抽烟杆，细长的眼睛半眯着，也不知有没有听到身旁的谈话。下山的时候天已黑透，我们打着手电筒，一路谈论盘卡屯的事。每说到一户，然鲁就将他们的故事展开，那些苦难便血肉丰满地呈现在我们脑海里。我扭头看曹润林，他正好看过来，黑暗中，我看不清他的脸。

几个月后，曹润林从区财政厅申请到扶贫资金，把村部到陇署屯的主干道，全都装上安全防护栏。又将陇喊屯、陇兰屯等八个屯进行屯内道路硬化。县住建局将更多的太阳能路灯装进村里来，原先寂寞的几盏便热闹起来，流水一般，一点一点亮到大山深处。

五

危房改造一座接一座进行，地头水柜一个接一个建，进屯路一条接一条修，92.6%的石漠化面积，让后龙村脱贫攻坚的每一件事都变得无比艰难。伍奕蓉书记、莫庸县长隔三岔五就到后龙村来，督查各项目建设情况，召集县直各相关部门开现场会，协调解决困难和问题。然鲁感觉到，现在的节奏真是越来越快了，一切都以过去十倍百倍的速度在推进。

然鲁常和曹润林争执，为着屯级路选址的事，两个人都将话说得硬邦邦的。曹润林坚持要把路从山坳修到长洞屯，再修到下寨屯，让路从人家户前经过。这样两个屯的人出行就方便多了，车子可以开到家门口。然鲁说不行，其他村干部也说不行，路占土太多，群众不会同意的。曹润林不甘心，召集了几次村民大会，都遭到群众强烈反对，最后不得不放弃这条路。

曹润林很沮丧，他独自坐在会议室里，长久不说话。然鲁看得出，他眼里有深深的无奈。他会不会觉得后龙村的人目光短浅呢，从村干部到村民，全都目光短浅。平心而论，曹润林是对的，也许再过十年二十年，那两个屯的人都能开上小车，到时又该抱怨路没从家门前经过了。可村里的事就是这样的，得先顾眼前。后龙村的年轻人都外出打工去了，村里只剩下老人和孩子，远一些的地没法种，丢荒了，近的地再被路占去，群众无论如何都不会同意的。

曹润林一定也看到那些土了，薄薄的土，一眼就看出瘦，玉米、红薯、火麻、饭豆、黄豆，吃力地从土里长出来。构树倒是肥硕的，滥长在玉米地里。后龙村的人种玉米时，就把地里的构树连根拔掉，只留下坎边石缝里的，构树便也听人的话，只在坎边长。那是留给猪吃的。后龙村的猪，能把构叶从农历三月吃到腊月。

曹润林总不忘说种养，吃饭说，走路说，开会说。然鲁知道他在想什么。多少年了，后龙村就只种那几样农作物，它们好养呀，扔进土里，几场雨就能长出来，尽管瘦弱，毕竟还是长出来了，而挑剔的农作物在后龙村是长不出来的。后龙村的人还喜欢养山羊。山羊是山养大的。每天把羊赶上山，又把羊赶回来，羊就自个儿长大了，人费的只是力气。力气当然算不上数的，后龙村的人算账，从来不把力气算进去。只是2017年之后，山羊就不能再养了，县里禁牧，说是山羊对生态破坏太大，再也不能任由它们满山乱跑了。猪却是不敢多养的，吃得多，费粮食，每家只一头、两头的，慢慢养着留过年。后龙村的粮食，人都不够吃，哪还有猪的份？平时就打些红薯藤、构树叶之类的，混进玉米糠里喂猪。猪吃不饱，养到年尾，仍然毛茸茸的，不长肉。

仍然爬山走户，带路的有时候是然鲁，有时候是其他村干部，几乎天天走，村干部们走得想哭，一些窝在深山里的屯，还得双手双脚攀爬。曹润林个子高，腿长，他走两步，村干部们得走三步。曹润林走得快，村干部们常常被落在后面几十米，他不时转回头来调侃，你们呀，还是太缺乏锻炼。天知道呢，一个城里人，居然比山里人还能走。

去高坡屯那天，是然鲁带，走了几户之后，穿过一片空阔的地，就看到荣宝荣金家了。两间破旧的木瓦房，摇摇欲坠，四周用塑料薄膜围起来，风吹动，便哗哗地响。哥哥荣宝七十岁，妻子早年病故，留下一个哑巴儿子。弟弟荣金六十五岁，一辈子没娶。三个老光棍住在一起，日子实在难过。还是十几年前的事了，当时政府给五百元建房费，需要本屯人投工投劳帮建房子。然鲁动员了很久，却没人愿意，房子建不成，便只帮他们申请了五保户，吃救济过日子。后来国家又出台了危房改造政策，只是这家人自身没有建房能力，便也就算了。然鲁一直觉得这事办得潦草，却也一直这么潦草地过下去，如果不是带曹润林来到这里，或许还会继续潦草下去。后龙村的事，潦草的多了去，就像一个人，身上的虱子多了，也就不觉得痒了。其实然鲁不想把曹润林带到这里来的，曹润林的表情有时候像刀，割得他不舒服。——见到荣宝荣金和那哑巴儿子，曹润林果然又流露出刀的表情，不，不是锋利，是怜悯。然鲁不喜欢怜悯，却也明白后龙村需要怜悯。倒是曹润林，走了几个月的户，原先的激动渐渐平息下来，明白后龙村的事，并不是他想象中的简单，它们像后龙山遍地的石头，从地底长出来，能轻易看得见，却不轻易搬得动。屋子里很乱，所有的物什都有一层厚厚的黑垢。兄弟俩抽着烟杆，笑着说自己的难处，像是说一件久远的事，或是别人的事。在后龙村，极少看到愁苦的脸，每一个人的苦难都很平静。曹润林沉默地将这些难处记进笔记本里，不久后，他把这家人迁到小陇法屯去，并申请到危房改造补助，帮代建了两间砖混平房。

荣宝荣金搬走后，一个屯就空了下来，曹润林看着空荡荡的地，突然兴奋起来，说，这里拿来养猪多好呀，远离人家，方便防疫管理。然鲁猜想，曹润林琢磨养猪，一定琢磨了很久。

曹润林想建一个养猪场，养一千头猪，再种三百亩构树。猪吃构叶，猪的粪便又能养构树，形成一个循环。一千头猪呀，后龙村的人想都不敢想。——猪又不是光吃构叶就能长大的,还得放玉米糠。一千头猪得费多少玉米糠呀,全后龙村的粮食加起来怕也没这么多。

莫庸县长来调研了几次,后来伍奕蓉书记和财政厅领导都来了,在高坡屯开现场会,决定由凌云县农投公司和凌云县那山生态公司一起加入,在后龙村合作发展黑山猪养殖产业。财政厅给了一百七十多万元帮扶资金,租赁村集体的土地建设养猪栏舍。养猪场就真的建起来了。这个占地十亩的养猪场,一直到2018年3月才正式投产运营,当年出栏四百二十头黑山猪。后龙村第一次有了村集体经济收入。

村"两委"越来越忙了,2017年之后,电脑使用的频率越来越高,交通、住房、饮水、教育、医疗,还有很多烦琐的台账资料,都需要通过电脑,形成文字,形成表格,输进网络系统。后援单位县法院送来两台电脑和打印机,村"两委"干部都在开始学习使用电脑,然鲁却弄不清那东西,只要一坐到电脑前,他的脑子就笨,指头就笨,怎么也记不住那些操作。他看着旁人将一大摞一大摞的资料输进电脑,或是将一大摞一大摞的资料从电脑里输出来,一点儿忙也帮不上。然鲁仍然习惯用纸和笔,谁家刚生小孩,谁家刚娶媳妇,调解纠纷时谁说了什么,谁领了多少低保,谁交了多少党费,全都记到纸上。——我见过然鲁的笔记,厚沉沉的十六本,然鲁的字也真是好看,苍劲洒脱,一点儿也不像只读过小学五年级的人。

我老了。然鲁说。他嘴里含着烟杆,那些话跟着烟雾飘出来,进到我耳朵时,便像是残缺的。从六十六岁开始,然鲁就说这句话,说到六十七岁,话便也老了,像锈掉的铁,轻轻一碰,就哗啦啦掉下来。门外的天色在我们谈话中暗下来,然鲁的声音消散在黑暗中,便也生出寂寞来。玛襟九十岁的时候,还满山追赶山羊,六十七岁的然鲁当然也没有老，是来村里的那些年轻人让他感觉老了。

六十七岁这年，然鲁把村支书的担子卸了，交到谢茂东手上。谢茂东是汉族人，他祖父从一个汉族村寨搬到后龙村时，他父亲还只有三岁，算起来，那都是快一个世纪前的事了。然鲁是看着谢茂东长大的。1995年，十九岁的谢茂东在百色龙川乡（今龙川镇）挖矿，是然鲁把他找回来，动员他做了村里的文书，转眼，谢茂东都已四十一岁了。

然鲁又下县城去了，他每天骑着三轮车，接送孙女上学放学，有时候在大街上遇见，他便老远朝我笑眯眯挥手，三个小女孩花朵一样在车厢里笑。然鲁仍每晚回后龙村来，他骑着三轮车，从村级路走过，从屯级路走过，这里的一切都是他熟悉的，每一段路，每一个水柜，每一座房子，每一个人，而这一切，他又将越来越陌生了。

曹润林任满即将回财政厅时，年已经很近了，后龙村开始接二连三杀年猪。谢茂东家的猪突然不吃潲了，他对曹润林说，曹书记，我家的猪不吃潲了，干脆杀了，请大家去帮忙吃。不几天，村委会主任石顺良家的猪也不吃潲了，也请大家去帮忙吃肉，接下来村"两委"干部家的猪都纷纷不吃潲，曹润林这才知道，后龙村请人吃饭时，就会谦虚又幽默地说猪不吃潲，他感觉到离别的伤感。几天后，曹润林在村部请村"两委"干部家吃饭，他端起满满一碗酒，笑着说，我是博士，但厅里准备派一个比我水平更高的人来接我的班，他叫于洋，清华大学研究生。

酒一碗接一碗下肚，感伤却来得更猛烈了，每个人的脸都灼烧成火焰，于洋的名字在酒中被无数次提起，大家都很好奇，那个即将来后龙村的年轻人，究竟长什么样子。

（原载于《广西文学》2021年第1期）

启　芳

一

我们又一次往木瓦房去，这座陇法屯唯一的笆折房①，传统干栏式建筑，上层住人，下层住牛。——笆折房这个词是石顺良说的，这种从时光深处生长出来的字眼，只有后龙村的人才会说。我和于洋看到的是竹篾编成的墙，细密的，精巧的，正着编的篾条，反着编的篾条，构成图案，蔓延成整面墙，每一面都是艺术品，可它真的太老了，说不准哪一天就会坍塌下来。

启芳在喂牛，他从墙角里抱起一捆饭豆藤，扔进牛圈里，牛啃扯藤叶的声音便清晰传上来。启芳扔下三捆饭豆藤，才拍掉身上的尘灰，转过头来跟我们说

---

① 笆折房，桂西方言，用竹子编制的墙壁围成的房子。

话，他养有四头牛，每天要吃很多草料。

阳光从木栏杆外照进来，落到启芳脸上，他的头发眉毛便是金色的，闪着光。黄牛在木楼下咀嚼饭豆藤，每嚼几口，就停下来，抬头看远方。几只母鸡带着一群跟在后面的鸡仔，啄食腐草里的虫儿。鲜草的味儿、腐草的味儿、牛粪猪粪的味儿混在一起，弥漫上来，淡淡的，竟也有些好闻。

和我们说话间隙，启芳已喝下两碗酒了，他从角落里拎起塑料壶，自己给自己倒酒——那只二十斤装的大塑料壶，似乎永远装满酒。启芳说，我们背陇瑶人拿酒当茶喝呢，上山干活累了喝一碗，在家闷了也喝一碗。他倒给我们的酒还搁在凳子上，清亮亮的，我和于洋只是看着，不敢喝。启芳倒也不勉强，他知道我们喝不了酒。

启芳又提到那天了，每当于洋苦着一张脸，千方百计躲开酒时，启芳总会提到那天。于洋第一次到陇法屯走访，那时候他的脸还是白的，身形修长，像一个文弱学生。启芳腰后插着镰刀，肩上挂着绳子，走出家门，准备上山割牛草。村委会主任石顺良说，这是区财政厅新派到我们村的第一书记，于洋书记。启芳便多看了于洋几眼。于洋朝他微笑，两只深酒窝，白皙的脸似乎红了一下，仔细看时，又不见了，启芳怀疑是自己看恍了眼。那天阳光很盛，初春的阳光很少有那么盛的，因此启芳记得特别清楚。

三人站在路上聊了几句，启芳邀他们到屋里坐，他家的木瓦房就在身后几步远。于洋说，那不耽搁您做事吧？于洋一口好听的普通话，听起来有些遥远。

启芳说，哎呀，不过是割牛草而已，早点晚点没关系的。三人便往木瓦房去。后龙村人说话没有翘舌音和鼻音，因此两人说话时，于洋一

启　芳

口一个"您",启芳一口一个"你"。

于洋坐在凳子上,低头翻看帮扶手册。启芳倒了满大碗的酒,递过去,说,于书记,先喝碗茶解解渴吧。于洋喝了一口,疑惑地问,这不是开水吧?启芳和石顺良都笑起来。启芳说,这是玉米酒,度数不高的,你喝点尝尝。于洋一听,连忙说,我不会喝酒呢,今天还要走访很多户,喝了酒就走不动了。启芳说,书记,你就喝点吧,这是我酿的酒,你今天来了一定要尝尝。于洋转脸看石顺良,石顺良远远站着,微笑不语,这样的场景他见得太多,知道于洋不把那碗酒喝下去,是不好走出这个门的。于洋也知道瑶寨酒风浓,一碗酒更多时候并不是酒,是试探,是尊重,是交情,启芳期待的眼神让他找不到推辞的理由,他只好端起碗,硬着头皮喝下去。那是他第一次喝玉米酒。酒在他体内燃烧,很快燃到脸上,燃进眼睛里。启芳一看,就知道这年轻人是真的不会喝酒了,便开心起来,觉得这个城里来的第一书记是个实在人。他喜欢实在人。

于洋咧开嘴笑,脸颊上的深酒窝,让他看起来总像带有几分羞涩。几个月的走村串户,于洋的脸晒得和石顺良一样黑了,仔细想来,我竟已忆不起他曾经白皙的模样。我们也忆不起他喝酒的模样,村里的事太多,一件事去了一件事又来,那么多事垒堆在一起,一些记忆总会被另一些记忆覆盖。

小黑小黄在我们脚边嗅来嗅去,启芳说,狗在认你们呢,多嗅几次,以后你们来家它们就不叫了。于洋伸出手,抚它们的身,抚它们的头,狗索性站立不动,摇起尾巴,由着他抚。小黑小黄是于洋给取的名字,黑狗叫小黑,黄狗叫小黄。启芳家的狗并不算凶,我们头几次来,刚走到篱笆墙边,它们就从屋里奔出来,冲我们吠,启芳呵斥几句,它们便也不叫了,掉头走开,看也不看我们一眼,似乎很生启芳的气。

家里读书的娃娃多，没钱起房子哟，启芳说。他脸上笑眯眯的，似乎不是在说难处。他的妻坐在一旁脱玉米棒，她不爱说话，看向我们的一双眼睛里，只静静含着笑意。房子是1998年起的，那时候他们结婚好几年了，孩子正一个接一个出生。阿卜①说，树大分丫，人大分家，他们便从阿卜家搬出来，自己起房子。建房材料是一点点攒起来的，像燕子衔泥。每天忙完里里外外的活儿后，夫妻俩钻进山林，将大树伐倒，晒干，一根根扛回来，做成柱子，做成檩条，又将一根根竹子砍倒，破成篾条，编织成笆折。当那些材料堆得和阿卜家的木瓦房差不多一样高时，他们知道，他们已挣下了一个世界。那段时间，夫妻俩的心每天都是满的，就像春天里落了一院子的阳光，人走过时，总忍不住想要咧开嘴笑。房子起得精细，二十多年前，陇法屯那么多房子中，它也曾鲜亮耀眼，启芳从没想过，这房子有一天会变成陇法屯最暗淡的房子，他原本打算住几辈人的。

我们都不说话，屋子里变得空旷起来，阳光从笆折墙穿过，风从笆折墙穿过，启芳的声音像在荒野里游荡。我抬头看四周，笆折墙上挂有不少农具，很古老陈旧了，筛子、簸箕、撮瓢②、猫公箩③，还有一些我叫不出名字，也不知道用途的篾具，有些还用着，有些已经多年没用了——主人家总想着有一天会用上，其实内心里都知道，永远不会再用到它们了，可却舍不得扔，依然一年年地挂在墙上。

政府给危房改造补助也起不了哟，我连房子主体的钱都找不到，启芳说。他的眼睛看向墙壁，那儿是满墙的奖状，四个孩子小学初中高中

---

① 阿卜，背陇瑶方言，阿爸的意思。
② 撮瓢，桂西方言，竹编的一种小型农用工具，可用来铲谷子。
③ 猫公箩，桂西方言，竹编的一种小型农用工具，可用来装庄稼的种子。

的奖状，按照年份，整齐地贴在上面，旧的已经发黄，新的亮得晃眼。——这是桂西北凌云县的民间习惯，将孩子的奖状贴到墙上，是一种荣耀和激励，也是一种吉利。这习俗原先只在壮族、汉族中流行，不知什么时候起，也传到瑶族那儿去了。只是，后龙村有这样一墙奖状的人家并不多，因此每次来启芳家，我们的眼睛都会不自觉地被牵引，然后听见心底有万物生长的声音。

于洋的目光也落到墙上，他知道这四个学生，除了在外读大学的宗文，其他三个孩子他都见过了。女孩子长着母亲明媚的眼，男孩子长着母亲圆润的脸，他们眼睛深处，都有着和启芳一样的清澈，叫人看了不由得心生喜欢。

启芳说，这房子还能住人呢，我们就凑合住下去了，新房子等娃娃们长大了自己想办法，我们做父母的没本事，一辈人就只能起一个房子了。他的眼睛在屋子里巡了一圈，像一个大势已去的王，伤感地看着他日渐破败的江山。尽管全家人有低保补助，尽管读高中、读初中的孩子，都进了中广核集团开办的"白鹭班"和深圳盐田区开办的"盐田班"，读大学的孩子也有"雨露计划"等教育补助，可后龙村的土实在太薄了，启芳的肩也实在太薄了，日子仍然沉甸甸的。

二

启芳尝试外出打工，还是十多年前的事。那时候，后龙村年壮的人，开始不断往外走，帮人砌墙、打山工，或是进厂做流水线工人，一年挣下的钱，总会比守着后龙村种地强。——很长一段时间里，后龙村的人几乎都在谈论这些事，事实上，人们眼睛里看到的，确也如此。

有一天，启芳也背着行李走出家门了，几个后龙村人结伴，在荒坡里帮老板种八角树，种桉树，还几乎绕着山，砌了一条长长的水沟，不承想，老板一分工钱都没结。春节已经很近了，老板一天推一天，大家很着急也很气愤，却拿他一点儿办法都没有，实在耗不起，只好步行回家。上百公里的路呀，就算后龙村的人双脚爬过再多的山，走过再多的路，也永远不会忘记那段路的漫长。

启芳跟我们说起这些时，眼睛沉沉地盯着地面，似乎那里有一口深井，当他抬头，深井从他眼睛滑落下来，跌进我眼睛里，我连忙将目光避开，投到别处去。我不愿意看到深井。——我知道一个内心简单的人，在面对这些事时的无力感。你明知道那个人满口谎言，你明知道那个人在算计，你仍会感觉到自己全身冰掉了，舌头冰掉了，四肢冰掉了，你不会语言，你变得笨拙，除了承认自己无能和懦弱，然后像刺猬一样蜷起身子，你什么办法都没有。没错，我说的是我自己。我知道那口深井里的东西。

那次以后，启芳再没外出打过工，他像往常一样，种玉米种红薯种黄豆，养鸡养猪养牛，还没禁牧的时候，还养过一群羊。

春天播下多少种子，秋天有多少收成，不论歉收或是丰收，一年的光景总能握在手里，这样的日子让启芳感觉踏实。他的妻什么也没说，启芳外出打工，她跟着；启芳留在后龙村种地，她跟着。她的眼睛里，总是充满笑意。

1988年，启芳第一次见到她时，她的眼睛里就是这种笑意。那时候，启芳二十岁，她二十一岁。在熙攘的圩场里，她和几个同村姑娘一起走，她穿着天蓝色的斜襟上衣，头发全收进方格头帕里，鲜亮的耳环长吊吊地挂在脸侧。几个姑娘说说笑笑地走在前面，她偶尔回头，猛然撞上启芳的眼。本是陌生的姑娘小伙便也搭上了话。那天，几个小伙子一路跟

启 芳

着姑娘们,一直跟到她们的村子去。

还没遇上她之前,启芳已经走过很多个村子了——背陇瑶男孩子长大后,就会结伴翻山越岭去别的村"耍表妹",这是千百年前就流传下来的习俗,用对唱山歌的方式,结识年轻女孩子。那是属于年轻人的时光,一群姑娘小伙围着柴火旺旺的火塘,把天唱黑了,又把天唱亮了。

阿卜阿迈①从来不担心启芳的婚事,他们说,背陇瑶人的姻缘在几千年前就定下来了,可那么多个村子唱下来,启芳都没遇上让他心动的人,一直到那姑娘突然回头。

启芳在亲戚家住下来——几乎每个背陇瑶聚居的村寨,启芳都能找到亲戚。先祖们乘船从皇门驶过来的那天起,就注定背陇瑶人不论走到哪里,都会像长长的藤蔓攀缠到一起,因此小伙子们外出"耍表妹",从来不担心找不到投宿的地方。启芳白天帮亲戚干农活,吃过晚饭后,亲戚才慢悠悠地走出家门,邀请村里的姑娘来她家唱山歌。时间在她跨出门槛的那刻起凝固,一直到门外传来姑娘们的笑声,才又流动起来。她来了,坐在一群姑娘中,启芳也坐在一群小伙子中。两个人隔着火塘,跟着一群人唱着笑着,她的眼睛不看向他,他的眼睛也不看向她,可都知道对方的心思一直长在自己身上。

在那个村子整整待了六天,唱了六天,启芳和伙伴们才恋恋不舍地返回后龙村。临行时,他和她约定,下个圩日一起去县城赶圩。到了圩日,又约下一个圩日,一个圩日接一个圩日约下去,终于有一天,她要跟启芳去后龙村了。她父母不同意,骂她,你嫁去后龙村,吃石头呀?她家在的那个村,隔着县城,与后龙村遥遥相对,两个村子两座山。她

---

① 阿迈,背陇瑶方言,即阿妈的意思。

在的是土山，长有满坡的茶油林和八角林；启芳在的是石山，除了满坡的石头和贫瘠的土，什么也没有。她不听，捡了几件衣服，跟着启芳跑到后龙村，就这么住了几十年下来。——都是命呢，命叫你往哪里走，你就得往哪里走，谁也恶不过命。那个眼睛含笑的姑娘，如今已面目沧桑，她坐在木瓦房里，低头脱玉米棒，微笑着跟我们摆年轻时候的事，神情闲淡得像是日子从来就是这个样子，又像是时光从来就是这个样子。一个青葱女孩子，曾有过怎样的艰难或委屈，于别人则已不详了。

时光似乎停滞下来，唯有木瓦房越来越老，唯有木瓦房里的人儿在不断老去，不断长大。——当启芳背着棉被衣物，拎着提桶和脸盆，从那座荒坡走出来的那刻，就已决定，山之外的那个世界他不会再来了。他这辈子走不出后龙山，可他要让他的孩子走出去。他的孩子都被送进学校里了，在这之前，他从没觉得上学读书有多重要。孩子从学校领回奖状，启芳一张一张往墙上贴，终于明白，为什么壮族人家、汉族人家要将奖状贴到墙上，那是一个家的底气和希望呀，就像春天来临时，把一颗又一颗种子埋进泥土里，就为等着秋天的到来。

没文化走到哪里都被人欺负，启芳说着，眼睛又落到墙上了。他的语速一向很快，这时候却缓下来，像被什么东西绊住了。我们的眼睛跟着他落到墙上，心里也像被什么东西绊住，话全被堵在嗓子里。

所以，再怎么苦怎么累，就算全寨人就剩我一家起不了房子，我也要先送娃娃读书。启芳的话终于全都落下来，像一个走了远路的人。

石顺良看向于洋，我也看向于洋，我们都想从他脸上看到难题破解的痕迹，这些城里来的第一书记时常能带来奇迹，他们总有办法，让一些我们觉得不可能的事变得可能，就像陇兰屯、陇喊屯、陇署屯进屯路的安全防护栏，这些都不在项目建设范围内，并没有相关经费，可于洋仍筹措到资金，把几个屯的安全防护栏全给安装起来。

很多时候，我都觉得于洋似乎长有触角，他将浑身的触角无限伸长，再伸长，向同学、朋友、企业、爱心人士伸去，相比村两委或其他驻村工作队员，他有着更为宽广的人脉，能为后龙村争取到更多的机会。

于洋没有看我们，他只是长久地看着墙上，沉默着不说一句话。可房子终究还是要建的，这座笆折房让我们不安。

三

小黑远远朝我们奔来，不，朝于洋奔来，它来势太凶，把控不住，居然一头栽进我们身后的竹丛里，又兴冲冲爬上来，扑到于洋身上，要是于洋长得矮一些，小黑热乎乎的舌头怕是要舔到他脸上去了。小黑太黏于洋了，黏得都不像一只狗。我们全乐得不行，于洋拍拍它的脑袋，笑骂它笨，它摇头晃脑地奔到前面几米远，又奔回来，挨在于洋身旁亦步亦趋。如果我们走户，它就跟着满寨子走；如果我们去启芳家，它就活蹦乱跳地在前面领路。

启芳在建新房——房子终于开工了，之前，镇长来看过几次，和于洋探讨过几次，决定先借钱给启芳建房子。按政策规定，只有建起房子一层主体，让镇里的城建部门下来核验拍照，并将材料上报县里，才能申请到危房改造补助。于洋总想着能帮上启芳的忙，想办法筹措到一些资金，在后龙村，仅靠传统种养，建一栋房子实在太沉重了。

新房就建在旧房旁，站在木栏杆前，能看到启芳夫妇往模型里浇灌水泥浆，十四根水泥柱子已经从地里长出来了，屋基一半在坎上，一半在坎下，坎很高，因此启芳得把柱子立起来，撑住房子，让它一半悬空着。夫妻俩赶早赶晚，自己动手，一砖一浆慢慢砌。也真是奇怪，几乎每一个后龙村人都会建房子，茅草房、石头房、木瓦房、砖混房，时代怎么走，他们就能怎么建。启芳夫妇头发眉毛全是灰白色的粉末，厚沉沉的，仿佛眨一下眼，低一下头，就会纷纷扬扬掉下来。

从下基脚的那天起，于洋便不时来，有时候是一个人，有时候是几个人，更多时候是和刘贵礼一起来。启芳从县城拉回水泥砖，尽管下的只是毛毛雨，夫妇俩仍手忙脚乱地搬砖头，于洋和刘贵礼正好来到，连忙帮着一起搬，扯开塑料薄膜把砖头盖严实。水泥砖要是打湿水就不收浆了，等到砌墙时，砖与砖之间就很难抓得牢。大家忙了半天，心里都很高兴，也许三个月后，也许五个月后，启芳就有新房子住了。

砖墙已砌到一人来高，于洋走进去，水泥砖的味道立刻向他包围而来，要在以前，他会觉得刺鼻，可现在，这味道竟叫人欢喜。于洋的眼前是砌了一半的窗，窗之外是对面的山，浅浅的绿色从匍匐在石头上的荆棘长出来，从低矮的灌木丛长出来，玉米苗也长出来了，瘦瘦的苗趴在地上。几个月后，启芳或宗文，或是这个家里的谁站在窗前，就能看到窗外愈来愈浓的绿意，夏天的到来，会让所有的生命变得蓬勃丰盈。

一座未完成的房子总能给人很多想象，于洋在工地里走来走去，看着柱子，看着窗子，看着启芳妻站在墙根，往上传递砖头，启芳站在高高的木架子上，一刀一刀地往砖头上抹水泥浆，然后镶嵌进墙里，砖头一块一块砌起来，墙便也跟着一寸一寸长起来。眼前的一切都让人欣喜，于洋忍不住拿起手机拨打宗文的电话。后龙村二十三个大学生的电话号码全存在他手机里，于洋还建了一个后龙村大学生微信群，他们都是种子，会让后龙村变得葱茏。于洋和他们在群里交流互动，把自己变成另一个他们，把他们变成另一个自己。

这年春天，在细如牛毛的雨中，于洋站在启芳家未完工的房子里，对着手机兴奋地说，宗文，你们家起新房啦，等你回来就会发现不一样了，你父母很辛苦，你要认真学习，以后好好孝敬他们。宗文的声音从话筒里传来，谦逊有礼，一听就知道有着很好的教养，这让于洋更加开心了。他喜欢谦逊的人。那天，两个人在电话里说了很多，那是他们第一次听到彼此的声音。几个月后，宗文放假回后龙村，还没到家，就先去村部拜访于洋，他一直以为，给他打电话的第一书记是个中年人，见到于洋才知道，竟是一个和他年纪相仿的年轻人，可那天，于洋在电话里叮嘱他的语气，分明老得像一个长辈。宗文把这一发现告诉于洋，两个人都哈哈大笑，心一下子就近了。

彩花周末从学校回来，就忙着到工地里和水泥浆，搬运砖头，像是专程赶回来帮父母起房子的。于洋看她衣裤溅上水泥浆，汗水从头发流淌下来，一张脸晒红了又晒黑了，便觉得心疼。太懂事的孩子都会让人心疼。可我喜欢彩花这个样子，一个会体恤父母的孩子总是有希望的。

后龙村读高中的女孩子不多，于洋担心彩花坚持不下去，每次见到她在家，总要坐下来和她聊天，想知道她在学校遇到什么困难，关于学习上的，关于生活上的，或许他能给予一些帮助。那段高压状态下学习的压抑，以及一个少年向青年蜕变的迷茫，他都曾经历，他相信自己的经验能给彩花启发。于洋又说起自己的求学经历了，人生的很多苦难，只要能跨越过去，就会变成财富，他希望彩花也能咬牙努力一把，考上大学，走出后龙村，抵达那个辽阔丰富的世界。

彩花听着，并不多说话，大多时候只是羞涩地笑，她长得像母亲，特别是笑起来的时候。彩花的学习成绩不是很好，也不是很坏，这让她有了多种可能，似乎稍一努力，就能赶上去，挤进成绩优异的阵列里。——至少，学校的老师就是这样认为的。于洋的话让她时而振奋，时而沮丧，像是看到一根从崖口放下来的绳索，她抓着绳索攀爬，或许就真的爬到崖上去了，可也很难说，或许她千般努力却爬不上去，白让崖口等着的那个人失望。

启芳坐在一旁，手里端着一碗酒，立起耳朵听于洋跟彩花说话，有时听着，便忘了碗里的酒，等记起时，才送到嘴边，几大口喝尽。启芳身上灰扑扑的，他刚从工地走上来。

于洋说，后龙山太高了，双脚走不出去，只有读书才能飞越那座山梁。他的手指向门外，那儿是一座高峰，后龙山连绵的山脉从启芳家前蜿蜒而过。站在木栏杆前，抬头是它，低头是它，视线所到之处，全都是巍峨的山体。——后龙村本就在后龙山中，我们目光所及，无一不是后龙山。于洋说得有些文绉绉，可启芳还是听进心里去了，他抬眼看向高峰，很多年前，他和妻就是爬上那座山头，砍下大树，建起笆折房的。现在山秃了，石头裸露出来，有些狰狞。于洋从不肯说出那个"穷"字，他总小心翼翼地照顾到几个孩子的自尊，照顾到他们一家人的自尊。于洋的心思，他懂。

四

一百只乌鸡，三十只麻鸭，四头牛，两只狗，启芳家看起来满满当当的，每一个日子便在鸡鸣狗吠中醒来，睡去。日子是寻常山里人家的日子，有着自己的快乐和忧伤。只是土地贫瘠时常让于洋有窒息感，总觉得沉甸甸的，总觉得颤巍巍的。在后龙村，仅靠传统种养是无法彻底摆脱贫困的，可并不是所有的人都能走出后龙山，或许就像启芳说的，他这辈子走不出后龙山，可孩子那辈还是要走出去的。这些孩子，他们得努力长出翅膀。

启 芳

于洋为几个高三学生申请到广西福彩公益助学计划项目，每个孩子得到两千元助学金，等他们考上本科，还将有五千元助学金。像等待地里的瓜果成熟，于洋时刻关注着这些孩子，高考成绩出来后，又把他们召集到村部，帮着分析，一起讨论怎么填志愿——这些事，他们父母帮不上忙，于洋担心他们错过了什么。后龙村的孩子信任他，后龙村的家长信任他。

夏天到来的时候，于洋从财政厅申请到五万元教育扶贫资金，在村部召开全村教育扶贫奖励大会，专门奖励品学兼优的学生，村部宽敞的院子站满了人。学生们的眼睛热热地看过来，家长们的眼睛热热地看过来，整个会场热气腾腾的。于洋和驻村工作队、村两委给孩子们发奖金，大学生一千二百元，高中生一千元，初中生、小学生八百元。读大学的孩子，读高中的孩子，走到前台，说自己的求学经历和未来规划，他们有些拘谨，说到梦想的时候，便腼腆地笑，像是被人撞见了一个秘密。

于洋在一旁看着，眼睛里也热热的，我想，他应该会想到农夫吧，在春天里，每种下一颗玉米种子，在秋天里，就会收获一棒玉米。是的，他就是那个种梦的人，他给后龙村的孩子和家长种下一个憧憬，就像农夫，他在等秋天到来。——于洋的秋天真的到来了，那年高考，后龙村有四个孩子考上了大学，那么多孩子同时考上大学，在后龙村，这还是第一次。

于洋的好友被打动了，也加入一起种梦，两个年轻人用自己的工资资助后龙村的孩子。于洋在村里选了两个孩子，一个是彩花，一个是盘卡屯的宗飞。宗飞的父亲腿脚不便，日子也过得沉甸甸的。选择这两个孩子是因为他们家庭贫困却勤奋好学，更重要的是，他们懂事得让人心疼。于洋和好友给读高中的彩花每年资助两千元，给读初中的宗飞每年资助一千元，这些资助将一直持续到这两个孩子读完大学。两个年轻人还约定，将来不论于洋去到哪里，他的好友去到哪里，每年都会回后龙村一次，追踪这两个孩子的成长——于洋希望，这些孩子，他们能一直保有对学习的兴趣，以及对父母的尊重和体恤。

进入腊月，外出务工的人开始陆陆续续回到后龙村，年的味道便从他们的脚步散发出来，从他们带回的年货散发出来。我带着十几位书法家，在全县八个乡镇走村串寨写春联送春联，这是县文联举办的文艺惠民活动，我们已经坚持了很多年。来到后龙村的时候，寨子里已多了很多年轻面孔，他们骑着摩托车，从寨子里驶过，从山道上驶过，衣着发型带着山之外的气息。我们在陇法屯空旷的地方铺开桌子，把笔墨摆上去，把春联纸摆上去。我们穿着鲜红的文艺志愿者马甲，在鲜红的春联纸中穿行，阳光很暖地落到身上、脸上，我感觉自己是火焰，书法家们也是火焰。

后龙村的人来了，一层层地围上来，他们笑眯眯地说，帮我选一幅好的。我便给他们选，岁岁平安，人寿年丰，财源广进，世俗间所有的美好都给他们选了。他们守在一旁，一眼一眼地看着书法家们写，一眼一眼地看着自己的愿望落在红彤彤的纸上。墨迹未干，他们小心翼翼地捧着，拿到阳光下晾晒。空地上已经晒有很多被石子压着的春联了，风吹来，春联卷起角，啪啪啪轻响，偶有被吹走的，红红的纸刚翻两个身，就被人大呼小叫地追回来，用更大的石子压上。人们守着对联，读着对联上的字，每一张脸都笑盈盈的。墨汁好闻的味道跟着风，落到人身上，每个人便都是好闻的。那么多的红色，铺了满满一地，看得人的心一朵一朵开出花来，像铺上了整个春天。那么多的春天。

启芳也来了，他说，小南，你帮我选一副对联，要长点的，贺新春新房的。我又给他选，十一个字的对联纸，有着金色的底花，红火火金灿灿的。启芳站在桌子旁，两只手握着对联的一头，看书法家挥毫，他看得很仔细，嘴里念着那些字，像是要把那些字吃进心里。启芳的新房我去过了，客厅依然是一墙的奖状，芭折房那墙奖状被他小心地揭下来，贴到新房来了。穿过客厅，能跟着楼梯走到底层，那儿有一个卫生间，整幢房子都没有装修，唯独这个卫生间贴上了瓷砖。启芳说，你们不是老说下村找不到厕所吗？我给装一个。启芳笑眯眯的，我们的心便暖起来。背陇瑶的房子大多不装卫生间，我们刚来到后龙村时，内急常找不到卫生间，也不过随口说了一句，没想到启芳一直记着。

五

我们从陇法屯走过，一群小孩子追着于洋喊，于叔叔，快告诉我们，你的生日是哪天？于洋说，干吗问这个？他们笑嘻嘻地说，不告诉你。他们的小脸蛋红扑扑的，拼命捂着秘密。于洋笑笑准备走开，他们便憋不住了，争着把秘密说出来，他们要送于洋礼物，想给他一个惊喜。于洋说，谢谢小朋友们啦，于叔叔不要礼物的，你们乖乖的就好。于洋的眼睛亮亮的，我知道他的心里正温暖着。我们笑他逗狗逗猫逗小孩，其实内心里也同样温暖着。

幼儿园就在陇法屯山坳上，那里几乎是后龙村的中心地段，几个屯的人来到这里，距离都不是太远。好几年前，那里是一所小学，后来成了村部，再后来又成了幼儿园。一层的砖混平房，狭窄低矮，黯然地背对着公路。2019年，深圳市盐田区出资将那间平房推倒，把周围的石头推平，建起一幢两层综合楼和运动场，红的蓝的楼墙，红的蓝的运动场，红的蓝的游乐设施，在林立的石头间，像童话里的城堡。那些无人看管，整天晃荡玩泥巴的顽皮孩子，如今坐到"城堡"里，跟着老师学唱歌做游戏。我们从窗外走过，他们便眼睛亮亮地看过来。

竹丛那片空地现在已变成小广场了，石阶一级一级地往高处延伸，曲径通幽，种上花草，变成休闲处。一条环屯路绕了寨子一圈，我们开着车，就能去到启芳家门前。

陇法屯有96户474人，是后龙村最大的屯，人多，养的家畜家禽多，还没实行集中排污之前，猪粪牛粪四处流淌，尽管屯里道路已全部硬化，我们却常常需要踮起脚跟，才能找得到下脚的地方。于洋从财政厅申请到50万扶贫资金，在陇法屯搞集中排污试点，效果不错，厅里又资助了60万元，继续在陇兰屯、陇喊屯搞集中排污。环境差的时候，村民把粪水往路上排，把垃圾往地上扔，一点儿也不知道爱惜，环境好了后，就有些舍不得了，事情往往是循环的，恶的更恶，好的更好。

宗文抱起饭豆藤，一捆捆往圈里扔，牛把藤嚼碎，我便又闻到草汁好闻的味道。新房阳台正对着那道山梁，我们一抬眼就看到山，某一个瞬间就会感觉到它逼迫过来，很近地压到我们头上。宗文喂完牛，走过来，坐到我们身边，有些腼腆，我们聊起实习的事，他便又健谈起来。启芳家的孩子有一种沉静感，像一棵根须扎得很深的树，也许是榕树吧，我能想到的是榕树。2020年寒假，宗文从学校回来后，便作为疫情防控志愿者，一直在协助村两委做新冠肺炎疫情防控工作，那时候，他给我的感觉就像榕树。

宗文就要去中广核集团实习了。前段时间，刘贵礼得知，中广核2020聚核体验营有专门针对凌云县贫困家庭大学生的专属名额，便把这一信息转到后龙村大学生微信群，鼓励大家报名，竞争非常激烈，可这是一个难得的机会。宗文把材料投过去，真的就入选了，我们都非常高兴。

启芳在吃饭，他刚从山上做工回来，见我们坐在阳台上聊天，便端着碗，走过来一起聊。实习期间，宗文将会有每个月两千五百元的实习工资，要是顺利转正，工资每个月会有五千元以上。这是一个新的开始，宗文就要飞出后龙山了。启芳的高兴是盛不下的，他走来走去，端着碗，似乎不知道做什么好，就一直走来走去。小黑小黄凑过来，在我脚边转悠，我伸手摸它们的头，启芳突然大声说，这只狗要留给于书记。声音大得吓了我一跳。

　　于洋没跟我们来启芳家，他去了另一家，也许办完事了，这会儿正在坎上跟谁说话。小黑听到他的声音，立马冲出门去，箭一样。小黄愣了一下，也跟着，冲出门外。启芳说，这狗会听普通话呢，只要听到于书记的声音，不管多远它都跑去跟。狗喜欢于书记，于书记也喜欢狗。等他回南宁，让他把狗带走。

　　启芳又问，于书记是不是准备回南宁了？这句话，启芳已经问过好几次了。快过年的时候，他就问过。第一书记的任期一般是两年，算起来，2020年初，于洋的任期就该结束了，可于洋没有走。2020年5月，自治区人民政府正式批准凌云县退出贫困县序列，启芳又问了一次，于洋仍然没走。后来，2020年11月，百色市扶贫开发领导小组正式批准凌云县泗城镇后龙村脱贫摘帽，启芳又问，这次于书记真的要回南宁了吧？我不知道怎么回答。我也不知道于洋什么时候回厅里去，我只知道，总有一天，于洋是要离开后龙村的。

　　这只狗要留给于书记，他喜欢狗。启芳把这话又重复了一次。启芳的眼睛热热的，我不忍心告诉他，于洋带不走这只狗的。于洋什么都带不走。

（原载于《南方文学》2021年第4期）

九 银

一

　　九银究竟有多少只羊,没有人说得清,九银自己也说不清。羊圈的门敞开着,天亮时羊自己上山去,天黑时羊自己下山来。隔上三天五天,九银爬山回陇茂屯,石头槽里的水已经浅得只剩一指两指了,他便拿瓢舀水,把它们添满。晚上羊回来,走到石头槽前,把水吸得"嗞嗞"响,九银从左边数过来,从右边数过来,每一次都数出不一样的数字。

　　后龙村的人说,九银的羊成精了,有些到了山上,就不回来了,等它们再回来时,身后也许还跟着几只小羊,那是它们流浪在山头时生下的崽。大羊生小羊,小羊长大,再生小羊,九银的羊就能一直吃到他老去,到时候,那些羊就彻底变成野羊了,除了九银,没有人能捉得到它们。

陇茂屯的人都搬下山去了，其实整个屯就两户，九银家和卜木家。卜木一家搬下山后，就再也没有回来过，他们住在城里，几个孩子都在城里上学，也许他们再也不会回来了。

没有人，山便是空的，九银坐在石头上，看着空荡荡的寨子，总觉得少了什么。再次上山时，他带了几包菜种，往自家菜地撒一把，往卜木家菜地撒一把，几场雨后，菜长出来了，薄薄的绿色，陇茂屯终于有了一丝人气。

卜木家关着门，竹门的绳子上插着一截木棍，九银抽出木棍，打开门，走进去，屋子里干干净净的，锅碗瓢盆全都倒扣着放在木架子上，桌子凳子也都摆得整整齐齐。九银看着，眼睛就热了起来，有女人的家就是不一样呀，看哪儿都舒服。石缸里的水是满的，两个五十斤装的塑料壶也灌满水，就靠在石缸旁，九银用脚踢了一下，水在壶里微微晃动，闷沉沉的。三年前，卜木的妻子央瓦把水一壶壶背回来，把水缸装满了，把塑料壶装满了，一家人才搬下山去，那时候，他们家是打算还回来的。

陇茂屯的人几乎年年背水，下到县城背，下到水陆村背，泗水河穿城而过，从县城流到水陆村，流到更遥远的地方。站在陇茂屯山顶，河就在眼底，可爬下山，却需要经过很多个山头，攀过很多道岩壁。水太金贵了，陇茂屯的人平时都会储存水，水缸、水桶、水壶，所有能装水的都装满了，才觉得心是安的。卜木一家搬走后，陇茂屯只剩下九银一个人，水塘里的水吃不完，羊喝的水倒是不缺了。

九银搬下山时，什么也没拿，他只是把所有的石头槽加满水，把羊放到山上去，就空着手下山了。后龙村除了他，再没人养羊，他把羊藏在山里，便也把另一个自己藏在山里。这些事他不会告诉石顺良的。这

九 银

些事他谁也不告诉，他们都只会劝他把羊卖掉。政府起的房子，里面什么都有，锅碗瓢盆、衣柜、床、床单棉被，日常生活用到的，村里都帮他买好了，就等他搬下山去。

他不想搬，石顺良一天打七八个电话，还爬上陇茂屯，劝他老半天。石顺良找了很多天才找到他，山上没信号，他又没一个固定的落脚处，有时候进山找山货，有时候去别的屯找人喝酒，或是下山赶圩，找到他并不容易。石顺良说，你都六十多岁了，等你哪天爬不动陇茂这座山，你往哪里去？你病了痛了哪个扛你下医院？他抬头看羊，它们跳上山崖，钻进石头草木间，看不到踪影了。他也想过那一天的，想过很多次了，等他真的爬不动，就死在陇茂屯好了，人都有那一天的。他说，不去不去，我还要看我的羊。石顺良说，把羊全卖了，下山去。他说，不去不去，山下的玉米没有山上好，菜也没有山上好。他从屋里拿出两棒白玉米，那是他种的老品种玉米，棒小，颗粒也稀疏，他觉得，老品种玉米才是真正的玉米，吃起来有玉米味。石顺良说，山下哪样都有。他还是说不去。他有一百个理由不去，石顺良就有一百个理由劝他去。他听得不耐烦了，就说，好嘛好嘛，去就去嘛。当然那只是说说，他仍然没搬。

那天之后，石顺良又找了他很多天，有人在圩场看到他，打电话告诉石顺良，石顺良骑着摩托车，从村部赶到县城来，我就在县城里，便也赶了过去。打给九银很多个电话，他都接了，只是不说话，我们听见市场嘈杂的声音，从话筒里传出来，很嘈杂很热闹，要是我们不挂掉电话，那些热闹便一直在话筒里沸腾着。石顺良说，这人肯定又醉得接不成电话了，我们去圩场找，碰碰运气。圩场大，我们专挑米粉店找，一家一家找过去，果然找到了——背陇瑶人大多喜欢吃壮族人蒸的米粉，绵且有韧劲，特别耐嚼。九银在喝酒，就着一碗米粉，也不过是早上九点十点，他已有微微醉意，双颊酡红，看向我们的眼神迷离蒙眬。他笑眯眯地说，妹啊，你们来啦。声音软绵，像铺着一地棉花。

石顺良不由分说，把他拉上摩托车，带到村部旁，让他去看政府起的房子，他一眼就喜欢上了。卫生间、厨房、卧室，一房一厅一厨一卫，全都干干净净整整齐齐的，像是一个有女人操持的家，那一眼，他想到了卜木家的房子。卜木一家住到城里去了，就在城南一带，一个叫幸福家园的易地扶贫搬迁安置点，那里住的都是有家有口的人，他们需要的房子大。像他这样没家没口的，政府又在村部旁，另起了小户型新居。他数过，一共有十八套，全都一模一样的。

他在屋里走来走去，摸摸桌子，摸摸衣柜，摸摸床，心里喜欢着，可他还是不能搬。他说，这房子好哟，我是看中意了，不过我还得看我的羊。石顺良懂他心思，说，把羊全卖了，钱存起来足够你喝一辈子酒。他早上吃一斤酒，晚上吃一斤酒，没有酒那一天是过不下去的。他嘿嘿笑，说，那哪能行呀，羊还要下崽呢，不能一下全卖光的。他又在屋里走了一圈，喜滋滋地说，等我搬进来那天，我买酒请你们喝。

二

九银家和卜木家没搬来之前，陇茂屯还没有名字，后龙村的人追赶猎物时，偶尔去到过那里，一座陡峭的荒坡，从盘卡屯的周边伸出来，伸到云端，猛然往下塌，陷出一个凹地，杂木乱草，石头遍布，看不到几捧泥土。千百年里，背陇瑶人无论迁徙多少次，都不曾想过要往那里去。

九银没有山之外的记忆，他和哥哥姐姐们都是在这山坳里出生的，每一个日子，每一个记忆，都是陇茂屯。山很静，一年到头见不到一个

九 银

生人,每当狗朝着山梁吠,便是阿卜或卜木阿卜,从圩场回来了。他们每七天赶一次圩,把攒了一圩的山货扛下山卖,把家里日常用的东西买回来。

卜木阿卜那时候还是个小伙子,也许是二十来岁吧,还没有娶妻,九银不知道他为什么会一个人,孤零零地住在茅草棚里,那么多年过去,从不见他说起家人。卜木阿卜家和九银家隔有十来米远,两座茅草棚,并排窝在山坳里。

山上猴子多,老鼠松鼠也多,这些都是贼,喜欢偷粮食。春天播种时,秋天收获时,阿迈都要唠叨。那些"贼"会从泥土里抠出种子吃掉,会把长出来的玉米棒啃烂吃掉,阿卜阿迈辛辛苦苦种下的玉米都收不回几背篓。阿卜安下很多铁猫夹,它们有锋利的齿牙,那些"贼"走过,就会被夹住。九银跟着阿卜,隔上一天两天就去查看铁猫夹,被夹住的"贼"看着九银,眼泪汪汪的,九银的心便软下来。阿卜说,它们偷我们的玉米呢,偷我们的红薯呢,偷我们的黄豆呢,九银的心才又硬起来。阿卜解开铁猫夹,取出猎物,绑好,递给九银,九银便欢天喜地提回家去。

阿卜特别爱惜屋后那块地,阿迈说,那是阿卜从石头里抠出来的。刚搬到陇茂屯时,阿卜把整个山头走遍了,都找不到一块稍微平缓一些的地,便在屋后的高坎上,用锄头、钢钎,把地里的石头抠出来,平整出一块方方正正的地。——整个山坳,阿卜就只平整得出这一块地。秋收过后,打完渣子①,等得几场雨把地淋透,阿卜就把牛牵出来犁地。牛是从山下背上来的,那时候它还小,阿卜把它放进背篓里,用绳子绑好,

---

① 渣子,地方方言,秋天收完庄稼后,土地上残留的玉米杆、火麻杆、南瓜藤及一些杂草,统称为渣子。

背着攀过那壁崖，九银和哥哥姐姐们割了很多很多草，才把它喂大到能犁地的。

山下的春天总是比山上来得早，风从很远的地方吹过来，春在枝头变成绿，变成白，变成红，变成绚丽耀眼的颜色，一寸一寸往山上爬。还没等它爬到山腰，阿卜就领着几个孩子，把猪粪往地里搬，把牛粪往地里搬，将地养得肥肥的，地懂得阿卜的心，便也将玉米棒结得比其他地方壮硕。

卜木阿卜可没这样耐心，地往哪里伸他就往哪里种，那些石头怎么长，他才不管呢。他拿起锄头，刨开一个浅浅的坑，丢一把粪，丢几颗玉米种子，就等着秋天到来。——玉米棒终是结出来了，瘦蔫蔫的，打不起精神。地是懂得人的，人对它有多好，它结出的玉米棒就有多大。卜木阿卜喜欢钻山林，他会安套子，捉老鼠，捉松鼠，捉野鸡，捉各种各样的鸟，九银喜欢跟着他满山转。山脚下是公路，沿着泗水河，拐进山里，又拐出来，只能看见露出来的短短的一截。卜木阿卜告诉九银，路的一头是百色，一头是凌云县城。九银还从没离开过陇茂屯，山外的一切让他感觉神秘，他盯着公路看，很久很久才看见一辆车爬过，像甲壳虫。卜木阿卜说，那是班车，百色很远，要坐车才能去得到。卜木阿卜什么都懂，而阿卜似乎只懂得种地，九银甚至都没听他唱过山歌，也不知道他会不会唱。

山上的时间，就是日出日落，日头升上来，一天就开始了，日头落下去，一天就结束了。吃过晚饭，阿迈把柴火烧得旺旺的，一家人围坐在火塘边聊天，阿卜，阿迈，两个哥哥，两个姐姐，满满一屋子的人。阿卜喝几口酒后，便会摆山下的事，每到这样的时刻，九银的耳朵就会立起来，他太喜欢听山下的事了。阿卜说，等他长到八岁才能下山，那壁崖实在太陡了，小娃娃爬不动。阿迈坐在一旁剥玉米棒，她的手指、脚趾有几根是残的，断掉了，愈合后变成圆滚滚的一团，重一些的活做不了，远一些的路也走不了。

卜木阿卜每天晚上都过来玩，他一个人，火塘冷清，夜便比别人漫长。来九银家，和一堆人说说笑笑，时间就会过得快一些。卜木阿卜的脚步重，阿卜听到他走过来的声音，便叫九银倒酒等，两个人喝酒总比一个人喝酒热闹。卜木阿卜一只手的几根指头微微卷曲，看起来像鸡爪。阿卜说，卜木阿卜的手，要不是公家发现得早，及时领他去医治，就会跟阿迈一样，手指一根一根烂掉，脚趾一根一根烂掉。这种病真是恶呀，麻痹人的神经，让人感觉不到痛。刚刚开始的时候，只是一小块毫不起眼的斑，或是一个疖子，不痛不痒的，根本没有人在意。等到发现它的可恶，却来不及了，病得严重的人，眼睛烂塌了，鼻子烂塌了，双手双脚烂掉了，还有不少人死掉了。阿卜是草医，识得很多草药，可却医不好阿迈。阿卜说，公家的药比他的药厉害，阿迈和卜木阿卜都是公家给医好的，就连他自己也是公家给医好的。九银看他的手，看他的脚，好端端的，看不出病在哪里。阿卜便哈哈笑，伸出双手，手指头的关节粗大，九银还以为种地多了，手才会长成这个样子。阿卜的病轻，公家医好后，基本看不出痕迹来。多年后，九银才知道，阿卜、阿迈，以及卜木阿卜得的，原来是麻风病。

过去的事，阿卜阿迈不肯多提，后龙村的人偶尔提到时，总也遮遮掩掩的，九银的记忆里，便有一大段是斑驳的。六十多年过去了，如今已没有多少人还记得那段往事，偶尔还有年长的人提起，记忆也是残缺的。只是"麻风病"这三个字已变成刺，长进九银心里，不管时间过去多少年，听到仍会让他浑身不自在。他跟我说起陇茂屯，说起阿卜阿迈时，总会把眼睛看向别处，小心翼翼地避开那个词。

八岁之前的九银，还没见过陇茂屯之外的世界，心中没有羁绊，便看什么都是干净的。他喜欢阿卜和卜木阿卜喝酒的夜晚，两个大男人，喝着酒，聊着天，脸便红红的，笑声震得天响。哥哥姐姐们坐在一旁，仰头看他们，笑得傻傻的，九银也笑得傻傻的，阿迈剥着玉米棒，久不久看过来，眉眼里是笑。

三

那座房子，很多年前就从阿卜心里长出来了，也许是搬上陇茂屯的第二年，阿卜就念叨那座房子。以后每生一个孩子，阿卜念叨的房子里就多出一个人，生到九银时，房子里的人就成了七个。三间两厦，容得下两个大人，五个孩子——三个儿子长大后，还要容得下三个儿媳妇，阿卜的未来规划里，那座房子就是这个样子的。那个时候，后龙村还几乎全是茅草棚，从山脚到山顶，大家住的都是一样矮趴趴的房子。陇茂屯那么陡，山羊爬上去都嫌艰难，阿卜怎么会想到，要在那上面建一座三间两厦的房子呢？

阿迈说，你阿卜是在做梦呢，别说家里饭都吃不饱，就算有钱，那些砖头、瓦片，又怎么背得过那壁崖？阿卜不答，过一段时间，又念叨那座房子。

阿卜一遍遍念叨房子的时候，九银并不知道，自己身体里流淌有一半汉族人的血液。后来，九银接触到很多很多汉族人，才知道，建一座大房子是大多数汉族人一辈子的执念。

阿卜心中也有执念，尽管他娶的是背陇瑶妻，过去很长时间里，一直生活在背陇瑶聚居地，平时在家里，和阿迈说话，和几个孩子说话，说的全是背陇瑶语，几乎所有的人都忘了他是汉族人，可阿卜骨子里一直有着汉族人的追求和梦想——土地一定要平整，用粪沤得肥肥的，房子一定是三间两厦，宽阔得能容得下子孙万代。

阿卜领着几个孩子砸石头的时候，阿迈并不知道阿卜在准备起房子。石料是一点点砸出来的，每一块都有棱有角，山下的人起房子，用的是砖头，陇茂屯没有砖头，阿卜便用石头代替。哥哥姐姐们都十来岁了，力气足够抡得起大锤，一家人敲敲砸砸的，几个月也攒下不少料石。等到阿卜觉得料石足够起一座三间两厦的房子了，又领着几个孩子挖基脚。宽阔的屋基，比原来的茅草棚还大出三四倍。

房子建起来了，九银算不出用了多少时间，似乎天天都在砸石头，又似乎天天都在钻山林找山货，日子便是没数的。新房子宽宽阔阔，是阿卜梦想中的三间两厦，石头砌的墙，盖的仍然是茅草。阿卜本来想盖瓦的，他找遍了山头，都没有找到适合做瓦的泥，只好作罢。

盖着茅草的石头房仍然是气派的，四平八稳，牢固得仿佛天地有多长久，它就能立得多长久。卜木阿卜的房子猛然变矮了，变小了，看起来很单薄。当两个房子都是茅草棚时，是不会有这种感觉的，可一个房子变成三间两厦，另一个仍然是茅草棚，就感觉出不一样来了。卜木阿卜也许看不到这些单薄，他从没想过要重新起房子，笆折墙烂掉了，就再编一个笆折墙，屋顶的茅草烂掉了，就再割几把茅草盖上。一座房子哪用得着牢固到天长地久呢，山里的竹子、茅草一年年长，山若不动，它们就永远在那儿，等着人去砍，去割。

卜木阿卜仍然天一落黑就走来九银家，喝酒的男人已变成四个了，两个哥哥长得和阿卜一样高，能一碗碗地跟阿卜喝酒，跟卜木阿卜喝酒。九银也是喝酒的，偷偷喝，不让阿卜知道，他还小，上不了桌。阿迈将火塘烧得旺旺的——阿迈还在世时，家里的火塘总是旺旺的，多少年后，九银还记得那些火光，映在每个人脸上的样子。一屋子的人，说山下的事，说山上的事，日子就一天天过去了。陇茂屯的夜晚还是原来的夜晚。

九银喜欢这座石头房子，阿迈也喜欢。阿迈的喜欢是放在眼睛里的，她从来不用嘴巴说，九银一看她眼睛，就看到那些喜欢了。七个人住一座三间两厦的房子，刚刚好，余下的空间是给未来的。阿卜阿迈谈论过未来，九银都听到了，那时候，喝完酒，卜木阿卜回他的茅草棚去了，哥哥姐姐也回房间睡觉，他们都有些醉了。阿卜阿迈还坐在火塘边，夜虫啾啾地叫，也不知道夜有多深，也许是火塘太暖，石头房太新，阿卜阿迈内心里的亢奋还平不下来，便谈起嫁女儿、娶媳妇的事。孩子们渐渐长大了，总有一天要嫁出去或娶媳妇进来的，到时候，这座三间两厦的房子就会被填满，陇茂屯也会被填满。

两个姐姐十七八岁，长得像阿卜又像阿迈，阿卜鼻子挺，她们便也鼻子挺，阿迈个子瘦小，她们便也瘦小，九银觉得姐姐们长得还蛮好看。她们喜欢赶圩，光着脚板，攀过那壁山崖，快到县城时，才换上补丁少一些的衣服，穿上草鞋。也不知道怎么就认识了远地方的人，不久后，就嫁到远远的地方去，像是故意的，咬着牙，发誓一辈子都不再回陇茂屯来了。那么远的地方，阿卜阿迈都不知道往哪个方向去。两个哥哥到了娶妻的年纪，也入赘到别的地方去，石头房便只剩下九银和阿卜阿迈。三个人填不满一座三间两厦的房子，空下来的房间，总像灌着风，让人莫名感觉到冷。

卜木阿卜有一次下山赶圩，带回一个年轻女人，那么多年了，陇茂屯还是第一次有生人来。女人来了就不走了，住在卜木阿卜的茅草棚里，跟他一起种地，一起找山货，一起扛下山卖，那么高的崖，她倒是一点儿也不嫌。卜木阿卜说,她是他唱山歌唱回来的。她知道卜木阿卜曾经有过麻风病吗?知道陇茂屯的人因为麻风病,已经被所有的人抛弃了吗?没有人谈论过这些,九银便也不敢多问。

没过多久,女人的肚子就隆起来了,隆得越来越大,像顶着个大南瓜,阿迈说,她要生娃娃了。阿迈叫卜木阿卜生火烧开水,准备剪刀,准备木盆,卜木阿卜跑进跑出,忙得一团乱。九银想跟去看,被阿迈喝住了,说男娃娃不可以看女人生崽。卜木一生下来就哭,声音弱得像吃奶的猫,阿迈在屋里大声喊卜木阿卜,说你老婆生了个崽。九银便跑过去看,卜木被包在一件旧衣服里,红粉粉的,像刚出生的老鼠崽。他闭着双眼,张开嘴巴不停地哭,小小的脸,皱巴巴的,很是难看。阿迈说,九银刚出生时更难看,全身乌紫紫的,本以为养不活了,阿卜倒提着拍几下屁股,九银才"哇"地哭出声来。刚出生的小娃娃,哪个不是皱巴巴的呢,个个丑得像老鼠崽,以后长开了就好看了。阿迈笑眯眯的。卜木阿卜也笑眯眯的。

卜木阿卜像是变傻了,什么事都不会做,阿迈叫他怎么做,他就怎么做,如若阿迈不叫他,他就傻呆呆地站在那里,双手双脚不知道往哪里放。卜木一直哭,一直哭,似乎只要醒着,只要嘴巴空着,就一直哭。茅草棚乱糟糟的,热闹得像一锅煮沸的水。现在回想起来,卜木阿卜的茅草棚就是从那一天开始热闹起来的,后来一直不间断地热闹下去。那个女人,哦,不,她已经是卜木阿迈了。卜木阿迈的肚子,后来又隆起来几次,能养得活的,却只有两个男孩子。阿迈说,女人生崽就是一脚跨进棺材里呀,能生得出来,能养得活一个或几个,运气就已经很好了。有些娃娃生不下来,卡在肚子里,大人小孩都没命。

阿卜在那块平整出来的地里种黄豆,他听见茅草房里的哭声和笑声了。晚饭后,阿卜坐在火塘边喝酒,一个人,酒喝得寡淡——卜木阿卜已经有好一阵子没过来喝酒了,家里有了女人,火塘就暖了,来九银家喝酒便也少了。阿迈在打草鞋,跟阿卜说起卜木阿卜家的事,那个刚当了阿迈的年轻女人,那个刚出生的男娃娃,陇茂屯已经有好多年没有小孩子出生了,阿迈有些兴奋。阿卜应得有一搭没一搭的。火塘里的火晃了晃,哧哧哧地笑。九银想起阿卜曾经说过,火笑了就是准备来客了,就说,阿卜阿卜,火笑了,我们家是不是要来客了?九银也不过是想说说话而已,半大的孩子总会莫名其妙地想要说很多很多的话,并不想真的要答案。他知道答案的,火塘里的火笑了那么多年,从来不见有客人来过。

阿卜眼睛看进火塘里,却没说火笑的事,他说,那边家总算添丁了。阿迈没接阿卜的话,她捡起几根柴,往火塘里添,火星噼啪一阵闪,火焰跳了跳,燃得更旺了。

四

九银坐在我面前摆陇茂屯的事,说到开心或不开心的地方,都会不自觉地抓抓头。一寸来长的头发,灰白色,乱蓬蓬的,指向天空,有些桀骜不羁。他撕下纸的一角,从烟荷包里拈一撮烟丝放在纸上,伸舌头舔了舔纸边,手一卷,就成了一支烟,夹在指间,久不久抽一口。深绿色的广告纸,某一款AD钙奶的宣传单,变成烟雾,一口一口在他嘴边矮下去。我想象不出九银十八岁的样子,可我知道,那一定蛮俊朗。年老后的九银清瘦,鼻子高挺,应该是随了他阿卜的样貌。

过去的事终是越来越远了,后龙村的人眼睛里的东西也渐渐变得平和。十八岁的九银不时从陇茂屯爬下山来,去别的寨子找年轻人玩。背

九　银

陇瑶人是要唱山歌的，尽管九银身体里流着一半汉族人的血液。山歌像藤蔓，唱着唱着就长进一个姑娘的心里，唱着唱着，就有一个姑娘跟着爬上陇茂屯来。卜木阿卜的姑娘是唱山歌唱来的，九银的姑娘是唱山歌唱来的，后来，卜木的姑娘，那个名叫央瓦的年轻女子，也是唱山歌唱来的。只要山歌够酽，长进姑娘心里的藤蔓够柔韧繁茂，再陡再险的山崖，姑娘们也愿意爬。

跟着九银爬上陇茂屯来的姑娘十八岁，和九银同样的年纪，阿迈上上下下地看，上上下下地看，眼睛里的欢喜快要掉出来了。阿卜坐在一旁没说话，手里卷着烟纸，也不抽，就这么卷着，每看过来一眼，也全是欢喜。石头房空着的房间，一直在等着九银把人带回来填满。

陇茂屯又已经很多年没见到生人了，上一次见到，还是卜木阿卜带回来的姑娘。茅草棚里的人都聚了过来，大家坐在石头房里，漫无边际地聊天，似是不经意的，偶尔才会有一个眼神，或一句话，落到姑娘身上。屋子里火热热的，每一个角落，似乎都被众人的目光烘暖了。卜木和他弟弟，一个七八岁，一个两三岁，仰着头，不错眼地看着姑娘，鼻涕流下来，流到嘴边，挂得很长很长了，才猛地缩回去，兴奋莫名。

生活里多出一个喜欢的人，日子便是满的，看什么都顺眼，做什么都开心。九银觉得，不久的将来，石头房就会跟以前一样，有着满满一屋子人。孩子是两年后到来的，一个女孩子，同样是皱巴巴的脸，红粉粉的，像个老鼠崽，可九银怎么看都觉得好看。阿迈用一件旧衣服把孩子包起来，九银的旧衣服，白色的土布衬衣，穿过多年，缝补过多次，已经磨得很柔软了。九银把那团小东西抱在怀里，一直看，一直看，都不知道自己笑得有多傻。那一天的情景，烙进九银心里，多少年过去，都不曾忘记。

一岁多，孩子蹒跚学步，会叫阿卜了，会叫阿迈了，会叫阿冒①了，会叫阿娅②了，会说一些没头没脑，让人忍俊不禁的话，石头房每一天都流出笑声。桃花李花从山脚往山顶开来的时候，孩子开始咳嗽，九银没在意，以为只是小感冒，过些天就会自己好。后来越咳越密、越咳越费力，阿卜才上山扯草药，煮给孩子吃。情况时好时坏，往往刚缓一两天，又咳得更厉害了，总像牵有根，怎么也除不尽，一不留神，又会长成一地。

也不过是感冒而已呀，谁知道会要人的命呢。小时候，哥哥姐姐们感冒咳嗽，九银自己感冒咳嗽，都是阿卜扯草药给治好的，怎么偏偏那一次，就治不好了呢。九银说着，又伸出手来，抓抓头，指向天空的灰白色头发换一个方向，仍然指向天空。九银夹着烟的手伸到嘴边，深深地吸一口，眯起眼。

那个孩子，有一天终于停止咳嗽，安静地躺在床上，像睡着了一样。可她走了。九银后来一直想着那个孩子。那个时候，九银和妻都只有二十一岁，身体健壮，未来还很长，他们还可以生很多很多孩子。因此，大家都没有太多悲伤。

春天播种，秋天收获。老天爷从来不管世间悲伤，谁到来，谁离去，到了季节，该播种的仍要播种，该收获的仍要收获。这一年秋天，玉米棒结得特别好，刚刚到季，就要抢收回来，猴子松鼠老鼠每天都在跟人争食，收慢了只怕就剩个空壳。九银一家都忙起来，阿迈背不了重的，就在家煮饭。九银和妻并排站在地里，每掰下一个玉米棒，就往身后扔，玉米棒从肩头飞过，准确无误地落到身后背着的背篼里。等背篼装满了，

---

① 阿冒，背陇瑶方言，爷爷的意思。
② 阿娅，背陇瑶方言，奶奶的意思。

九 银

才倒出来,在地上堆成一堆,一片地都收完了,才又一起背回家去。两个人边走边掰,从远到近,一路收下来,山上的都收完后,才收屋后那块地。妻说胸口痛,九银看她一眼,见她仍双手不停地掰着玉米棒,便没有说话。背玉米棒下山时,妻又说胸口痛,九银便想着,等收完玉米,就上山扯几根裤裆藤回来,煮水给她吃,那是一种很厉害的草药,专治肚子痛、胸口痛,吃后好得特别快。

吃中午饭时,九银看见妻吃完一大碗饭,又舀了一大碗饭,吃得很香的样子,便觉得妻没事了,吃得两大碗干饭的人,还能有什么事呢。那一天,阿迈煮的是水泡米——同样是玉米饭,水泡米的做法要讲究得多,好吃又耐饿,就是太费米,平时只有富裕人家才吃得起。九银家要等到秋收那几天才能吃,那一坡玉米收下来,不吃几碗干饭顶着,没力气。

那一晚,全家人都早早躺下了,收了一天玉米,人疲乏,睡得特别沉。半夜里,九银感觉妻在推他,醒来便听见妻说胸口痛,很痛很痛,像被人用刀子捅。妻捂着胸,很难受的样子。九银不知道做什么好,便叫她忍忍,等天亮一些,就爬上山把那根裤裆藤扯回来。妻捂着胸蜷成一团,说不出话,没过多久就不行了。那时候,鸡还没叫头遍,屋外黑得像漆。妻走得那么快,一点儿时间都不留给九银。从九银醒来,到妻去世,不过是几分钟的事。来不及的,就算九银长出翅膀,立马飞上山扯草药,也来不及了。

一个人死去原来是这么容易,就像老天爷在天上轻轻吹一口气,人世间的一盏灯就灭了。多年后,九银坐在我面前,还一直后悔那天收玉米时,为什么不先去把那根草药扯回来,也许妻吃了裤裆藤,那一晚就不会有事了。

九银喜欢的两个人，来了，又走了，就在同一年里，一前一后，都走了，九银的日子便空了下来。如果一直是空的，那也就罢了，可曾经很满的日子，突然空下来，就会空得让人无所适从。

　　阿迈有些凄惶，她知道，从此以后，九银的山歌再也长不出藤蔓来了，再也不会有一个姑娘，会被九银的歌声牵引，爬上陇茂屯来。不久之后，全后龙村的人都知道九银命硬，不久之后，所有的背陇瑶人都知道九银命硬。没有哪一个背陇瑶姑娘，敢嫁给一个命硬的男人。

　　九银只有二十一岁，未来还很长。没有姑娘跟着山歌来，阿迈便四处托人帮找，托了好几个，都没人愿意来。终于有人肯来了，和九银一样，是个命硬的人，她丈夫病逝了，她做过节育手术，再也不会有孩子了。九银想起包裹在旧衣服里的孩子，红粉粉皱巴巴的，像个老鼠崽，却怎么看怎么好看。她第一次开口叫阿卜，他便感觉到自己像树，根须扎进地底，枝叶噌噌噌地长，蔓延出一片森林来。九银还是想要有自己的孩子，便也没成。

　　一波热闹来了，去了。又一波热闹来了，又去了。再次寂静下来的石头房显得更冷清，卜木和他弟弟的打闹声、笑声、哭声，从茅草棚那边传过来，阿卜阿迈听见了，眼睛热热的。

　　九银那么年轻，在他失去孩子妻子的年纪，很多小伙子还奔走在"耍表妹"的路上，一个寨子一个寨子唱下去，还不知道喜欢的姑娘在哪里。九银觉得，总有一天，还会有一个姑娘跟着他，再次爬上陇茂屯来的。九银终究太年轻了呀，不知道人们所忌讳的，是那些无人能说得清的命运。很多年过去，正如阿迈担忧的那样，再没有一个姑娘，愿意为了九银，爬上陇茂屯来。

　　阿卜阿迈已经很久没念叨九银的婚事了，他们只是越来越凄惶。在九银还一年年地等着一个姑娘到来时，他们早早就预见九银的未来，那将是孑然一身，孤独地守着这座石头房，默默老去。而九银却还需要很多很多年后，才能接受这个事实。

都是命呢，哪个不想好吗，命自己成这种了，也没有办法呀。九银抓抓头发，看着我笑，露出一口被烟熏黑了的牙齿，残缺不齐。我看不进九银的内心，或许，时间真能覆盖一切，所有的悲伤，所有的快乐。

断了再娶妻的念想，日子便又恢复平静，九银养了几只山羊，没有酒喝的时候，就牵一只下山卖。每天把羊放到山上，让它们自己攀爬在壁岩上找吃的，九银背着弯刀，钻进山林找山货。其实也无所谓找山货，就这么逛着，时间很容易就过去了。几年后，老天爷在天上吹一口气，把阿卜那盏灯吹灭了，又几年后，再吹一口气，把阿迈那盏灯也吹灭了，石头房便只剩下九银一个人。

五

央瓦被卜木的歌声牵引，爬上陇茂屯时，只有十六岁。陇茂屯又已经很多年没见到生人了，时隔太久，之前的生人都忘了自己也曾经是生人。每从山外爬上来一个姑娘，山坳里都像煮开一锅水，须得沸腾很多天才又慢慢平息下去。

九银在石头房旁转，看看菜地，看看羊圈，看到篱笆破损处，就砍根竹子破成竹篾捆绑加固。两只小狗跟在他脚边，全身黑漆漆的，和一旁的石头颜色差不多，一不小心就会踩到它们。狗刚断奶，走两步就哼哼，像在讨奶吃。九银去别的屯找人喝酒，那家一窝狗崽刚断奶，正准备卖掉，九银来了，就抓两只塞进九银袋子里，让他带上山来。房子太空，养些猫猫狗狗，屋子里就会暖一些。卜木和央瓦刚走到坳口，九银就看见他们了,坳口每走来一个人,陇茂屯的大狗叫,小狗也叫,想装着看不见都不行。茅草棚正热闹着,卜木阿卜和卜木阿迈笑得特别大声,这个时候九银是不会走过去的。他是男人,是长辈,再也不能像小时候那样随意了,等到吃饭时间,卜木阿卜就会派儿子过来喊他。陇茂屯就两家人,谁家有喜事,都要坐到一起,喝几碗酒热闹一下。

卜木阿卜的茅草棚,笆折墙烂了多少次,房顶的茅草也烂了多少次,屋子里的人越来越多,茅草棚都快被挤爆了,卜木阿卜却从没想过重新起一个大一些的房子。屋内狭窄,人坐得挤,眼睛全落到卜木带回来的姑娘身上。央瓦低头羞涩地笑,看过来的目光却一点儿怯意都没有。她身子瘦小,也许还没长开吧,尖尖的下巴,眼睛细长,晃眼间有些像九银的亡妻。九银看了一眼,又看了一眼,心里难受起来。他的妻跟着他爬上陇茂屯时,卜木还流着长鼻涕,转眼卜木都娶妻了。时间过得真快,他那女娃娃要是还活着,长的大概也是这个样子吧。那女娃娃脸貌随她阿迈。

酒喝得有些多,九银回家时,脚步便飘起来,卜木阿卜叫卜木送他,九银摆手不让送。他能走,别说这几步路,就算是从山下爬上陇茂屯来,他也能走。可九银仍然觉得自己醉了,因为他特别想妻和孩子,平时他很少想到她们,就连做梦也不曾梦见过,他只有喝醉时才会想她们。两只小奶狗跟在他身后哼哼,九银的脚步重,踩在石头上,啪嗒啪嗒响,它们的脚步轻,踩在石头上,卟卟卟响。狗真是通人性呀,主人走到哪里,它就跟到哪里,有个活物陪着,人就不至于太孤单了。

摸进房间,九银倒头就睡,床上很乱,地上也很乱,到处堆满杂物。一个人,日子过得潦草,床只睡一小半就好,碗只拿一个就好,其他的都是多余。用不上的东西随手丢地上,丢床上,丢桌上,丢凳上,一天

九　银

天的竟也堆成山。

央瓦生了个男娃娃。

央瓦又生了个男娃娃。

央瓦生的还是个男娃娃。

央瓦生的又是个男娃娃。

央瓦终于生了个女娃娃。

央瓦又生了个男娃娃。

十几年里，央瓦一连生了六个孩子，那么小的身板，却那么能生，茅草棚每天都是哭声笑声。那么多孩子的声音，把陇茂屯给装满了。

卜木弟弟已经很久不回陇茂屯来了，他在县城租房子住，打零工，帮人砌墙或种桉树。他和卜木不一样，和九银、卜木阿卜都不一样，他不想用歌声，牵引任何一个姑娘爬上山来。他不喜欢陇茂屯。

卜木也下山挣钱去了，那么多孩子，总要吃饭的，陇茂屯那点土地养不活他们。和弟弟一样，卜木也打零工，帮人种树，割草，或砌墙，隔上一段时间，他总要回家一趟，他的根须扎在陇茂屯，他得不时回来看。

一个人时，火塘是冷的，以前是卜木阿卜常来石头房找人喝酒，现在是九银常去茅草棚找人喝酒。卜木阿迈已经去世了，卜木阿卜的耳朵变得有些聋，说话要很大声他才听得见。

两个男人坐在火塘边喝酒，暮色还没落下来，几个孩子在屋外打闹，声音穿过笆折墙，塞得满屋子都是。卜木用木板给孩子做了一辆小木车，安上三个滑轮，一个孩子坐上去，几个孩子在后面推，力气太猛，车翻倒在地。坐的孩子哭起来，跑进茅草棚告状，央瓦伸出半个身子，朝门外吼骂，也不知道骂的是谁，可哭的孩子到底满意了，又高兴起来，继续玩木车。不久又一个孩子哭着跑进来告状，央瓦便又冲着门外骂，身后背着的孩子被吓到了，大声哭起来。

九银觉得烦躁，更觉得眼热。卜木阿卜笑眯眯的，也不知道是听不见身旁的嘈杂，还是已经习惯了。央瓦不时走过来，给火塘添柴，大声跟卜木阿卜说话，她比刚来时壮了一些，原先红润润的脸，失去水分，现出蜡黄的底。央瓦老了，生那么多孩子，把她给生老了。

九银见过央瓦攀过壁崖的样子，她去赶圩，背凉薯或南瓜下山卖，回来时，背篓里装着一件饮料，橙黄色的外壳包装，九银看得特别清楚，村里的孩子都喜欢喝这个。还吃奶的孩子绑在胸前，像是睡着了，一点儿也不闹。央瓦双手攀着岩壁，快得像猴子。央瓦已经和陇茂屯的人一模一样了。

山外的路修到陇设屯来了，九银去赶圩时，看到山下的房子一年年在变，很多茅草棚变成了木瓦房，有些人家还起了两层三层的洋楼，可这些与他有什么关系呢？这些与陇茂屯也没有关系。陇茂屯的人上山下山，仍得将手指抠进石头缝里，一步步挪。

央瓦的孩子长到八九岁，就要攀过那壁崖，下到盘卡屯读书了，那里有一个学校。从陇茂屯爬下山来，去到盘卡屯，大人需要一个多小时，小孩子臂力腿力都不够，须得爬两三个小时。后来，盘卡屯的学校合并到三台屯去，这些孩子还要走更远的路，去到三台屯读书。

九银没进过学堂，小时候他央求阿卜阿迈，想要去读书。阿迈说，还要打猪菜呢，还要割牛草呢，还要种地呢，都去读书了，这些活谁来做？不给去读。陇茂屯的人都没进过学堂。算命先生说，九银应该是吃皇粮的命呀，可惜了，没得读书。九银说到这里，眼睛亮闪闪的，脸上焕发出神采。他相信算命先生的话。

九　银

上山下山，陇茂屯的人都需要攀过一壁很险的崖，有一处岩壁太高，需要搭木梯才能攀得上去。之前阿卜和卜木阿卜随便用树丫，搭了一个梯子，那时候，进出陇茂屯的只有他们两个人——阿迈手脚有病，爬不动，哥哥姐姐们还有九银年纪太小，也爬不动。等九银长大后，木梯也是随便拿几截树丫乱搭，他们都习惯了，闭着眼睛也知道脚往哪里踩，可现在不一样了，央瓦的几个孩子要上学。九银砍了最坚硬的青冈木重新搭了一个木梯，又用最柔韧的藤捆绑牢实。还有一个地方，岩石陷下一道深深的沟，一步跨不过去，需得跃起，从这头跳到那头。九银找了一块长石板，架在两头，像架起一座小石桥。九银想象那些孩子，他们爬这些木梯，走这座石桥，心里就踏实起来——特别是那个女孩子，央瓦六个孩子中唯一的女孩子，她力气小，更需要走平稳的路。这些事，九银从来不说给别人听。他不喜欢说。

公家把电拉到盘卡屯来了，把路修到盘卡屯来了，把盘卡屯的茅草棚全都建成砖混平房了。可这一切，仍然与九银没有关系。陇茂屯仍然是原来的陇茂屯，又已经很多年没有见到生人了。

有一天，九银听见陇茂屯的大狗小狗叫得厉害，抬头看坳口，有几个陌生的人影，等他们走近，才看清其中有谢茂东和石顺良。九银当然认得他们，后龙村怕没有几个人不认识他们了。陌生的面孔是区财政厅新派到后龙村的第一书记曹润林和驻村工作队队员。

几个孩子在屋前玩小木车，央瓦听到狗吠，从茅草棚里走出来，身后背着最小的儿子。九银看到他们诧异的表情，落在孩子们身上，落在央瓦身上，落在茅草棚上，落在石头房上。——山外已经很多年看不到茅草棚了，这里的茅草棚里居然还有那么多孩子，孩子的母亲居然那么年轻，那一年，她也不过三十来岁吧。陇茂屯的人更诧异，大半个世纪过去了，屯里还是第一次有工作队进来。

那时候是2016年夏天，九银记得，天气很热，央瓦那几个小的孩子都光着屁股。

六

一大早，我就给九银打电话，我要跟他去陇茂屯，这是昨晚就约好了的。九银手机关机，我便紧张起来，怕他忘了我的话，独自爬上陇茂屯去了——也或许，昨晚他就爬上陇茂屯去了，谁知道呢，这个谜一样行踪不定的人。

我们按约定时间往村部去，我不敢肯定能不能在新房子里找到九银，每一次找到他，我都觉得需要运气。刚走到楼下，九银就从阳台伸出头来，说，妹呀，你来啦。声音软绵，像铺着一地棉花。我心里不由得暖了一下，想起那个被他歌声牵引，爬上陇茂屯去的姑娘，九银在喊她的名字时，一定更软绵吧。我喜欢九银的声音。

昨晚我们刚从九银家出来，九银转身就去高坡屯找人喝酒。喝得高兴，就睡在那人的家里了，他心里惦着我和他的约定，天没亮又赶回来，走了一个多小时山路。我听着，心里便又暖了一下。我说，你手机干吗关机呢？九银拿出手机看，才知道没电了。一部老人机，充一次电能用十五天，时间太久，倒是让人时常忘记充电。

屋内整洁，不像是一个独居老人住的，电炒锅里还剩有几块烧鸭，是九银从圩场买回来的，他昨晚跟人喝酒去了，没顾得上吃。九银把垃圾装进袋子里，提着走下楼，门外不远处就是垃圾箱。我心里又暖了一下，想着九银还是习惯山下的生活了。

车子开到陇设屯，就得下车走路，一直走到盘卡屯，再爬一座高高

九　银

的山，才能去到陇茂屯。

没有路。从盘卡屯上来，就全是石头和杂草，满眼荒凉。越往上爬，越荒凉。九银走过，脚印落在石头上，落在杂草间，要是我们不及时跟上，那些印子就会很快消失不见，像被风吹走了一样。

九银的脚板底像长有翅膀，双脚轻轻一点，就把我们远远地甩在身后。我们抬头，只看见黑的石头和无边的荒草，四周寂静，看不见人走过的痕迹。我扯起嗓子喊，喂——九银哥——我们找不到路啦——你在哪里呀——大山把我的声音截断，只剩下一声"呀——"在回荡。片刻，九银的声音从我们头顶的某一处传来，我们才又循着声音爬上去。看见九银了，他坐在石头上，抽着烟等我们。九银慢不下来，他不习惯慢慢走。

九银说，卖完羊，他就不再上陇茂屯来了。这座山，他是越来越爬不动了。半个月前，他摔了一跤，脚踝扭伤了，去药店买跌打扭伤药擦，仍然肿了很多天。山里人，天天钻山爬崖，哪有不摔着碰着的呢，扯一把散血丹，或一把百花草，放进嘴里嚼几下，敷一两天就好。现在不行了，摔一跤，竟痛那么久。人老了，身上有一点点痛，就会痛得特别漫长，痛得让人无法忍受，就算擦神丹仙药也没多大用处了。

那壁崖是看不见的，它就在我们脚底，我不知道它的起点，也不知道它的终点，它似乎就一直在我们脚底，我们走到哪里，它就延伸到哪里。我们从盘卡屯上来，双手一直在攀爬，手指牢牢抠进石缝里，身子贴着山壁，一步步慢慢挪，眼睛盯着九银，又盯着脚下。有些石头是松动的，有些草丛是虚空的，不小心踩上去，人就会滚下坡底。我们看不见坡底，只觉得身在半空中，耳旁是呼啸的山风。如果风再大些，也许我们会飘起来，像一片落叶。

我们爬到坳口，双腿发软，坐了好一阵子才又走得下去。九银已经走到山凹底了，黑的衣裤像团移动的黑影。两座房子窝在山底，前面那座是卜木和央瓦的，后面那座才是九银的。山太空寂，九银撒在地里的菜绿得耀眼，看得人心里难过。

卜木和央瓦的房子中间盖铁皮，两头盖茅草，山那么高，也不知道这些铁皮是怎么背得上来的。我抽出扣在门上的木棍，走进去，风从屋顶吹过，呼呼呼，铁皮钉得很紧，风被憋着，仍拼命从铁皮缝钻过，呼呼呼。屋里收拾得干净，阳光从笆折墙透进来，竹缝稀疏，屋子里全是阳光。卜木和央瓦搬下山好几年了，房子仍像是在等他们回来。我站在屋中央，听着风声，想象那个年轻女子，她在睡梦中一定常听见风的呼啸吧。山野空旷，她一个人守着茅草棚，守着六个孩子，卜木不在家的那么多日子，她会不会害怕？独自发了好一阵子呆，我默默走出来，把木棍插回去，重新扣上门。

央瓦大儿子二十一岁，二儿子也已十八岁，他们没读完小学就外出打工去了。还在陇茂屯时，他们每天爬那座山，走得饿，读不成书。搬到县城后，学校就在家附近，央瓦每天接送孩子，慢悠悠地走，不出半个小时就到了。央瓦喜欢玩抖音，接送孩子，刷一个，自己一个人走，刷一个，和卜木一起走，也刷一个。手机开着美颜功能，央瓦看起来仍是十六岁的样子。他们是不会再回陇茂屯来了。

石头房仍坚实，挺立在那里，三间两厦，两间盖铁皮，一间盖茅草。屋顶上的铁皮塌了，陷下一个角。而盖着茅草的那间，草腐烂了，掉下来，一年年地掉，没有人理，便掉光了，敞着顶。九银干脆把那间的地面挖开，种上菜，阳光落下来，照得一屋子金灿灿的，照得菜叶子油亮。

——几乎所有的空地，都被九银种上菜了，没有人吃，菜独自生长，

九 银

独自枯萎。

九银的床也是塌的,床板朽断成两截,挂在榫眼里。蚊帐仍在,衣物仍在,到处是厚沉沉的灰尘,也不知道多少年没人碰过了。屋子里塞得满满的,几乎找不到下脚的地方,我辨不出是什么东西,所有的一切都是凌乱的,落有厚厚的灰尘。靠着门的地上放着一块木板,堆有很多杂物和一团看不清颜色的被子,想必这就是床吧,上山来看羊时,九银就胡乱蜷在那上面,随便应付一晚。

看不见羊,也不知道它们跑到哪个山头去了。九银说,等天落黑,羊会自己回来。他给石槽添水,抓一把盐巴撒下去,羊喜欢盐,闻到味道,就会跑过来喝。到时候,九银就会用绳子,套住羊的角,把它们牵下山去。一只羊从陇茂屯牵下来,会掉两斤水的重量。老板开着车等在路旁,称完羊,就会把这两斤水的差价给九银补上。满山奔跑的羊肉紧实,卖得价高,老板不屑于克扣九银这两斤水的差价。

羊还有十三只。九银能数得出来的数字就是十三只,十一只大的,两只小的。不愿意回来的那些,就让它们变成野羊好了。

添完石槽里的水,九银在石头房转了一圈,又要往山上去了。他要去逛逛山,找找山货,首乌藤、金银花、山豆根,遇到什么就要什么,遇不上也没关系,他就是到处走走,等着天落黑,等着羊从山上归来。九银说,妹呀,你们赶紧下山去,你们走得慢,一下天黑了就看不见路了。

我把买的面包递给他,九银说不要不要,我仍往他袋子里塞。我说,卖完羊,别再上来了,这路太难走了。九银说,不上来了,走不动了。

(原载于长篇纪实散文《后龙村扶贫记》2021年广西师范大学出版社出版)

水之上

一

在一座名叫那掌坡的山上，我找到了另一个百乐街。那掌坡临水，立于山顶，便可与水之下的百乐街遥遥相对。

站在山脚往上看的时候，我突然觉得百乐街像一棵树，或是树的种子。山原是荒山，只生长着萋萋野草，后来，这树的种子被飞鸟衔起，播在山顶上，就这样，生长出另一个百乐街来。

街是崭新的，它还来不及陈旧，来不及让风霜斑驳它的容颜。街很静，两旁是整齐规矩的楼房，树木低矮，花草生疏，它们和街一样，还来不及长成圆润丰满，来不及嵌入山的灵魂，来不及与山融为一体。光洁平坦的水泥路箭一般果断地在百乐街穿行，左拐，右拐，每一道弯，每一条巷，都干脆利落。

我走在街道上，对每一个路过我身边的人微笑，努力做出与百乐街很熟的样子。

其实，与他们足够熟悉的人是哥爽，他一路遇着熟人，一路说着百乐话——那些软绵的壮话，每一个尾音都拐出一个悠长的只属于百乐街人的韵脚来。这些来自声音里的软绵韵脚让我的心不由自主地颤抖，蓦然生出许多想象，每一个想象都与水之下的百乐街有关。像立起的一道界，那些有着软绵韵脚的声音将我与哥爽隔开，与路过我身边的每一个百乐街人隔开，我远远地看着他们在百乐街的前世和今生之间自由穿行，像一群通灵的异人。

那些天，我住在一个小旅馆里。小旅馆在街头，往左走是百乐街细长的巷；往右走是下山的细长的路，路像一条绳子从山上垂下来，一直垂到水边，来或者去的人就可以坐上船，从水之下的百乐街上面驶过，去往更遥远的地方。白天里的百乐街很静，黑夜里的百乐街也很静，我住在离水很近的山头，却没有听到山脚下流水的声音。

因为哥爽，百乐街人看我的目光里多了一些温润，我知道我成了一整条街的亲戚。乡下总是这样的，一个人的亲戚便是全寨人的亲戚。亲戚的身份像一根互相缠绕攀爬的藤，将本应陌生提防的两颗心缠得很近，我甚至能感觉到我们肌肤里散发出的温度和血液在血管里潺潺流过的声音。这样的温度和声音真叫人喜欢。

我坐到一个或三两个百乐街人的身边时总是在傍晚——他们都是一些老人，七十岁或八十岁，也许是九十岁甚至一百岁。他们大半个世纪的时光停留在水之下的百乐街里。我们坐在大门前，风从山之外不知什么地方吹来，有些冷。临江而居，风便显得比平常更凌厉，刚刚进入十二月份就开始往骨子深处割了。我迎视着那些温润的目光，听他们聊起水之下的百乐街、水之上的百乐街，聊起他们的快乐、他们的忧伤。在

水之上

聊天的间隙，我会抬头，将目光伸向很远的地方，我得仔细想想，才能分清，此时此刻我到底是在水之下的百乐街还是水之上的百乐街。

2007年。百乐街的人提到这个年份时，眼睛总要越过我的头顶望向很远的地方，仿佛目光抵达那里，就能穿越时光回到过去，回到水之下的百乐街。

有人说那年二月，风冰得像刀子，源源不断地从南盘江面割来。百乐街三百多户一千五百多人赶着大大小小的牲口把通往那掌坡的路塞满了。路很窄，像一根绳子从山上垂下来，一直垂到南盘江边。他抱着祖宗灵牌，走在人群中，锅碗瓢盆在人们的箱子里袋子里咣啷咣啷不停地响，他看到一路被丢弃的垃圾——猛然撞击破损的碗，崩断绳子散了架的纸箱子，或是有人心血来潮走到半路突然改变主意不愿带走的家什。他停下脚步，往前看，又往后看，百乐街的人像一群蚂蚁吊在细细的绳子上。

哥爽坐在远离我们的地方，独自一人隐进灯的阴影处，两指间的烟头在黑暗里忽明忽灭。他低着头，眼睛一次也没往我们这边看过来。我不知道他会不会听到我们的谈话。风从我们身旁吹过，拍拍我的脸颊，又往他那边吹，我们的话会不会被拍得碎散，从他耳旁绕过？

哥爽是百乐街人，在市电视台当记者。那年二月，百乐街的人像一群蚂蚁在一根细绳子上攀爬的时候，他正跟随摄制组在几百里外的田野上拍摄田园风光。那是一片别人家的田园风光，油菜花开得黄灿灿的，云一般层层叠叠向山腰缠绕。哥爽看着摄像机取景框里的画面，耳朵里听见的却是几百里外百乐街的牛哞马嘶。——很多年过去，一直到现在，这个场景被他无数次提起，在他每一次酒醉后。

二

多少年里,百乐街的人一直在孜孜不倦谈论着那个传说。

很久很久以前(时间久得已经没有人记起确切的年份了),有一位地理先生来到百乐,走过街道时,这位地理先生四肢着地,战战兢兢地往前爬行,人们觉得很奇怪,问他为何不直立行走。地理先生回答说,百乐街下面是空的,他怕直立行走地面会塌陷下去。

在传说中,百乐街是一只竹筏,停泊在南盘江南岸,它会随着水位的升降而浮沉,永远不会被淹没。百乐街的人都相信这个传说。事实上,千百年来,南盘江无数次的潮起潮落,无数次的洪水肆虐,百乐街从来没有被淹没过。它真的就像一只竹筏,安安稳稳地停靠在南盘江南岸。

是一座大坝,很轻易就击碎了这个传说。

很多年前,在那座大坝还没有开始修建的时候,关于百乐街将要沉入南盘江底的消息就已经在大街小巷里疯传。百乐街人的心空了很多天,乱了很多天,又慢慢愈合了。人们看到,南盘江仍然每天都在眼前咆哮,捕鱼的船只仍然每天进进出出。一切平静如常。人们想起那只竹筏的传说,不相信会有一座大坝能将百乐街沉没。他们的心安定下来,和往常一样日出而作,日落而息。一直到2006年。

"搬迁"这个词在百乐街无数次被提起,而且随着时间推移,提起的次数越来越频繁。直到政府工作人员频频上门,百乐街的人才肯相信,他们脚底下的这只竹筏真的即将沉进南盘江底,成为一段历史,一种记忆。很多年后,它将和流传在百乐街的那些故事一样,成为一个传说。

百乐街人的心又空了,又乱了,而且越来越空,越来越乱。人们像一棵棵即将被拔离泥土的树,惊慌失措。

总得有一片泥土让树继续生长。百乐街的人却不希望是板干乡或其他任何一个乡，尽管板干乡比百乐街更大更热闹。他们不愿意把根须伸进别人的泥土里，与别人的根须纠缠不清。他们也不愿意搬到太远的地方——就算被淹没，他们也要住到离百乐街最近的地方。

2006年。提到这个年份，汤伯需要停顿许多次，需要侧脸看我许多次，才能零零碎碎叙述下去。我以为汤伯的语气里或者目光里会有一种狠，汤伯却是淡淡的，像在说一段记忆不甚清晰的往事。

汤伯已经记不起第一次纷争是怎么发生的了，之后接二连三的大纷争小纷争他也记不起了。南盘江浩浩荡荡地从他们身旁奔过，是那样健壮有力。而在江的下游，在视线无法到达的地方，那里有一座大坝让他们清晰地看到彼此的渺小。他们的目光掠过水面，也就在这个时候，几乎在同一时刻，他们看到了不远处的那掌坡。

那时候的那掌坡像一匹不能被驯服的野马，伫立在水岸边，沉默却不羁。它让自己身上长满荆棘和荒草，伪装出一副无法招惹又没用的样子。

百乐街的人熟知水也熟知山，他们的祖辈父辈都是入水能捕鱼、进山能打猎的好手，可是，那么多年过去，尽管那掌坡近在咫尺，他们却从来不曾多看它一眼。没有人会想到，有一天，百乐街竟会像一棵树，或树的种子，被飞鸟衔起，播种到那掌坡去。

汤伯是小旅馆的主人。我每天走进走出都看到他坐在客厅里看电视。他缩在沙发上，沉默地盯着电视机，看到我们走出旅馆的门，便摸摸索索地找出钥匙一间一间帮我们把房门锁好，等到我们回来的时候，又摸摸索索地一间一间帮我们把房门打开。其余的时间，他便缩在沙发上，沉默地盯着电视机。我曾以为他是一个木讷寡言的老人。

汤伯，您的祖上是哪里人？

嗯，广东。他指了指老伴，说，她祖上是梧州的，都来了很多辈了。

哦。我应答。却又想到很多很多树。或树的种子。

汤伯突然站起来，转身走进房间里，等他出来的时候，手里拿着一张照片，照片上是以前的百乐街。这是一张过塑的照片，陈旧得泛了黄，照片上，南盘江曲曲折折地从狭长的百乐街旁奔腾而过，百乐街那样子，真的很像一只竹筏停靠在水岸边。

汤伯指着照片说，我家在这里，以前，我家也是开旅馆的。我在一片密密匝匝的房子里认真寻找，却发现，几乎每一所房子都像是汤伯描绘的样子。

汤伯，您觉得以前的百乐街好还是现在的百乐街好呢？我的话刚说出口，就觉得自己问了一个蠢问题。在我矫情的想象中，我以为汤伯会说，是过去的百乐街好。在百乐街的这些天里，我耳朵听到的，都是老人们念念不忘的往事，我想，水之下的百乐街已烙进百乐人的心里，成为一种挥之不去的情结。汤伯沉思了片刻，说，都好。他想了想，又说，还是现在的百乐街更好些，现在，水泥路修通到县城，孩子们回家就方便多了。

汤伯有三个儿子，都在外面打工。以前没有公路的时候，儿子们都得乘船从南盘江驶过，才能抵达百乐街，抵达家。

三

我的双脚刚踏上百乐街，第一眼就看到那舞台了。它远离人家户，特立独行地站在街头，一副不食人间烟火的样子。之后的几天里，我在清晨或黄昏从它面前走过，都会忍不住多看它几眼。它立于街头，冷眼背对着南盘江，仿佛它来自另一个时空，或是要去往另一个时空。

一天晚上，我听见窗外有锣钹声。走出旅馆一看，舞台那里灯火通明，一个女人正站在台上，翘起兰花指咿咿呀呀地唱，她顾盼生辉，流光溢彩，像是刚从某一段历史故事里走出来的佳人。

舞台一改平日里的冷清漠然，变得活色生香起来，似乎它之前的孤冷只是为了这一时刻的抵达。

我站在台下痴望，蓦然回首，看到我身后或站或坐着的百乐街人，他们的眼睛跟随台上人的步子移动，间或一声轻幽的叹息，间或几声欢快的轻笑。灯将淡黄的光投向他们，近处的亮和远处的暗交织出奇异的光影，他们的眸子像一汪清亮的水从遥不知处的地方向我流淌而来，熠熠生辉。

我有一瞬间的恍惚，猛然坠入时空里，那位名叫王周济的商人从时光深处向我走来。

那一年应该是光绪年间吧，王周济骑着高头大马，扬扬得意地从百乐街走过，他的身后跟着一个班的戏团。那一次，他们在百乐街头搭起了戏台，一连唱了三天三夜的戏。王周济不曾想到，他带来的戏，从那一唱就是一百多年，一直唱到现在。

清越，悠扬，俏皮，泼辣。陌生的装扮，陌生的腔调，这些有别于百乐街的陌生，一下子就抓住了百乐街人的心。他们的眼睛越过戏台，看进很远的时光里，敏感地捕捉到那里有似曾相识的气息。

田林县是北路壮剧发源地。乾隆三十年，那种桂西北壮族唱腔的地方戏就已经在田林县兴起，到光绪年间，北路壮剧水一样漫过田林县内，又漫过田林县外。拖着唱腔，节奏缓慢的北路壮剧迅速在桂西北蔓延。百乐街就在田林县域内，百乐街人唱的却是另一种不同的戏，这真是一件奇怪的事。很多年后的2015年，我站在那掌坡上的百乐街戏台前，突然明白了流奔在百乐街人的血液里，那些来自他们先祖的基因密码。

百乐街人把王周济带来的戏叫"雨过街"，没有人知道为什么会是这么一个奇怪的名字。后来，我查资料，才知道"雨过街"其实是"咿嚆嗨"，也就是彩调剧的早期叫法。"咿嚆嗨"最鼎盛的时期正是王周济带着戏班从百乐街头走过的那些年。

南盘江流经的地方，是黔江，是浔江，是西江，是珠江，是更远之外的河流。水像长长的手，牵引着更多更远的人来到百乐。

很多年前，当百乐街的名字还叫"首寨"的时候，它只是一个闭塞的小渔村，一群壮族人生活在那里。有一天，一个外地人乘船从南盘江经过——现在已经无法考证他的船是怎么被搁浅的。那个来路不明的外地人弃船走上岸来，他看见树林间隐隐有炊烟升起，连忙循着炊烟寻去，几座吊脚楼零零星星散落在绿丛间。外地人欣喜万分，走上前，敲开了其中一户人家的门。——他并不知道，他那一敲，一座村庄将会发生翻天覆地的变化；那户人家也不知道，他打开的是一座村庄的大门。从此以后，首寨平静的生活将一去不再复返。

外地人在那户人家住了下来，他得等首寨的人划船将他送回去。在等待中，他百无聊赖地在寨子里转悠，他发现，这条日夜嘶吼的河流两旁是莽莽的丛林，里面孕育着丰富珍贵的物产，这里以狩猎和捕鱼为生的村民淳朴天真，他们竟然算不清一张老虎皮和一两食盐在山外的价值。他知道他撞见了一座宝藏。

像一块肥肉被烹煮后盖也盖不住的香味，更多的外地人循味找到这里，他们从广东来，从海南来，从首寨人闻所未闻的地方来。他们从山外带来食盐、布匹和各种日用百货，以换取首寨人的兽皮和药材。之后，越来越多的外地人汇聚在这里，到康熙年间，首寨便已成为黔桂之间重要的商品集散地。也就是那个时候，首寨变成了百乐街。

直到现在，百乐街的老人仍清晰记得很多年前赶集时的热闹，上百只商船停靠在南盘江南岸。船带来山外的百货也带来山外的男人，有些男人来了又走了，有些来了却再也无法离开。他们被百乐街的女人留住，成了永远的百乐街人。如今，百乐街上的汤姓、王姓、李姓、吕姓、吴姓、梁姓，绝大多数是他们的后代。有人便戏谑：十个到百乐，九个得老婆。这句顺口溜风一样快速在百乐街卷起，很快沿着河流往山外奔去，几百年过去，至今仍然在南盘江沿岸流传。

与田林县其他乡镇不同，百乐街人会说软绵的壮话，也会说软绵的粤语，这些来自祖辈父辈的母语，被他们从山外很远的地方带来，又被他们"移植"到子孙的身上，就这么一代代传下来，嵌入几百年后百乐街人的舌头里，变成他们身体的一部分。

就像一棵树，或是树的种子，不管时光如何流转，它身体里的某一个地方总会保存有关于树的秘密。

就像那舞台。

四

有人又提到那面铜锣。

最后一次敲响铜锣是什么时候了？问的人犹豫地望向身旁。身旁的人眼神懵懂，对这个时间也不能确定。最后，他们的眼睛全部望向坐在一旁的我，似乎我才是那个最后敲响铜锣的人。

在这之前，百乐街的丧礼总是那么郑重其事。五天五夜，或七天七夜的水陆道场，道公领着一班徒弟绕着棺材日夜唱诵经文。香烛袅袅，长明灯幽幽，穿着道袍的道公敲响铜锣，高声唱：万里长江空渺渺嘞哟——咣！再不回头——咣咣！灵堂后，孝子孝女们披麻戴孝，席地而跪，哭成一团。

发丧时辰在凌晨，那时候天还没亮，铺着鹅卵石的街道只隐隐透出模糊的轮廓。负责报时的人提着铜锣走到街上，他扬起木槌使劲敲，咣的一声，又咣的一声。清冽洪亮的锣声从办丧事的人家响到街头，又响到街尾，穿透湿冷的晨气，钻进人家户里去。很快，一整条街的门全都吱嘎吱嘎打开了。

有了锣声，丧礼似乎才是完整的。躺在棺材里的灵魂听见锣声，原先忐忑不安的心终于安定下来，因为他知道，他将被百乐街的人抬起，簇拥着，体体面面地去往另一个世界。

没有人知道那面铜锣是什么时候丢失的。那段时间，百乐街人的心纷纷攘攘，像南盘江奔流的水，汹涌澎湃。年轻人的目光伸向远远的山外，伸进他们先祖几百年前来时的地方。有人开始往山外走了，更多的人往山外走了。他们沿着南盘江的流向，去广东，去海南，去更远的地方。他们踩着祖辈父辈当年溯流而上时的脚印，逆着方向往山外奔跑，像一把从百乐街撒出去的沙子散落到大大小小的工厂里，变成流水线上的男工女工。

百乐街越来越空旷，越来越寂寥。在大面积的静里，南盘江拍打河岸的声音听起来是那么惊心动魄。老人们的心颤了颤，迷茫的目光在空荡荡的街头穿行，突然就想到自己百年之后的事，想到那个即将在凌晨为自己敲锣报丧的人。等他们回过神来，却蓦然发现，没有锣声了，早就没有锣声了，那面铜锣已不知所终。不知什么时候起，发丧报时辰的铜锣已经被鞭炮代替。

没有铜锣的丧礼显得那么敷衍，报时辰的人站到事主家大门前，懒洋洋地点响一串鞭炮。鞭炮声的脚步很短，它不能让好时辰像风一样在百乐街的大街小巷奔跑。棺材里的灵魂在鞭炮声中醒来，满腹狐疑地将头往门外伸去，他看见，自家门前，浓郁的硫黄味弥漫着，久久不散。

他没有看到簇拥而来的百乐街人。

公华就是在这个时候自杀的。

百乐街上了年纪的人都记得那一年——1948年。那年,有一支土匪队伍从百乐街走过,长着一把长胡子的匪头钟日山对百乐街的人说,只要加入他们的队伍,就会拥有数不尽的金钱和美女,享不完的荣华富贵。公华动心了,他家境贫寒,三十好几也没讨上老婆。他不奢望金钱美女,也不奢望荣华富贵,他只想要个女人,帮他暖被窝,然后,再帮他生一堆儿子。

公华跟着土匪队伍刚走到云南,解放军就打过来了,这群乌合之众很快各自逃散。一个年轻女子和一个老妇人跟着公华回到百乐街,她们是母女。妇人有手艺,会做好吃的云南豆腐,为了补贴家用,她在百乐街摆起了豆腐摊,一直到20世纪80年代初,一直到她病逝,她都是百乐街唯一做豆腐卖的人。

几十年后,这个民国末年的土匪老得颤颤巍巍的,他一天到晚坐在家门前,一动不动地看着南盘江。有人跟他打招呼,他连眼皮都不抬一下。百乐街的人说他在想女人。那个跟着他的云南女人,白白净净的,她刚来百乐街的时候,走哪儿都低着头,有人跟她说话,她的脸总是红的。生了孩子后,这个云南女人长得越来越像百乐街的女人,她甚至敢和百乐街的男人开一些叫百乐街的女人听了也会脸红的玩笑。后来,女人走了,她比公华年轻,却比他先走了。有一天,公华的儿子说要去广东打工,也像鸟一样飞走了,他先是扑进广东,又扑进海南,最后扑到没有人能说得清的地方,几年也不回来看公华一眼。

公华的故事从老人们的嘴里跑出来的时候,仍然是在傍晚,薄的暮色从山后漫过来,笼罩在百乐街上空,迷蒙得像一帧安静的水墨画。不知怎的,我又想起汤伯说的公路,想象年老后的公华,孤独地坐在南盘江边，如果有一条公路，像百乐街伸出去的长长的手，会不会牵引得公华的儿子，从路的那头走回来呢？

也许会，也许不会。我不知道。

五

我喜欢在早上，一个人漫无目的地在百乐街上转悠。

街道安静，偶尔有人扛着农具走过，脚步轻盈得像是怕吵醒还在沉睡中的人。小旅馆对面是一个米粉摊，店主是一个年轻的女人，每次看到我，她总是笑，眼睛里有一半羞涩，一半好奇。她不说话，手脚麻利地烫好粉，等着我自己加料。——在百乐街，早餐是自己加料的，味道纯正的各种肉料就摆在摊前，想加多少加多少。不知怎的，我无端端地想到很多年前那个卖豆腐的云南女人，想必她的笑，也是一半羞涩一半好奇吧？百乐街的时光，在水之下，在水之上，在每一个交错的瞬间穿越时空，蓦然落到人的眼前，让人恍如梦中。

青菜摊、肉摊，在街上，也是那样安静。摊主坐在一旁，低着头做自己的事，或是就让菜自己留在货摊上，没有人看守。买的人走过来，选中了，叫一声，卖的人才慢悠悠地从屋里走出来。

哥爽说，百乐街历来如此，路不拾遗，夜不闭户，从还是首寨的时候就是这样了。那么多年过去，这个风气从来不曾改变。我记起我们刚到百乐街的时候，一群人钻进小商店里购买日用品，牙膏、牙刷、毛巾，店主站在一旁，笑盈盈地看着，任由我们挑选。那天晚上，店主拿着一长串小袋装的洗发液，走进小旅馆找我们。她一个房间一个房间地询问，是谁忘拿洗发液了？问了那么多个房间，都找不到那个人。走出旅馆的时候，店主一步一回头，似乎还在等待有一个人能跑出来，认领那串洗发液。

有一天，我独自一人往山后走去。通往山的路是一条曲折干净的水泥台阶，两旁是开得正盛的花朵。我在山上找到了百乐街人捐资建起的文庙、岑大将军庙和观音庙。汤伯说，这些庙原先都在山下，百乐街迁到那掌坡后，百乐街的人也把它们一起请到山上来了。

庙宇不大，张贴在墙上的捐资名单还没有完全褪去红色。我在名单上浏览，找到很多这些天里刚刚熟悉的名字。我默念着这些名字，不知不觉中又发了好一阵子呆，等到我走进庙门的时候，看见香炉里，插着一把还没燃尽的香火，不知道是什么人刚刚来过。

离开百乐街那天，我们又一次坐船从南盘江驶过。我们将要离开一座村庄，从另一座村庄上面驶过。这两座村庄，它们都叫百乐街，它们是彼，也是此。它们一个在水里，是前世；另一个在水外，是今生。

这下面是百乐街了吗？我惦记着水之下的百乐街，无数次问哥爽。哥爽往岸边随意一瞥，就能准确说出距离百乐街的远近。我站在哥爽身边，跟随他的眼睛往岸两旁看去，群山不语，共同捂着一个我无法破译的密码，我不能从它们身上窥探出水之下百乐街的细枝末节。

这里是库淹区，确切地说，是龙滩电站库区，哥爽说。我的视线从渐渐开阔的水面掠过，看向更远的地方。水随山转，几道水湾裸露在山之前，几道水湾隐藏在山之后。我看见一条汹涌的江水从山峡奔过，横冲直撞，桀骜不羁，就这样奔腾了千百年。有一天，一座大坝将它拦腰截住，它便安静了下来。

我曾见过那座大坝，在河池市天峨县境内。我看到庞大的水幕从高高的堤坝上飞泻而下，地动山摇。那个时候，我并不知道，这样的磅礴气势背后，是安静缄默的南盘江。我仍清晰地记得当时的震撼，正如现在乖巧温顺的南盘江给我的震撼一样,刻骨铭心。

时间最强大的一件事,就是它会改变。而百乐街的日子从来不曾离开过南盘江。

一片又一片网箱将宽阔的水面划分成很多个区域。捕鱼的船驶过我们身边,偶尔也会看到扑棱棱的鱼,被人从水里捞起,哗啦一声倒进船肚内。沿着河岸开有几家水上鱼馆,一些船只停靠在鱼馆前,进去或出来的人步履匆忙,谁也顾不上看别人一眼。岸很静,水很静,像搁浅在旧时光里的画面。

我突然记起很久以前读过的诗,一位名叫拓夫的诗人写一种被移植的树:

后来
它们慢慢长出叶子/慢慢
适应这片新的土地/慢慢
知道这里是城市/风吹过,它们也会/互致问候
也会打探/故乡的消息……

船慢慢行驶,我走进船舱内,把身子平放,躺到座位上,极力让自己与水贴得更近。我躺在一座村庄上想另一座村庄。许多年后,还有多少人会记起,那座山曾经叫那掌坡呢?那时候,所有的人都该叫它百乐街了吧?像移植的树,终有一天,慢慢长出叶子,慢慢适应这片新的土地。终有一天,街与山会合为一体,浑然天成。

(原载于《广西文学》2016年第6期)

黑　洞

父亲和堂哥密谋很久了。

他们坐在火塘边，压低声音说话，眼睛被火烘烤，瞳仁里也燃烧着一塘旺旺的火。八仙桌上点着一盏煤油灯，风从墙的缝隙吹进来，灯焰便猛烈左右摇摆。母亲用手小心护着，灯焰便又安静下来，将昏暗的光洒在桌面上、地面上。

父亲和堂哥终于扛着锄头走出家门的那晚，山逻街一片漆黑。叔侄俩打着手电筒，悄无声息地潜入黑暗中。我站在家门口，看着一前一后的两束光，从丫字形的山逻街穿过，最后消失在街的拐角。我知道那两束光还在，他们会沿着公路，走很远很远，一直走到一座陡峭的高山前，然后攀爬进一个山洞里。

那个山洞，山逻街的人攀爬过无数次。他们的锄头翻开每一寸泥土，像篦子梳过一样细致。往往前一拨人刚抬脚走，后一拨人又爬进来。在一拨人与另一拨人之间,捂有许多秘密。山逻街的人互相提防,互相猜测。

秘密如暗流一样在山逻街兜转,很久很久之后,才流到父亲耳里。父亲不相信,他很不屑,扛着十字锄和铁锹,像往常一样,去医院后面那座山挖沙筛沙。傍晚一家人围着八仙桌吃饭,他抬头看看妻子,看看围了满满一桌的八个孩子,又看看煤油灯下漂着几片菜叶的粗糙大碗,决定说一个笑话逗大家笑,于是,便把秘密说出来,取悦他的妻子和孩子。

秘密越传越凶,几乎全山逻街的人都在悄悄谈论这个话题。父亲开始怀疑自己。无风不起浪呀,父亲说,山逻街的人又不是傻子。连续失眠好几个夜晚后,父亲决定将秘密传递到堂哥那里。这个秘密太大了,足以改变一个人、一个家,甚至整个山逻街的命运。

父亲很小心地把一个民国时期的高官名字说了出来。父亲读过高中,堂哥也读过高中,他们知道这个名字。很多人传说,这人逃避日本兵时,把财宝藏到山洞里了,那洞就在逻楼,街上很多人都偷偷去挖过了。父亲压低嗓音,表情神秘而庄重。

挖得了吗?堂哥问。

哪有那么容易,埋进地里的财宝,时间久了就成精,有缘的人才能看得到,父亲说。他沉思了一下,又说,听说有人挖得了。父亲甚至描述那些财宝的样子,像笨拙的石头,用牙咬豁一点点皮,就看见黄澄澄或白晃晃的里子。

堂哥沉默,低头看火塘里燃烧得旺旺的柴火,有风吹过时,柴火便噼里啪啦一阵响,闪出几串火星来。

山逻街的有些人是相信埋进地里的财宝会成"精┃的,它们沉睡在地底,经过长长的一段时光后,就会幻化出动物的模样,指引有缘人来寻找它们。

有一段时间，巴修早上起来做饭时，总看见她家的火灶上蹦过几只小白鸡。仔细找时，又不见踪影。如此三番几次，她觉得很奇怪，以为是自己看花了眼。有一年，她家翻修火灶，拆开灶壁时，发现那里面躺着好几枚银圆。山逻街的老人猜测，那应该是巴修祖父的祖父藏在那里的。人老了，糊涂，藏着藏着就忘了。巴修认为几辈子之后，银圆耐不住寂寞，便幻化成小白鸡来找她了。

姐哈家就更传奇了。她好几次看见一只母鸡带着一群鸡娃在路边走，走着走着就钻进她家土墙缝里去了。几年后，姐哈家起新房子，便把老房子拆了，工人在挖地基时，在墙角挖出一个泥坛子，姐哈打开一看，是满满一坛银子。后来工人又挖出一只泥坛子，他起了贪心，偷偷带回家，打开一看，却是一坛水。姐哈知道后心痛不已。山逻街一位迷信的老人说，姐哈家的老屋基原来是一个地主家的，那些银子应该是地主埋在地里的，工人不是有缘人，所以银子就变成水了。

我不知道巴修和姐哈是否真的看到小鸡和母鸡，但是她们家挖出银子倒是千真万确的事。特别是姐哈家，那些真金白银就在众目睽睽之下被打开，惊慕了一整条街的人。我还记得那些银锭，像小孩子折的纸船，笨拙的，从一个人的手里传到另一个人手里。这些事在山逻街沸沸扬扬了好一阵子，此后，那些显灵的动物，在人们的嘴里，从小鸡变成母鸡，变成兔子，变成白蛇，变成白马，变成越来越离奇古怪的东西，它们从山逻街走出去，被人传得越来越远。

高官藏在山洞里的财宝迟迟没被人找到，这让父亲和堂哥生起一线希望。他们相信，那些成了精的财宝还在等待有缘人。他们也许是有缘人，也许不是，谁知道呢？无论如何，总得去碰碰运气。

父亲和堂哥扛着锄头,打着手电筒潜入黑夜中。那些夜晚,我坐在家门前,看着夜色吞没他们的身影,等着他们会带回一群活泼的小鸡娃或是小兔子。夜色浓重,我倚在门槛上,眼皮越来越沉,越来越重。等醒来的时候,我已躺在床上。我不知道是母亲还是父亲把我抱进来的。

父亲和堂哥一直没带回小鸡娃或小兔子,甚至到了晚上,他们也不再扛着锄头走出家门了。山逻街似乎又恢复到原来的日子,每天吃过晚饭后,大家坐到家门前,坐在徐徐的晚风中,男人们咕噜噜地抽着水烟筒,女人们纳着鞋底,和街坊邻居说东家,说西家,百无聊赖地谈天论地。关于那个山洞,他们只字不提。谁也不知道那些挖宝的日子,山洞里究竟发生了什么。

我很快遗忘了这件事。山逻街的事实在太多了,事情一件覆盖一件,在层层叠叠的日子里,像供销社仓库里堆积的货物一样,我们的眼睛忙都忙不过来,如果不仔细回头翻找,根本没有人记起曾经有过那么一件事。

在我记忆里,童年的山逻街是饥饿的。大人们饥饿,小孩子更饥饿。最忙碌的应该是收购站,我和五姐每一次去,都看到那个凶巴巴的男人站在磅秤一旁,用肥硕的手指头忙碌地拨移着秤码。

收购站里似乎什么都收,像一个怎么填也填不饱的饿痨鬼。穿烂了的凉鞋、挤完了的牙膏皮、猪骨头、牛骨头、鸭毛、鹅毛、公鸡长长的尾毛,还有很多很多旮旯角落里随处可见的破烂东西,拿到收购站,交给那个凶巴巴的男人,都可以换回钱。

我和五姐每天放学后,各自带着一只袋子便走出家门。我们在大街上乱逛,在每一处角落里寻找。捡到一只烂凉鞋或几块动物骨头就拿到收购站去。凶男人随手往磅秤上一称,说,你的骨头值八分钱。我们便拿着钱,高高兴兴离开收购站。很多年后,我和五姐回忆起凶男人的话,才明白过来，原来那个凶男人在调侃我们。

也不是每一天都有收获，因为山逻街的许多孩子都在满大街找破烂。有时候迎头碰上，还会为一块骨头或几根公鸡尾毛是谁先发现而争吵。

有一次，我和五姐在大街上捡到一把貌似草药的东西，兴冲冲拿到收购站，那个凶男人瞟了一眼，一把将它甩出门外。他说，我刚刚扔出去，你们又把它捡进来。我和五姐羞得满脸通红，此后很多天，都不好意思再走进收购站的门。

一伟他们几个男孩子决定去黑洞找宝贝。听说那里除了有金银财宝，还有鸡腿。对我们小孩子来说，鸡腿比金银财宝有诱惑力多了，要知道，山逻街的鸡腿都是留给家里最小的孩子吃的，而且一年最多能吃上一两次。我们韭菜一样一茬茬长大，父母便一茬茬收割，好让后面的弟弟妹妹一茬茬跟着长起来。鸡腿像接力棒一样，一茬茬往后传递。可是我们心里总惦念着那只越来越远的鸡腿。——一直到现在，我仍然对鸡腿有着莫名的眷恋，那都是童年的饥饿欠下来的债。

那天下午，一伟他们从学校回来，书包还没放下，便邀约着往黑洞走。黑洞很远，要沿着公路走很远的路。它在路的一旁，朝着天空张开黑漆漆的大口，几丛树枝从洞旁斜伸过来，张大的洞口便被遮掩得影影绰绰。其实，我们都害怕黑洞，黑洞似乎是没有底的，扔一块石头下去，很久很久都没有听到回声。山逻街的老人们说，以前乱杀人的时候，就是往黑洞扔。一个人被捆绑着，跪在黑洞边，有人从他身后踹一脚，他便掉进洞里，一个响都没有。很多很多的冤魂就这么年复一年地待在深深的洞里。

那时候应该是七月，雨水很多。几场大雨过后，山逻街便漫起了一片汪洋。山逻街总是这样的，几天几夜的雨，就变成了另一个世界。一伟他们走到草坝子，看到水，便再也挪不开步子。——不下雨的时候，山逻街看不到一汪水洼，人们吃的水，还是一大早排着队，到街头山脚下一眼山泉里挑的。男孩子们见到眼前那片汪洋，皮肤下像是爬满了蚂蚁，痒得难受。他们脱光衣裤，往水里趟，没有人再记起黑洞里的那只鸡腿。

山逻街的人都是欠水的，从很早很早的时候就欠了。山逻街的古人早就说了，逻楼逻楼，水贵如油。那么汪洋的一片水，男孩子们扑腾起来，没完没了。等到他们想起家的时候，天色已暗了下来。他们走上岸，穿好衣裤，这才发现，一伟和一信不见了。几个男孩子沿着岸边来回寻找，大声呼喊他们的名字。四周静默。水静默，一丝波纹也没有。男孩子们呼喊的声音在山谷里，幽灵一样来回碰撞。几个男孩子害怕了，他们相信，一伟和一信肯定是被"水鬼"拉走的。

山逻街每年被水淹一次，有时候是七月，有时候是八月。雨停停下下，像一个脾气温和的小女人。某一个夜晚，雨水突然疯起来，不间歇地下。平坦坦的草坝子凭空涨起了水，水漫过山逻街人种下的玉米，漫过公路，漫过医院，漫到我家门前，便停止了脚步。像是我家与水之间，立有一道界，水无法跨越。年年如此。

停止前进的水形成一潭湖，先是黄浑浑的，几天后，便是绿莹莹的。湖自南向北横躺着，阻隔了山逻街与外界的联系。山逻街的人不知道从什么地方拖来船，几个男人摇着橹，把水那头的人带到水这头，再把水这头的人带到水那头。

十来天后，水慢慢往后退。退到路坎下，便又停止了，像一个走累了停下来喘气的老人。水很满的时候，水很诚实，它把危险摆在最显眼的地方，提醒山逻街的人不要轻易靠近它。水不满的时候，便变得狡猾起来，它把危险隐藏，伪装出很浅很清的样子，有时候甚至还能看见有鱼在游动。山逻街的孩子是那样的喜欢鱼，他们提着家里的撮箕，背着父母偷偷跑到水边——捞鱼的快乐我是知道的，拿着撮箕往水里一撮，提起来，水从细细的篾缝哗哗往下流，然后，我们便会拥有一尾或几尾活蹦乱跳的鱼。

捞鱼捞腻了，还有其他好玩的游戏。几个孩子泡进水里，嚷嚷着比试闭气。半分钟，一分钟，或是更长的时间。有些孩子一头扎进水里，便再也没有起来。这样的孩子，每年都会有一两个。山逻街的老人吓唬调皮的孩子说，那是"水鬼"在水底偷偷拉走了他们。"水鬼"没有替身无法投胎，它们寂寞地待在冷冰冰的水底，耐心地等着每年雨水季节到来。等到水把草坝子淹没成湖，它们就变成鱼，变成虾，诱惑孩子们下水，再拉走一两个孩子来顶替他们。

一伟和一信被"水鬼"拉走了，他们的书包和衣裤还扔在水岸上，在夕阳中等待它们的主人回归。它们还不知道归期很长，长到没有尽头，几天后，它们就得化成灰烬，变成一丝青烟去寻找他们。

男孩子们惶恐不安地站在原地，他们不敢回家，也不敢不回家。等到夕阳落尽，草坝子汪汪的水变成淡的墨迹，又变成浓的墨迹，山与天之间的边界越来越模糊，男孩子们才垂头丧气往家的方向走。他们听见父母呼唤他们的名字，也听见一伟和一信父母呼唤他们儿子的名字。这些声音沉甸甸的，像很多很多座大山，越来越近地向他们压来，他们害怕这些山。他们要把自己藏起来，把一伟和一信也藏起来，最好是一觉醒来之后，一切都回到原来，就像以前做过的那些噩梦一样。男孩子们乘人不备，跑到自家屋后，把身子蜷进后门角落，蜷进母亲用来给母鸡抱蛋的烂背篓里。他们听到一阵阵忙乱的脚步声，在耳旁走来走去。

一个男孩子忍不住说出了真相，他蜷曲着的身子被一双大手从鸡舍里扯出。一双双眼睛和一张张嘴巴逼向他，他便再也无法掩盖住一伟和一信的行踪。那一晚，全山逻街的人都乱了。他们跑到草坝子，无数支手电筒的光柱在黑黢黢的水面上晃。一伟和一信的母亲像融化掉的冰条，哭瘫在地上。几个会游泳的男人潜进水里，大半个夜过去了，一伟和一信才被他们抱上岸来。

这件事过去很多很多年了。在层层叠叠的日子里，我从一个小女孩变成一个年近不惑的中年妇女。男孩子们都秃了顶或挺着啤酒肚，他们有些鸟一样飞离山逻街，在车水马龙的大城市里讨日子；有些仍然留在山逻街，每天在丫字形的街道上走来走去。山逻街每天都在变，又每天都不变。

巴修像往常一样，吃过晚饭后，走到我家来找我母亲玩。山逻街的老人越来越少了，少的几个老人常常聚在一起，像火塘里撤掉柴禾后，渐渐冷却下来的火子，聚拢到一起，用彼此微弱的光和热，相互取暖照亮。

两个老人坐在大门口，像很多很多年前一样，在徐徐的晚风中，说东家，说西家，百无聊赖地谈天论地。我坐在姐姐们和她们中间，有时候跟她们搭搭话，有时候跟姐姐们搭搭话。在我远离山逻街的那些日子里，山逻街背着我偷偷老了。街中心的大榕树变得越来越小，有一天，我从树底走过，发现它竟然无法完整地遮挡住路面，可我清晰记得小时候，每天背着书包从树下走过，都看到它越过我的头顶，从路的这边，蔓延到那边，浓密的枝叶从一户人家的屋顶，一直覆盖到路对面农械厂的房顶上。而丫字形的街道却越伸越长，无数个丫字像山逻街斜伸出来的枝，密密麻麻地从大街小巷里铺出来，把山逻街越撑越大。

这一切都让我感觉陌生和恐慌。山逻街像是被时光一口吞没，隐藏在老人们的口中，在我姐姐们的口中，我急切地想要把它们全都抠出来。

那晚，巴修坐在一堆人中间，闲闲地聊，闲闲地笑。也不知道我和姐姐们说到的哪一个词落进她耳里，她转过身来，望着我们说，谁说一伟呀？不要说一伟呀！巴修的声音跌进很多年前的草坝子边，带着湿漉漉的寒气，我的心猛然被抽了一下。

一伟是巴修的儿子。可是我发誓，那晚，我们都没有说到一伟，我们甚至都忘了一伟。

很多很多年过去，山逻街的人都已忘记，有关于藏在地底的财宝会变成精灵的传说。可这些传说却还在，他们从山逻街流出去，流奔进一些喜欢做梦的人的耳朵里。

前几年，有一个流言在山逻街蔓延。一个偏僻山村里有一个老太太，她穿着普通，和一般农村老太太没什么区别。那么多年来，她生活在村子里，也不见有什么特别之处。有一天，村里来了几个外国人，老太太见到他们，面不改色，开口就会说流利的外国话。据说，她就是那个高官的夫人，抗战期间流落到山村。她有一对血玉手镯，价值连城，对着阳光仰视，好像能看到两只张牙舞爪的血龙在手镯里游动。

很多年前的那个秘密又被翻出来了。一个长着长长白胡子的老头坐在高官藏宝的山洞中，吸引了很多外地老板。老头盘腿坐在山洞里，闭着眼，沉默不语。外地老板爬进洞来，他便点点头，或摇摇头。

外地老板一批批来，又一批批走。他们花大价钱带走了各种宝贝。后来有一天，这伙人上了电视，其中就有会说外国话的老太太，还有那个白胡子老头，山逻街的人这才知道，这伙人全都是骗子。

（原载于《南方文学》2017年第1期）

豁　口

一

父亲说，我没钱了。父亲站在我家客厅里，他的灰蓝色中山装泛白，蓝布帽檐撑不起，软塌塌地搭在前额。父亲像是长途跋涉，他疲惫而忧伤，单薄得像是要随时飘走。

我正要从钱包里拿钱，却又醒了。躺在黑暗中，拥着被子发了好一阵子呆，黑暗的空间里似乎全是父亲疲惫而忧伤的眼神。

几年了，父亲每一次到我梦里来都是这样的装束、这样的眼神，像是从我们身边离开，父亲便走回很久很久以前的过去，走回他为全家人奔劳的岁月里。他泛了白的中山装和他塌了帽檐的蓝布帽子，从我孩提时代穿越而来，一次又一次出现在我梦里，让我在无数个黑夜里独自黯然神伤。

时间大段大段荒芜，脑里大段大段空白。我得回头翻找才能记起那个日子。2011年3月21日，那天，我没有了父亲。那一天像是不存在的。在我记忆里，我找不到父亲即将离去的样子。

我的记忆停留在2011年2月2日，那一天是除夕夜。那年的除夕夜和过去所有的除夕夜一样温馨。全家人围坐在暖暖的火盆旁看我帮父亲穿上我带回来的过年新衣。父亲上下打量自己，笑呵呵的，他略带遗憾地说，暖是暖了，可惜太重。大衣厚实，里面是一层厚厚的绒毛。我买它的时候只想着它的暖了。我说，明年，明年我买一件轻的回来。

我不知道没有明年了。一个多月后，我就没有了父亲。

那些日子，我被年的味道蒙骗，一点儿也看不出我将要失去父亲。父亲也丝毫没有流露出颓败的样子。他和往常一样，每天一大早起床，出门游游脚，吃早餐，然后回家和他的孙子孙女们坐在客厅里看电视。

父亲看起来是那么健康，除了骨质增生，他的身体找不到大的毛病。可是，那只是假象。它蒙骗了所有的人，包括父亲自己。对于离去，父亲和我们一样猝不及防。我们都以为那一天还很远。

父亲的离去磕开了一道豁口，我蓦然看到时间的黑洞。它隐于某一个未知的地方，等着将我的亲人吞没，将我吞没。我的母亲、我的兄弟姐妹，我将一个个失去。直到有一天，失去的是我自己。

二

我不是第一次面对亲人的离去。在我出生之后，在父亲逝世之前，我依次失去了祖母、六堂哥、小叔叔、四伯、姑妈。只是那个时候，岁月还没有成长到让我认识悲伤。

祖母是我来到这世上后第一个离去的亲人。那时候我大约四岁或五岁。那时候，饥饿像鬼魅一样弥漫整个逻楼街，漫长得贯穿了我的整个童年。

祖母应该在病榻上躺过，只是我的脑子里没有关于这方面的记忆。我只零星记得祖母的房间终日充斥着药酒呛人的味道。她的脚患有风湿病，肿得穿不进鞋子。她常常拄着拐杖，颤颤巍巍地立在堂屋中央骂她的某个孙子或孙女，坐下来的时候就用手使劲捏掐自己风湿的肿脚。

有一天，祖母突然躺进棺木里，被停放在她拄着拐杖骂人的堂屋中央。母亲将一块白布缠到我头上，我抬头，看到家里每一个人的头上都缠有一块白布。几乎是一夜之间，家里变得富足而热闹起来。白晃晃的大米、肥油油的猪肉，一筐筐堆放在地上；一匹匹贴着黄纸或绿纸的各色花布从高高的墙板上悬挂下来，铺满堂屋四壁。麽公们穿着绚丽的长衫，戴着怪异的高帽绕着祖母唱歌跳舞。蜡烛的焰、煤油灯的焰摇曳着淡黄的光，将每个人的面孔映得明明暗暗。街坊邻居们簇拥而来，他们围站在祖母四周，一边看麽公跳舞一边轻声交谈。

应该是有哭声的，可是，我在记忆里搜索不到它们。我只记得我的心被架上高空，那是一种莫名地想要飞翔的兴奋。我听从麽公的召唤，和哥哥姐姐们一起，一遍又一遍跪在祖母灵牌前叩头。麽公不召唤的时候，我就从密林一样多的大人们的腿缝间穿过，和邻家的孩子疯跑追逐，我一直笑一直笑，内心里抑制不住的快乐像不断分裂冒出的泡沫。那么多人在走动，那么多食物在烹煮，空气里挤满了人的气息和肉的气息。我是多么喜欢这样的场景，前所未有的富足和热闹，所有人的目光都汇集在这里，在我们家每个人身上。

一直到现在，每当我回想这段往事，我都会看到四岁或五岁的自己，亢奋得莫名地来回奔跑，我的笑声夸张地刺向人群，招来周围大人们嫌恶的目光。母亲伸出手，用力敲打我的脑袋，她压低嗓门斥责说，不准笑，也不准跑！我捂着头，敏感地捕捉到母亲尴尬羞愧的目光飞快扫向人群。她和乡邻们一定都想不明白，这个孤僻怯懦的孩子今天为什么一反常态的活跃张狂。我飞翔在空中的兴奋被母亲这一敲打，石头般直线坠落，沮丧和懊恼沉甸甸地压在胸口。我的眼睛看向堂屋中央祖母的棺木，隐约觉得，这样的日子，不应该快乐。

祖母的丧礼更像是一场盛宴。八仙桌整齐地从家门前的大路旁一字排开，粉蒸肉香甜的味道弥漫整条街道。上午是女宴，女人们坐到八仙桌旁，还没有动筷，就在各自面前摊开一张绿莹莹的芭蕉叶，也不知是谁下的令，所有的筷子依次从每个盘里夹起肉，放到芭蕉叶上——这是要打包拿回家给孩子吃的。打完包，女人们轻松多了，她们吃着桌上残余的菜，聊起家里的丈夫孩子。下午是男宴，男人们一坐到八仙桌旁就开吃起来，他们的筷子狠准地落在一块块肥肉上，他们的脸上却仍然保持谦逊有礼的神态。

祖母的子孙们不能吃肉，他们要吃素，一直到把祖母送到坟地里，直到麼公在一碗水里"念咒施法"，我们从各自头上戴着的白布里扯下一根白线，燃烧，把灰化进施有"法术"的水里，一口喝下。——这个时间会很漫长，也许是九天，也许是半个月，也许是比半个月更长的日子。

我和弟弟站在八仙桌旁，看着那些肥肉馋得挪不开步子。我到底没忍住，偷了一片肉，和弟弟躲到没人的地方，忐忑不安地分食——我们当然不会忘记母亲的告诫，在吃素期间偷吃肉会受到祖母的惩罚。祖母在高高的天上，她能看到地上发生的一切，谁也瞒不了她。可是，我和弟弟太想吃肉了，我们已经很久很久没闻到肉的味道。

多少年后，我想起祖母，内心里仍然愧疚不安。祖母一定早就看到我和弟弟狼吞虎咽的那个下午，祖母一直没有惩罚我们，她到底还是疼爱她的孙子孙女。

我没有悲伤。我的记忆里也没有储存有悲伤。那些食物和人声淹没了我有关悲伤的记忆。

我记得小婶娘的悲伤。很多年前的那个傍晚，六堂哥躺在门板上，一张床单从他的脸上覆盖下来，他伸出床单外面的脚白净而修长。

小婶娘号哭着扑向六堂哥，她的头一次次撞向墙壁，哭喊着要去追赶六堂哥。六堂哥安静地躺在门板上，床单上大朵大朵的牡丹花，它们从六堂哥的头延绵盛开到六堂哥的腿。六堂哥的脚从花朵下伸出来，像是随时会站起来行走。

小婶娘的声音嘶哑，她瘫倒在几个妇人怀里，长长的手臂挣扎着，努力伸向六堂哥。

晚霞从山那边燃烧过来，魅一般的光影将我家坝院涂抹得热烈。六堂哥的头朝着大门，六堂哥的脚伸向大路，六堂哥每天清晨扛着包袱走出家门的时候就是这样的朝向，可是，那个傍晚，六堂哥却再也无法走回家门。

六堂哥被人抬回来的时候，我正背着书包，仰头抄写电影院旁小黑板上用白粉笔写的电影名。我念小学一年级，我还认不全小黑板上的汉字。

街坊们走过我身旁，他们对着我喊，还不快回家，你六哥不在了！

街坊们的声音从我脚下一路铺开，我踩着这些声音奔跑，像踩着一个个不真实的梦，一直到，六堂哥赤裸的双脚直杵杵地向我遥遥伸来。

我远远站着，我手里捏着抄有电影名的纸片，我不知道应该拿它怎么办。六堂哥在恋爱，他关注每一场电影。每天放晚学路过电影院，我都把当天将要放映的电影名抄下来拿给他看。

我见过那个女孩子——六堂哥的女朋友，那个身材娇小的女子很不招小婶娘喜欢，六堂哥不愿意违背母亲的意愿，却也无法割舍对那个女孩子的爱，他只能在每个傍晚来临，和他心爱的女孩隔开好几个座位，像两个陌生人一样坐在露天电影院里看电影。

我很害怕，昨天还微笑的六堂哥就这样没了。小婶娘嘶哑的哭声撕裂满坝院的霞光，它们像碎纸片凌散地跌落在每个人脸上。阴冷灰暗的气息像是从六堂哥光着的脚，又像是从小婶娘凌乱的头发，抑或是从比这些都更遥远的地方向我围拢而来。我突然感觉悲凉，沧桑超越年龄更早抵达我内心，我隐约看到在某一个未知的地方有一种无法抗拒的可怕力量。很多年后，父亲的离去让我再一次看到它们。

是一辆拖拉机带走了六堂哥。六堂哥卖烟丝，那种金黄色的烟丝是从贵州贩过来的。六堂哥赶每个流动的圩日，一个乡接一个乡地赶下去，一周正好是一个轮回。那天，六堂哥赶的是沙里圩，回来的时候，拖拉机翻下了路坎。

除了小婶娘的悲伤，我已记不起太多的细节。

小婶娘已年近八旬，她喜欢在吃过晚饭后坐到家门前和街坊邻居拉家常。没有人提起过去。过去被一个又一个翻过的白昼和黑夜层层覆盖。

某一天傍晚，一个小男孩从小婶娘身后跑过，他嘴里大声呼喊他伙伴的名字——那曾经也是六堂哥的名字。小婶娘愣了一下，突然放声大哭。她仓皇地四处寻找，大声追问，谁在喊呀？谁在喊呀？不能喊这个名字呀！我蓦然又看到小婶娘的悲伤。原来它一直在，它藏在小婶娘内心深处，被一个又一个日子覆盖，它很深很重，却又很浅很轻，只需一声呼唤就从日子深处被翻找出来。

我第一次明白悲伤。它不一定比痛更痛，却一定比痛更深更长。

三

堂姐拍打我家房门的时候，大约是凌晨四点。我打开门，堂姐的脚还没跨过门槛就冲着我吼，关机关机关机！老是关机！全家人打你手机都打不通，你父亲不在了！

我站在客厅里，头顶雪白的灯光刺着我还没完全醒来的眼。我很恍惚，不知道是在梦里还是梦外。堂姐见我傻愣愣地不说话，缓了语气，说，别难过，人老了都会走的。

堂姐离开了很久，我仍在恍惚。我环顾四周，在心里一点点还原堂姐到来的每一个细节。窗外漆黑，离天亮还有一段时间，我听见狗在小区里吠，声音在黑暗里似乎很寂寥很遥远。我确信，此时，我不在梦里。拿起桌上的手机，按下开机键，眼泪这才簌簌滚落下来。

我想起那一年，我也是这样关掉手机一个人跑到河南开封玩。整整七天，不与任何人联系。那时候我刚离婚，周围如潮的目光和问候让我抗拒和厌恶。小时候的孤僻和敏感，在我长大后沉淀进我的骨子里，像隔着一堵墙，我走不近别人，别人也无法走近我，就连最亲的人也不能。

那次，回到家的时候天已很晚，我看见哥哥站在家门前，他隐在墙角阴影处，15瓦白炽灯昏暗的光投落在他脚跟前狭小的空地上，哥哥看起来那么渺小孤独，我突然看到了自己，我和哥哥是那么相像，一样的渺小孤独。

看到我，哥哥眼睛里有火焰跳动，他咧开嘴冲着我笑了一下，竟是羞涩歉意的笑，像是一个陌生人突然闯入了别人的领地，需要致歉和解释。哥哥说，父亲让他来找我。哥哥还说，要是今天见不到我，他们就报警。

说完这话，哥哥便找不到话了，我也找不到话。在我们沉默与沉默之间，来回翻滚许多话，许多牵挂和责备，可哥哥什么也没说。哥哥和我一样嘴拙，罗家的孩子都嘴拙，我们都继承了父母亲的羞于表达。

我跟着哥哥回家去见父亲。父亲像什么事都没发生过一样。他的平静让我几乎怀疑，他曾经那样焦虑地寻找过我。

我仍然习惯关机。电话铃声会让我莫名焦躁——我会感觉压抑，像是有谁伸出手企图将我控制。这个习惯一直保留到那个凌晨，堂姐用力拍打我的房门。

我没有见到父亲最后一面。我赶到逻楼的时候，父亲的棺木已封上红纸。我只见到堂屋中央红彤彤的棺木，它孤独地横放在麽公搭起的屏帘后面。我想象父亲的面容，却怎么也想不出他躺在棺木中的样子。父亲在我脑海里仍然是一个月前我离开家时的模样。

母亲很平静。她安详地坐在角落里，看我们为父亲烧纸钱续香烛添灯油。在麽公做法事的三天三夜里，在送父亲去来世的路上，他的车马钱不能断，长明灯不能灭。母亲默默地坐着，麽公锣钹的喧嚣，街坊脚步的奔忙，似乎是另一个世界。

对于父亲的离开或自己的离开，在很多年前，母亲就已经做好了准备。那些寿衣寿鞋，母亲挑来选去，衣服的款式、鞋面的花样，每一种细节对比，每一种取舍都让母亲犹豫很久。母亲像挑选嫁衣，精心挑选自己和父亲的来世。

前世，今生，来世。母亲相信它们的存在，相信一个人的德行会延绵贯穿三界。今生的福是前世的德，来世的福是今生的德。母亲一生隐忍，与人为善，笃信有一个来世等着她积攒今生的德行。

姐姐说，父亲只是感冒，在老家打了几天针。她们耐心等待，以为父亲会像以前一样，烧很快退下去，感冒很快好起来。父亲的感冒却比往常顽强，像抽不掉的游丝，看似很快结束了，却总迟迟不能断根断底。姐姐说，她们没想过要告诉我，父亲和母亲也不让她们告诉我。感冒只是小病，就像人身上沾的灰尘，伸手拍拍就干净了。

我在忙。我不回家的时候，我就这样告诉父亲和母亲。父亲母亲从来不问我在忙什么，他们永远弄不懂文联是什么部门，可他们相信公家人，相信他们的女儿总有忙碌的理由。

其实我在逃避。那座名叫逻楼的小镇让我依恋又让我畏惧。那片生我养我的故土，我的亲戚如藤蔓一样遍布大街小巷，他们看着我出生，看着我长大，看着我嫁人再看着我离婚。这很残酷，就像一个人赤裸着，无地遁逃。我不喜欢这种感觉，不喜欢一踏上故土就置身于亲人们用目光织成的网中。母亲从来不问我离婚的事，她不问原因和细节。每个节假日，她精心烹制我喜欢吃的食物，盼我归来，送我离去。母亲总是笑盈盈的，她站在车窗外，目送我一点点远离她的视线。我没有回头，我的眼睛盯着远方，却清晰地看进母亲心底，关于她女儿的终身大事，她酝酿了十几年，却一直不敢问出口。

父亲没能留下一句话。那天，父亲输着液，他的嘴无声地张了张，姐姐问他话，他没应答。姐姐以为他口渴，便喂了他一些水。那些天，父亲一直很虚弱，他说话完全靠气息来完成。喂过水，父亲安静地闭上了眼睛。姐姐以为他睡着了，还帮他拉了拉盖在他身上的毯子。哥哥来换班的时候，父亲仍然闭着眼。哥哥看到输液管里的药水静止不动，叫来医生，这才知道，父亲已经不在了。

姐姐向我说起这些事时，我的思绪是飘忽的，我在想那条停止流动的输液管，父亲的生命一点点经过它，终于在无人知晓的时刻戛然而止。

父亲最后想说的话到底是什么？他的灵魂是否还在附近徘徊？他会不会觉得遗憾，他没能等到他最小的女儿回来看他？

四

一个陌生男人从我身边走过，他看了我一眼，又看了我一眼，突然停下步子，问，你是罗炳回的孩子？我点头。他说，我一眼就看出来了，你长得像你父亲。

三十岁过后，我的脸庞褪去丰润，显示出岁月明晰的棱角。那些潜藏于我骨子里来自父亲的烙印，像融化的冰层，逐渐显现出它原来的模样。我越来越像父亲。我的眉眼、声音、性情，甚至某一个不经意间的动作或姿势，都能看到父亲影子一样存在。我无法藏匿，这个身材矮小脾气暴躁的男人与我有千丝万缕的关系。我看到我身上来自于父亲的强大和弱小，像怜悯父亲一样，我深深地怜悯我自己。

每当我的目光无限怜爱地凝视我女儿的时候，我都会想起父亲。他的目光也曾这样停留在我身上吗？关于这个问题，如今，我已永远无从得知答案。在我记忆里，父亲是疏离而模糊的，他不知道他孩子在学校念的是几年级，不知道孩子的考卷分数，他甚至弄不清他每一个孩子的出生年月。他像一个不合格的农夫，随手撒出一把种子，便袖手等着秋天来临。

这样的记忆一直很清晰，直到我年过三十之后，某一天，我站在岁月这头望向那头，突然怀疑起自己的记忆。我发现，我的父亲竟然一路在奔跑，他从岁月那头奔向这头，每一个身影都保持着与生活搏斗的姿势。

豁　口

　　我仍记得小时候的很多个夜晚，哥老一①一出现在我们家门前，父亲就扛着锄头和泥箕，一言不发地跟在他身后。他们踩进夜色里，淹没在夜色里。他们的前方是医院，再往前是山野。等到哥老一和父亲从黑铁一样厚沉的黑暗里走出来时，母亲已在大门前备好一盆柚叶水，好闻的柚叶味跟随水的热气弥漫在夜空里。

　　父亲和哥老一轮番把手浸进柚叶水里。哥老一把手在空中甩了甩，一把抹到裤子上，他跟母亲道了声谢，再次独自走进夜色里。他无儿无女。他的家在街头，那是一个油毛毡棚子，棚子里有一张床和他从各处捡来的垃圾。

　　父亲和哥老一去埋死孩子。医院隔三差五会有产妇产下死胎，那些来不及开放便已凋谢的孩子便交由父亲和哥老一趁着夜色埋进山野里。

　　除了埋死孩子，父亲还做过许多事，赶马车、搬运、挖沙、卖老鼠药……父亲似乎什么都能做，什么都愿做，他像是生有无穷的胆量和力气。

　　很多年后，当我拥有了自己的孩子，我站在岁月这头望向那头，我看到八张嗷嗷待哺的嘴，他们挂在父亲身上，每天张大嘴巴向父亲要吃的。那是我们，父亲的孩子，我们让父亲顾不上畏惧。

　　很长一段时间，父亲与我们是疏离的。他动辄发火的坏脾气让我们不敢亲近。在我的记忆里，翻找不到有关他与孩子温情脉脉的细节。父亲是强硬的。他是王，他孩子的王。过去几十年里，父亲对我们说的话，浓缩概括出来大抵是六个字：斥责，叮嘱，吩咐。父亲从来不说想或者爱，我们都不说想或爱，这些湿淋淋的柔软温暖的字眼我们从来不使用。我们把它们深埋在心里，直到它们长成岁月的一部分。

---

① 哥老一，桂西方言的语序把"哥"放在人名前面，"老一"是人名，"哥老一"即"老一哥"的意思。

说不清从哪一天起，父亲不再斥责姐姐了，不再斥责哥哥了。像节节败退的将军，父亲的领地一寸寸被他的子女占领。有一天，我将我参加工作后的第一个月工资交到父亲手上。那一刻我是自豪的，我想，那一刻父亲也是自豪的。我们都没有想过，这一递一接，无形中竟完成了某种交接。自那以后，父亲似乎一下子变成了孩子，或是，一下子变成了老人。他会伸过手来对我说，我没有钱了，给我一点钱用。那样的时刻总让我不由得怜悯，怜悯父亲也怜悯我自己，我看到生活沉甸甸地从父亲身上压过，又从他子女身上压过，我还看到岁月蛀空了一个男人的强硬。

这个家越来越不需要父亲发言，父亲对家事的决策权在哥哥娶妻生子后迅速弱化，也不知从哪天开始，街坊邻居们有事不再找父亲，他们越过父亲找到哥哥，俨然哥哥才是一家之主。父亲无事可做，便开始坐在电视机前和他的孙子孙女们一起看电视，动画片、言情片、武打片，他不挑剔，孙子孙女们看什么，他就看什么。父亲的话越来越少，电视机和孙子孙女们的声音遮盖了他的声音。

父亲像一枚钉子长久地钉在电视机前，他的八个孩子各自装出一副忙碌的样子，似乎不这样忙碌，生活就艰难到无以为继。没有人肯停下来多看父亲一眼，更没有人愿意坐下来陪父亲说话，我们都假装看不到父亲的寂寞。

父亲心里堆积有多少无人倾听的话呢？年轻时，他不能说，因为他忙着填饱八张幼小的嘴；年老时，他不能说，因为没有人肯坐下来听他说。从年轻到年老，父亲积攒的话早就葳蕤成参天大树，或是像书房里年久无人翻阅的书，积满厚厚的灰尘。

只需打开一个小小的缺口，父亲内心里拥挤的话就会奔涌而出。只是父亲没有机会。唯独的那次，还是因为我写一篇小说需要了解凌云县解放初的一些事，从另一种角度说，我不是倾听，我是在索取。可父亲仍然是那么欢喜，他兴致勃勃地跟我说起他十六岁跟随四舅公打游击，从祥福村打到逻楼街，又从逻楼街打到凌云县城，队伍刚刚走到半路，就听到有人说凌云县城已经解放了，他们便又转回家来。那时候是1950年，《凌云县志》上有记载，1950年1月5日，凌云县城解放。

父亲说，平时，你哥姐都不喜欢听我摆这些，你喜欢听，我就摆给你听。父亲的眼睛亮晶晶的，像一个平素里不招家长疼爱的孩子，某一天终于做了一件令家长满意的事，迫不及待地向家长讨好邀功来了。

父亲的眼神让我疼痛。

五

姐姐跪在棺木旁，不断往火盆里投纸钱。说起父亲，她眼睛潮湿，迅速低下头，停止说话。

姐姐的话题很残忍，她挑起一个让人疼痛让人负罪的假设——假设尽快把父亲送到县城就医，父亲会不会还活着？

我不敢顺着姐姐的思路往下延伸，我害怕推想出那个令人心碎的结论。我有很深的负罪感。

火盆里的焰伸出长舌，迅速卷走纸钱，迅速变成灰烬。弟弟双手平放在膝上，低头盯着火盆发呆。弟弟形容憔悴，他刚刚从麽公的法事上下来，他已经三天三夜没睡觉了。裹在白色孝衣里的弟弟清瘦得让人怜爱。这个家里最小的孩子，父母亲最疼的孩子，他比我们多吃了母亲几年的奶水，比我们得到父亲更多的呵护。父亲走的这天，他在想什么呢？我抬头看哥哥，他端着父亲的灵牌，跟在麽公身后，对着父亲鞠躬。这个家的长子,我唯一的哥哥,我尤记得小时候受他欺负的点点滴滴,记得那些孩提时代的哭声和笑声,什么时候他已代替父亲成为这个家的依靠?

麽公一成不变的舞步似乎从很多年前祖母的丧礼一路不停歇地舞过来,他们领走了祖母,领走了六堂哥、小叔叔、四伯、姑妈,现在,又来领走父亲。在那个遥远的未知地方,父亲会与他的亲人们相遇吗?

锣钹声声中,父亲的车马走到哪儿了?马蹄疾疾,父亲可曾回头看我们?坐在角落里沉默的他的妻,他在她十一岁时遇上她爱上她。他耐心等她长到十六岁,长到十八岁,长到她成了他的妻。他们一起走过五十几年,他会不会记挂她,放不下她?

凌晨五点,是送父亲去墓地的时辰。桂西北的壮族,迎娶的吉辰在凌晨,送葬的吉辰也在凌晨。凌晨是一个干净的时辰,那时候天地安静,虫不鸣,鸦不叫,离黑暗越来越远,离光明越来越近。

哥哥走在队伍前头,他端着父亲的灵牌,一路沉默。父亲跟在我们身后,他睡在棺木里,他知道他长眠的地方,那地方是他和母亲共同挑选的。

火把沿着山路曲曲折折,香的红光在黑暗里明明灭灭,鞭炮阵阵,纸钱飘洒,这是父亲在人世间的最后一程。我跟在姐姐身后,我们的周围,白色孝巾在晃动,我的思绪一会儿飘得很远,一会儿飘得很近。黑暗里,父亲的笑,依然那么近,那么暖。我的眼泪抑制不住滚落下来。

在山半腰,在远远能看到父亲墓地的地方,麽公让送葬的女人们停下来。她们不能到墓地去,她们得立刻返家,并且,头也不许回。

我跪在路旁,等着父亲从我身边走过。我把手里的香插在路边,让它的光继续为父亲照亮。天色微亮,我能看清眼前的路,它们从宽阔的街道拐过来,逐渐变小、变弯,它们往山的方向蜿蜒,经过我家的地,经过小婶娘家的地，经过邻居家的地，再往上攀过一道长满荒草的小陡坡就到了父亲的墓地。

我走的方向与父亲相反，我愈走，离父亲愈远。

我没有回头。所有老祖宗留下来的规矩，在父亲走的这天都变得郑重其事。在口口相传了几千年的告诫里，我们不能回头，因为父亲会因为我们回头而恋家。父亲会不舍，会徘徊不前。父亲不能滞留，他的魂魄得心无旁骛地一直奔向他应该去的地方。

父亲不能恋家，那个有他妻儿的尘世间的家，他再也不能恋了。

六

曾经有一段时间，父亲频频来找我，在梦里。他从门外走进来，走过我身边，转身又走出门外去。像是偶尔路过，顺便进来看看。

有一次，父亲走进来，他伸手在枕头边摸索。我说，爸，你在找什么呢？父亲说，我的手电筒呢？父亲离不开手电筒。我们小的时候，父亲用手电筒为我们起夜照亮。我们闭眼躺在黑暗里喊，爸，我要拉尿。父亲从枕头边摸出手电筒，啪地推开按钮，光的柱便长长地伸出来，落在黑暗里。我们跟着光找到厕所，又跟着光爬回床上，父亲才又啪地关上电筒。我们长大后，手电筒仍然跟着父亲。父亲起夜、翻找东西都用它。在夜里，父亲不喜欢使用除手电筒之外的光源，我一直没问他为什么。

每一次梦到父亲，我都会打电话给母亲，让她在神台前烧纸钱给父亲。母亲照做了。母亲后来对我说，她烧纸钱给父亲的时候对父亲说，你小女儿给你送钱来了，送很多很多的钱，足够你用了，以后，别再去打扰你小女儿了。

母亲的话让我难过。我不是怕父亲打扰我，我是担心父亲在那边过得不好。我对母亲笑笑，没做任何解释。

从什么时候开始，父母与孩子之间用上了"打扰"这么生分的字眼？我们已经疏远到需要客气起来了吗？那么，我们是父母的客人还是父母是我们的客人？

母亲愈来愈小心翼翼。在与她孩子说话时，她的语气不再坚持，目光不再坚定。她像柔弱敏感的蜗牛，试探地、犹豫地伸出自己的触角，然后等着观察她孩子的脸色。这个她花大半辈子经营的家似乎不再是她的家了，那群她怀胎十月含辛茹苦拉扯大的孩子似乎也不再是她的孩子，她更像是一个寄住在别人家需要别人施舍看别人脸色行事的风烛残年的老人。

前些日子，母亲病了，肺结核，劳累过度所致。确诊那天，哥哥姐姐对她一阵狠批，责备她不听话，不懂爱惜自己。母亲种玉米种菜，还喂养一群鸡，我们让她放弃，家门前就是市场，这些东西都能花钱买到。母亲嘴里答应，背地里却仍然我行我素。受批评的母亲垂着头一句话也不说，像做错事的孩子。

第二天，母亲搬到楼顶，说要自己开饭，说害怕把病传染给我们。母亲说话的时候极力避开我们的眼，我却看到她眼睛里的悲凉，那是一种被抛弃的凄惶，孤独无助。

母亲在指责里听出了什么？疏离？厌恶？嫌弃？母亲越来越不自信，她大半辈子的生活经验似乎越来越不够用，这个世界变化太快，孩子们的生活方式、处世观点与她认知里的是如此不同，她迷茫并怀疑自己，她不知道该坚持听从自己还是听从孩子们。

我记得那一年，我站在凌云城嘈杂的街头给母亲打电话，告诉她我离婚的事。母亲在电话里惊讶得老半天说不出话。那个她喜欢的、嘴巧有礼的女婿，转眼间就与她没关系了，而这之前，她的女儿半点暗示都没有给她做思想铺垫。

母亲握着话筒沉默，良久，她长长地叹了一口气。我心里快速闪过电话那头母亲的难过，她的心一定疼痛得说不出话来。

我也痛，只不过，疼痛传递的速度更为缓慢。几乎是在我三十岁之后，痛的感觉才开始像浪潮，一波波向我袭来，让我愧疚。我没跟母亲说对不起。对于最亲的人，我已经丧失使用语言去表达情感的能力，那些从心里爬出来的话，我一句也说不出口。我只是变得越来越柔软，越来越包容，对于父亲或母亲，我再也不舍说出任何一句生硬的话。

七

我害怕看到豁口——那些时间的黑洞，害怕在我们奔跑的路上，看到某一个亲人突然跌倒。

二姐打来电话，她在电话里哭泣。二姐说，我得的是癌。我愣了一下，怀疑自己的耳朵。二姐又重复了一遍，我得的是癌。我浑身冰凉，开始听不见声音——二姐的声音和我自己的声音。我不知道话筒里我说了什么，二姐又说了什么，所有的语言所有的思绪突然凌乱，也不知道最后是怎么挂的电话。

那时候，我正坐在办公室里准备一个活动方案。窗外是春天，阳光明媚得能从人的心里滴出暖意来。我恍惚好一阵子，电脑屏幕里的字像是糊成一团。我站起来，走到窗前，二姐的哭泣声仍在耳畔。我看见树的新绿，娇嫩地缀满枝头。春天是万物复苏的季节，可我的二姐却遇上了她人生中的大劫。

年前，二姐说不舒服，大便不畅，疑是肠炎。去了县医院又去了市医院，结果却说是直肠癌。我们都不信。二姐少有病痛，从小到大身体就比其他姐妹强壮。她不抽烟不喝酒，没有任何不良嗜好。这么好的人，怎么可能会被癌找上？

我们都希望能像烂俗的电视剧情节——二姐只是误诊，是某一个糊涂的医生或某一台老朽的仪器误断的结果。像做一场噩梦，睁开眼，一切又回到原来。二姐也从绝望里，背负星光一样弱的希望，辗转两个更权威的医院。她去了南宁、广州，检查结果仍然是癌。二姐彻底崩溃了，她拒绝治疗，她不想挣扎，她要从这里倒下，直接跌进黑洞里。

我第一次知道原来二姐这么脆弱。可之前，她和父亲一样，是家里最坚强的人。在过去漫长的贫困里，二姐像一个无所畏惧的战士，和父亲共同站成家里阻挡风雨的墙。——母亲柔弱，大姐多病，父亲不得不独自面对生活的艰辛。——你知道，生活中很多时候，我们需要面对的并不仅仅是贫穷本身。

好在有二姐。

在我记忆里，二姐如同父亲，同样的疏离坚硬，可我们都依赖她，就像依赖父亲一样。

很多年前的那个圩日，父亲的摊位被一个城里人霸占。那是一个用木板钉成的架子，父亲用它摆卖老鼠药已经很多年了。那天早上，我走过街头，看到一群人围站在一起。我挤进去，看到父亲与一个男人对峙。男人年轻、高大，带着城里人藐视一切的霸道。矮小的父亲站在他面前，对比出明显的劣势。我的心怦怦狂跳，我看着父亲怒气冲冲的脸，看到了父亲内心里的苍白无助，我还看到生活呈给我们全家人的所有卑微，它暴露在狼藉的木板架子里，暴露在围观人兴奋莫名的脸上。

豁口

　　我隐在人群中不敢出声，我害怕这样的场面。我是父亲的孩子，我想我应该站出来，可我不敢。我身体里有一千只手在拼命拽我，我迈不出脚步。那一刻，我希望我是隐形人。我多么害怕父亲看过来，要是他看到自己的女儿站在人群里围观自己，那该是怎样的悲哀？

　　二姐挤进人群里，她手里提着一把斧头，那是家里劈柴用的，父亲每晚都把它磨得锃亮。二姐一言不发地走到那男人面前，一言不发地盯着他看。事隔多年，我已忆不起那个男人最后是怎么离开的。我只记得二姐的眼睛，阴郁、执着、凶狠，完全不是一双少女的眼。

　　我曾无数次设想我猝然处在生命尽头时会是怎么样的心情，每一次都让我恐慌不已。我的人生还有很多不舍，那么多梦想还没来得及实现。我不明白二姐，她有丈夫、孩子，还有母亲和众多兄弟姐妹。这世上有那么多让人无法割舍的事物和梦想，况且二姐还如此年轻。

　　从医院回来，二姐便沉默了。她变得倔强而尖锐——那是一种刻薄的尖锐。像是一瞬间长出浑身的刺，又像是隔着辽阔的河，二姐将自己推离，使我们无法接近。

　　我远远看见二姐，她从很多年前向我走来。那是我考上师范学校的那一年。二姐送我。我们辗转几次车，穿过车水马龙的百色城，二姐把我送到学校，帮我注册，为我整理床铺。二姐说，好了，妹，我走了哦。二姐回头看见我泪眼汪汪，笑了笑，说，别担心，慢慢就习惯了。那一年我十四岁，第一次离开家，二姐知道我的忐忑。

　　我站在宿舍门前目送二姐，心里满是惶恐和依恋。二姐走到楼底，回头看了看我，走到楼的拐弯处，又回头看了看我。

　　我不知道二姐是什么时候开始变得温润的。她眼睛里母性的味道越来越浓，我是如此地依恋这种味道。在我们家里，在我们长大之后，这种味道越来越浓郁，像磁场，我们紧紧相依。

我们都不愿意放手，就算是悬在崖边一根最细小的藤，我们也要二姐死死抓住不放。

那段时间，我特别害怕接到家里的电话，有关二姐的每一个消息都让人焦虑，她的抗拒让我们无措。还有母亲，她知道什么是癌，她唯一的亲弟弟，我的舅舅半年前刚刚因癌去世。现在她女儿病了，她内心里该是怎样的恐慌呢。母亲却出乎意外的平静，她举了发生在逻楼街的无数个例子，证明癌的稀松平常。然后，她拿起鸡蛋和香烛，出门去找巫师烧胎。——巫师念着二姐的名字，把鸡蛋放在火边，鸡蛋"嘭"地爆开，巫师根据鸡蛋裂痕就知道二姐冒犯了哪路鬼神。

当然稀松平常了。我们小的时候，只要得了什么奇怪的病，母亲就去烧胎。母亲一直迷信，法力高强的巫师一定能烧好二姐的病。

二姐蜷缩在角落里阴沉着脸沉默不语。她似乎被蛀空了，空的眼神、空的思绪、空的身体——只不过几天时间，二姐便憔悴消瘦得没了人形。我们对着二姐，像是对着空气说话，我们的话穿过二姐身体，撞到墙上，又原封不动地弹回我们耳边。

一直到二姐的两个孩子回来。两个大孩子，一个高中生，一个大学生，长得都比二姐高大。他们一左一右抱着二姐，像他们妈妈一样，一句话也不说。他们只是流泪，流很多很多泪。他们的泪烘软了二姐，二姐也流泪，流很多很多泪。

二姐又挣扎起来，去广州做手术。她醒来的时候，看到我们围在病床边，便咧开嘴，努力笑了笑。二姐很虚弱，豆大的汗水不断从她额上、脸上、脖上冒出来。我和五姐拿着毛巾不停为她擦汗。二姐心里似乎压有很多很多话，她急着要把它们全都说出来。二姐没有力气说一句完整的话，便把一句话分成几截，断断续续地说给我们听。二姐说，医生告诉她，手术很成功。医生还说，她的癌是早期。

二姐诉说着，她很吃力，汗水更快地往下淌。避开二姐的视线，五姐偷偷抹了泪。从知道二姐患癌那天起，五姐抹了好几次泪。我心里酸酸的，连忙把头扭向窗外，夏天的阳光正穿过窗台，亮灿灿地铺了一地。泪眼蒙眬中，我又看到那根悬在崖边的细小的藤，二姐正死死抓住它努力往上爬。

晚上，我给母亲打了一个电话，向她报平安。母亲的声音远远地从话筒里传来，我能听到她的心从很高很高的地方掉下来。

母亲已从楼上搬下来了，她在电话里向我描述小侄子争抢她熬的骨头粥的情景。哥哥到底没有嫌弃她，他让他最疼爱的儿子和母亲一起，吃母亲熬的骨头粥。母亲有些得意。

我在电话里叮嘱母亲诸多事项，注意什么，不能做什么，应该做什么。母亲一一应答，像个孩子。

（原载于《广西文学》2015年第9期）

在时间皱褶里

一

在这之前,老家龙洞只是父亲嘴里偶尔的只言片语,像裂开的一道缝,在幽远狭长的时间深处,隔着几百年的距离,我窥见罗氏先祖的浮光掠影,像一部传奇。

有关龙洞,父亲知道多少?我没问,没想过要问。我的年轻让我的目光和我的心无暇于这些。我终日忙碌,埋头奔跑,在家乡之外疲于奔命。我像一只候鸟,只在每年的几个重要传统节日停栖在父母身旁几天。我总以为时间还有很长,长到我每次回到那个名叫逻楼的小镇,都会看到父亲母亲迎过来的温暖笑脸。

父亲却走了。一切猝不及防。我甚至来不及赶到,看他最后一眼。

我清楚地记得那年春节，全家人围坐在火盆旁，木炭通红，暖意融融。我们全都笑呵呵的，看父亲试穿我买回来的大衣。父亲张开双臂，像一个听话的孩子，任凭他的子女在他身上扯扯拍拍。父亲上下打量自己，也笑呵呵的。他略带遗憾地说，暖是暖了，可惜太重。

大衣厚实，里面还衬有一层厚厚的绒毛，我买它的时候，光想着它的暖了。我说，那明年我再买一件暖而轻的吧。

可是没有明年了。那年春节过后不久，父亲就离开了我们。

我很惊慌，第一次看到时间的短促，短促到，猝不及防。

父亲这一脉共有六个兄弟一个姐姐，他们都已走在父亲前头。父亲一走，他们这一辈人便只剩下母亲和满婶。两个外姓女子，守着罗家，老成了罗家最后的掌门人。

关于龙洞，母亲和满婶知之不多，从嫁进罗家那天开始，她们一直生活在逻楼，在那个远离龙洞的小镇上，日出而作，日落而息。她们是罗家媳妇，却不是龙洞媳妇。

只有父亲知道龙洞，他曾无数次牵着祖父的衣角往返于龙洞与逻楼之间。他是脉，一头连着龙洞，一头连着逻楼。罗氏先祖的气息通过他，源源不断流到罗氏后人那里。对我们来说，只要父亲在，龙洞就不会远。

父亲一直在。我们便都习惯了一推开家门就看到他笑意盈盈的脸。哥哥姐姐们谁也没有想过要沿着父亲溯流而上寻找龙洞，他们和我一样，目光和心都太忙碌。我们无暇于这些，甚至无暇坐下来和父亲好好说一说话。我们总以为时间还有很长，父亲会永远坐在家里等我们回来。

父亲却走了。一切猝不及防。我们与龙洞的联系蓦然断开，像两块漂浮在茫茫大海上的大陆板块，父亲一放手，我们就被强力推开，阻隔在时光之外。没有父亲，我们无从触摸先祖的气息。

龙洞彻底像一个谜,存放在某一处我们不知道的安静角落里。

二

从我出生,睁开眼就感受到逻楼特有的温暖阳光。祖母、父亲母亲、伯叔姑婶、哥哥姐姐,围挤在我生活里,满满当当。我以为生活从来就是这个样子,我们罗氏和逻楼这座古老的小镇一样,在桂西北的大石山区里,祖祖辈辈,天长地远。

我没见过祖父,他在我还没出生时就去世了。从我记事起,祖母就老得脸上满是皱纹。她和姑妈坐在一间光线昏暗的房间里,没日没夜织土布。蓝格子黑格子白格子的土布一匹匹从织布机里摇出来,又一匹匹被背到市场上卖。

祖母脾气很坏,她时常眨巴着流着眼泪和糊着眼屎的眼,用拐杖敲击地面大声咒骂。大人们置若罔闻,埋头继续手上的活儿,小孩子们则像遇到猫的老鼠,小心翼翼地绕着她走。祖母没有对手,便一个人蹲到屋后厕所旁的大树下悲声痛哭。她把自己的委屈哭成曲调,哀婉无望,像一只手,伸进旁人胸腔,死死揪住心脏不放,让人喘不过气来。

那是一种奇异的感觉,很多年后,当大多数的壮族女子都丧失了哭唱这一表达悲伤的传统功能,祖母的曲调仍在,它氤氲在我胸间,长久萦绕徘徊。

大多数时候,祖母是在骂祖父,骂他是骗子。祖父曾对祖母说,他家里有很多银圆,多得要用摇相①晒。

我们家也有摇相。那种直径能达两米的竹器,别人家都是晒谷子或

---

① 摇相,桂西方言,一种竹篾编的竹器,晒谷子用。

玉米用，在我们家，摇相却多了一项功能——床。白天，摇相里装的是我们家的稻谷或玉米，在前院的晒坝上，瘫躺在炙热的阳光下暴晒，黄灿灿白晃晃的，灼人双眼。晚上，摇相里装的是我们家的孩子，他们瘫躺在火塘旁或神龛前的泥地上，在宽敞的摇相里，自由辗转嬉戏，最后累了，才睡成一只只酣甜的虾公。

一摇相的银圆该是怎样的壮观？我们小孩子用稚嫩的脑袋想象不出来，它们会不会像那些炙晒在阳光下的稻谷或玉米，也会发出灼人双眼的光芒？每当这种时候，龙洞就会从那个遥远的陌生地方潜过来，在我们家低矮破旧的茅草房里，摊成一地黄灿灿白晃晃的稻谷或玉米，就像多得数不清吃不完的松软喷香的米饭摊满我们家的锅碗瓢盆，让我们心醉神迷。

父亲还在世时，我曾跟他提到这段往事。父亲说，祖父倒也不是骗祖母，祖父家也曾是大户人家，用摇相晒银圆也不是不可能的事。只是娶祖母的时候，祖父家就已经败落了。

祖父背井离乡来到逻楼的时候是多少岁？我没问父亲。只知道祖父一到逻楼就给一黄姓大户人家帮工。祖父勤劳实诚又相貌堂堂，深得主家的喜爱，便把最疼爱的小女儿许配给了他。黄家有十一个女儿，最受疼爱的小女儿就是我的祖母。

祖母的父亲，我的曾外祖父想把小女儿留在身边，因此尽管家里已经有几个儿子，他仍然招了上门女婿，他让女儿女婿住到家里，和儿子享受同样的待遇。只是好景不长，曾外祖父去世后，他的几个儿子——我祖母的几个哥哥，就把祖母和祖父以及他们的孩子赶出了家门。祖父没有办法，只能另择宅地，他掏出所有的积蓄，建了一座茅草房用以安置他众多的子女。

一个上门女婿的尴尬和痛处，从祖父那里，像推倒的多米诺骨牌，波及父辈那里，再波及我们这里——只不过，我们的感受不会有父辈深，更不会有祖父深。我们离那段历史终究更远些，或许，大的哥哥和姐姐们感受会比我更深，他们毕竟比我年长十几二十岁，在我，便只隐约闻见那其中的刀光剑影。那些有关住宅地的纷争，以及亲人间长年累月的嫌隙，在我童年记忆里只是一些印记。它们真切存在，却模糊不清。

时间会淡化一切，就算仇恨也不例外。

祖母怎么会不知道祖父并没有骗她呢，只是生活太苦，她委屈愤懑，她心里有恨。她一个备受宠爱的大户人家女儿何曾受过这样的苦？就算把所有的嫁妆一件一件当掉，就算没日没夜织布卖也填不饱肚子。

我不知道祖父跟祖母提起龙洞那些晒在摇相里的银圆时心里想的是什么，他是缅怀过去优越的日子？还是和我们这些小孩子一样，饿得受不了了，就想象能拥有多得数不清吃不完的松软喷香的米饭来安慰自己的肚子？

在罗氏漫长的贫困日子里，龙洞一次次伴随祖母的哀婉哭唱出现在我们脑际，它不再是祖父嘴里的一摇相银圆，它早化身为多得数不清吃不完的松软喷香的米饭，无数次撩拨我们空荡荡的稚嫩的胃。

三

父亲很少跟我们提起龙洞，他像是遗忘了它，又像是龙洞根本就不曾存在。

父亲太忙了，他根本无暇去想龙洞，我敢肯定，他甚至忙得无暇看清他八个孩子的脸。为了填饱全家十口人的肚子，父亲绞尽脑汁。挖沙、搬运、赶马车……父亲干得最久的营生是卖老鼠药。一小包一小包的磷化锌，有剧毒。父亲把它稀释，浸泡进谷子里，再把谷子用废纸包成一小包一小包地卖。老鼠爱吃谷子不爱吃磷化锌。

那年头，大街上卖老鼠药的外地人特别多，他们大多从贵州、四川等地来，操着浓重卷舌的西南官话，用小喇叭对着路过的行人聒噪：老鼠药老鼠药，老鼠吃了跑不脱。

相比别人的热闹，父亲的生意倍显冷清。为了招揽顾客，父亲把毒死后的老鼠尾巴剪下来，用绳子绑成一小扎一小扎地摆在货摊上。他向顾客承诺，买了他的老鼠药，药倒老鼠后，把老鼠尾巴剪下来，集满十根就能换他一小包磷化锌或毒谷子。

后来，父亲又想出另一招，他剥下死老鼠的皮，塞进废纸或木屑，再重新缝合，一只只胀鼓鼓的死老鼠就趴满他的货摊。父亲是想向顾客证明，他的老鼠药很灵，比那些只知道聒噪的外地人的老鼠药都灵。

父亲的生意仍然冷冷清清，到底也养活了我们，尽管我们时常感觉到饥饿。

没有人再提起龙洞。事实上，随着祖母去世，那一摞相银圆就已渐渐淡出我们的生活。我们长大，上学，工作。像蒲公英的种子，各自撑着单薄易脆的伞，在尘世里蹒跚而行。我们都遗忘了龙洞。

龙洞却在某一个深夜猝然撞入我梦里。

那是一座大瓦房，有很多房间，迷宫般一个连着一个。我在那些房间里兜转，却没有找到一个人。堂屋正中墙上是一个香火台，台前烛火摇曳，光线昏暗，我仰头，努力想看清香火台上的字，那些字却始终模糊着。

我不知道别人是否有过这样的体验——你在梦中，你却清醒地知道自己是在做梦。

见到那座大瓦房的时候我就知道我是在做梦，而且，我还知道那里是龙洞，那房子是我的祖屋。因此，我在那些房间里兜转的时候，很希望能找到我的某一位先祖。可是，没有。就连香火台上的字都没能给我透露半点有关罗氏先祖的秘密。我只记住了那座大瓦房，粗犷整齐的麻石条屋基、粗犷结实的石柱礅、高大威武的石狮、黄泥夯筑的墙、飞翘的房檐在清冷的月光下是一种无以言说的傲慢和透彻心骨的孤独。

很多年后，当我第一次去到龙洞，我的呼吸瞬间凝住了。我看到了那座大瓦房——我的祖屋，它残败得只剩下一堵黄泥夯筑的高大厚实的墙，坚韧顽固却又孤独傲慢地直指蓝天。凿雕粗犷的大麻石条屋基足有一人来高，霸道沉默地固守原地。

我触摸石条和墙，心在猛烈狂跳。我确信，它就是我梦里见到的祖屋。只是那些迷宫般的房间全都不见了，它们变成了一地痕迹。

我很吃惊，我没见过祖屋，父亲也从没向我描述过它的样子，为什么祖屋竟能如此清晰真实地进入我梦里？我问桂林籍作家楚人，他对玄学略有研究。楚人沉吟片刻，说，前世，你的前世与那房子有着某种牵舍不下的联系。

前世？我不知道。我更愿意相信，是罗氏先祖，他们托梦给我，是想告诉我些什么。

四

我相信缘分。一个人出现或不出现，一件事出现或不出现，都是缘分。龙洞的出现也是缘分。

出其不意地，龙洞就跳到了我面前。

那是一位摄友。在一次结伴外出拍照中，他不经意地谈起几天前他误入龙洞的事。摄友感叹地说，真想不到现在竟然还有那么古朴的地方。我的心敏锐地捕捉到"龙洞"二字，并在那上面凝滞不动了。我问他，你刚才说龙洞？他说，是啊，龙洞，那里有几排朝向整齐的瓦房，天气好的时候，下午四五点钟光景，从对面山头拍过去，衬着蓝天，别有一番风味。

我听见自己的心在怦怦狂跳。这么多年来，龙洞第一次以如此清晰的面目出现在我面前。它离我很近很近，仿佛只需我伸出手就能触摸到它。我急忙脱口而出，那是我老家啊，我从没去过我老家，你能不能带我去找龙洞？

那时候是春季，桂西北的春天慵懒平和。我们去龙洞那天，每一道洒落到我们身上的阳光都似乎比平常温暖。

从二级公路盘旋而上，在一个岔口，拐进一条村级公路，又在一个岔口，拐进一条屯级公路。那是一条年久失修的路，也不知道历经多少年月的雨水冲刷，瘦骨嶙峋。曾经深裹在泥土里的石头，把自己的凌厉和尖锐全部裸露出路面来。纵是越野车，仍不时听见底盘被剐蹭声，直刺人心。车子在狭窄坑洼的山路上，时而俯冲，时而仰爬，刹车声刺耳，刹车片味道刺鼻。

盘旋，向下，盘旋，向下，每一道坡度几乎接近垂直。人的心悬在半空，屏着呼吸跟着车子九曲盘肠。

到了。龙洞，在大山最深处，在群山环抱底，像被时光和时空同时遗忘或藏匿，遗世独立。

我的血液在血管里欢畅。我的眼睛贪婪地拥抱抚摸龙洞。我静立在一棵大榕树下，身旁是潺潺轻流的山泉。我闭眼聆听，深深呼吸龙洞淡泊纯净的空气。我想象我的先祖，他们是否也曾如我一样，某一天的午后，站在这棵大榕树下，闭眼聆听泉声？龙洞瞬时与我贴得很近很近，仿佛它不曾遥远，仿佛我不曾陌生。我在心里对自己说，我找到龙洞了，我找到先祖了。

寨子寂静。满眼是雕琢粗犷的麻石条。小道、台阶、屋基，全都由粗大的麻石条垒砌而成，看似随心所欲却又浑然天成。屋舍俨然，所有的住房是中国传统的榫卯结构，桂西北壮族特有的吊脚楼。

时光在这儿似乎被切割了，只不过隔着几重山，只不过隔着十八公里，山里山外已俨然是两个世界。古朴悠远空灵的气韵让我们恍惚，宛若穿越到很多个世纪前。

一眼就能看出寨子的孤寂。我们穿行在巷子里，听不见犬吠，也看不到人影。或远或近的地方，不时有一整栋一整栋的吊脚楼在寂寞地朽败，坍塌的瓦片和檩条下，房主人的锅碗瓢盆、衣物，甚至火塘里烧了一截的柴菀，甚至床铺上铺着的床单挂着的蚊帐，依然保持原来的姿势，像是主人只是暂时离开，却不承想一日已是百年。

终于见到人。一个背着背篓赤着脚的女人，一个倒背双手赤着脚的男人。他们踩在被时间和脚步磨蹭得光亮温润的麻石条上，闲闲淡淡地望向我们。

走近，交谈。我说我姓罗，龙洞是我老家，我的祖父在龙洞出生长大。我还报出了我祖父的名字。男人女人的眼睛便温暖起来。他们也姓罗。我们各自亮出字派，排资论辈。原来我辈分较长，我是姑，他们是侄儿侄女。

他们于是叫我姑。按规矩，我直呼他们的名字就可以了。我却无论如何也张不了口，他们都比我年长许多，我不习惯直呼一个比我年长很多的人的名字。

可我们的关系终究还是近了。在那声"姑"里,我立马从一个逻楼人变成和他们一样是同祖同宗的龙洞人,这让我找到了自己在龙洞的存在感。

他们带我去看祖屋,他们都知道我的祖屋。

那堵黄泥墙就在我们刚刚走过的路旁。刚才经过它的时候,我就莫名感觉亲切眼熟,像是一位久未谋面的故人,又像是有一只看不见的手在轻轻拉扯我的衣角,我忍不住回头看了它一眼,又看了它一眼。

我年长的侄儿侄女在向我描述祖屋当年的气派。他们说,以前这峒子的山地全都是我们罗家的,峒子外面的田地也都是我们罗家的,你们那一脉早早搬离龙洞,你们家的房子也就只剩下一堵墙了。

我站到高高的麻石条屋基上望向那堵固执挺立的黄泥墙,在湛蓝的天空下,它刚劲有力,顽强而又绝望地凝望某一处罗氏后人所不知道的更深邃更遥远的地方。我又看到很多年前,我的梦里,飞翘的房檐在清冷的月光下有一种无以言说的傲慢和透彻心骨的孤独。

我的心瞬间溶化,融进龙洞,与它合为一体。它们糅合着父亲、祖父,以及更久远的先祖们的血液和气息。

我同时感觉到凄惶和温暖,它们是一对矛盾体。在时光飞逝几百年之后,我与龙洞,我们是一对矛盾体。

从第一眼见到龙洞,我就深深地眷恋上这个地方。不,不仅仅是因为先祖,不仅仅是因为我的血管里流奔有这里的血液,还因为那些粗犷的麻石条和榫卯精致的吊脚楼,还因为那份遗世独立的悠远和安静。

我把我的喜欢告诉侄儿侄女。他们只是笑笑,说,现在寨子里,只要能找到一点儿门路的人全都搬走了。剩下来的人,不是因为留恋,而是因为没有能力离开。

我语塞，感觉到自己的矫情。

我把目光移向头顶层层叠叠向我们围箍压迫而来的大山，那些坚硬岩石间单薄清瘦的土地，再移向那一整栋一整栋朽败坍塌的吊脚楼，想象它们的主人在离开时内心里的欢欣和迫不及待——他们真是太厌倦这个地方了，厌倦到连锅碗瓢盆都不愿意带走。

我明白那种厌倦。生活毕竟不是风花雪月，不是诗情画意，在旷日经久的柴米油盐里，谁也经受不起太多的贫瘠和艰难——我再怎么无知也不会真的认为龙洞的土地丰腴到足以养活人滋润人。

我和我的摄友，我们只是过客，或者是看客。尽管龙洞是我的老家。我们惊叹于龙洞摄人心魄的麻石条、吊脚楼，以及纯净空灵得恍如隔世的古朴气韵，可我们谁都不会在这里生活一辈子。我们不用每天去面对那些瘦薄的土地和艰险难行的山路，忧心每天的柴米油盐。生活在这里的人却不一样，他们找不到门路离开，就得继续在龙洞生活下去，而且是长长的一辈子，他们需要比别人付出更多的耐心和坚韧。

我很羞愧我对侄儿侄女说出的关于喜欢龙洞的那番话，回想起来，它们是那么的肤浅轻浮甚至无耻。它们带着来自山外的优越，自以为是地高高在上。这使我不敢再直视侄儿的眼睛，那双眼睛深处，隐藏着的生活疲惫和焦虑，我不敢直视这样的疲惫和焦虑。

我的心爬满忧伤。我心疼那一栋接一栋朽败坍塌的吊脚楼，我也心疼仍生活在龙洞的罗氏后人们的艰辛。可是除了忧伤，我无能为力。

侄儿带我去寻找先祖的墓地。我的曾祖、高祖、天祖躺在泥土里，倒也没有太多的忧伤。他们不看世事，不食人间烟火，他们成了龙洞最淡定从容的部分。

上百年的时间浸染，墓碑全都镀上了沧桑。古老的雕艺，精致雍容却又内敛的雕刻细节，无不在提示一段历史曾经的辉煌。我仔细辨认墓碑上的字，想从中窥见那段历史的片段，罗氏先祖生前鲜活的故事场景。无果。碑文模糊，一时无法辨认。只好用相机一一拍下，想着回去后再把照片存进电脑放大了细看，我相信，碑文会告诉我一些有关于罗氏先祖的秘密。

关于那段历史，侄儿语焉不详。父亲说，罗氏曾修得有族谱，某一年，乱匪进犯龙洞，老家的房屋连同族谱被他们一把火焚成灰烬。罗氏后人便再也无从得知先祖们的生活轨迹。

失去文字的记载，龙洞仍然是一扇被关闭的时光之门，罗氏先祖的故事封锁在时间深处，沉睡成一个秘密。我们不能得知，几百年前，是龙洞选择了罗氏，还是罗氏选择了龙洞？我们的先祖为什么会在这么偏僻险恶的地方安顿下来？

谜底会在那些字迹不清的碑文里吗？

五

父亲说，最先来凌云的先祖是行医的，苗族人。他从江西来，一路跋山涉水，他去到过很多地方，最后在泗城府留了下来。他的儿子却没有拾起他的衣钵，他们弃医从商，贩盐贩布匹……泗城府需要什么，他们就贩什么，聚攒下钱财不断置办田地，最后成了地方上的殷实之户。

没见到龙洞之前，我曾无数次想象先祖用来驮运货物的马队，它们脖子下挂着铃铛，蹄子响亮地踩踏在山道上，从一座城市到另一座城市，驮回各种稀奇古怪的货物用以征服泗城人的眼球和泗城人的心。

龙洞逼仄艰险的山道让我彻底失去了想象的能力，先祖的那支马队，如何一次又一次翻越大山，积攒下整个峒子的山地和峒子外的田地？一个外族人在几百年前并不甚开化和包容的泗城府立足并壮大不是一件容易的事，可先祖们做到了，我不能想象，那该要拥有怎么样的毅力和信念？

罗氏的血脉流到我这里时，我的血管里已渗糅进无数代壮族人的血液。几个世纪的婚嫁迎娶，一个又一个壮族女子加入这个家族，罗氏的语言、衣饰、生活方式在漫长的岁月中渐渐被那些女子牵引，终于某一天，在罗氏都浑然不觉的时刻，集体融入泗城府，成了与泗城府浑然一体的泗城人。没有人再记起罗氏外族人的身份。

先祖碑文我用了很长时间去译释，内容大体说的是养育多少男多少女，赋性如何温良忠厚，如何和谐邻里，如何教儿育女，如何课读课耕。先祖们有很多功名——修职郎、登仕郎、修武校尉、武德骑尉。我查过资料，这些官名属九品、八品、正五品。可他们都不说这些，在碑文上，他们只字不提。

他们只说儿女、品行。

这断然不能平息我心中的好奇，那个谜一样的龙洞，那个偏僻崎岖得近似与世隔绝的深峒子里，除了儿女、品行，我的先祖们究竟还历经或创造了什么奇迹？

我查阅史料，在故纸堆里寻找先祖痕迹。在1941年编纂的《广西凌云县县志》里找到了先祖的影子。寥寥几处，几百余字，夹挤在泗城府上千年的历史里。

有关先祖的记载，大体是说家境殷实，慷爽好义，捐资捐钱修桥铺路，历史上多次参与剿匪，其中有记载的有，咸丰五年、同治三年、光绪二十七八年。有些先祖曾被朝廷授予九品衔、六品衔、五品衔。

仍然是只言片语。我不能像阅读一部小说那样有头有尾有故事有情节有细节地完整了解那段历史，可龙洞仍然在时间深处渐渐凸显出来了。

我特地选摘了一个片段，抄录如下，只因那个片段让我更能深切触摸到龙洞生动鲜活的历史纹理：

"清同治三年，妖匪廖万福之乱……自贵率村众及瑶户，在龙洞石山上，结箅茅屋，屯粮卡守，亲友均往依之山最高，崖壁险峻，系行梯十余架，曲折作路径，凡上下皆由梯行，时廖匪破城后，分遣党羽四出搜掠至龙洞，知山上多城中殷户，遂包围山脚，仰攻不得手，有白衣匪目，执火炬缘梯而上，欲焚山上茅屋众皆慌急，自贵独持鸟枪伏卡口击之，匪目中枪堕毙，匪众乃退，焚龙洞全村而去，山上生命及无数财产得以无恙，自贵一击之功也。"

罗自贵是我高祖父，他以一杆鸟枪击退了乱匪。

据史载，龙洞作为罗氏的老巢，是以一种战略手段而存在的。在乱匪出没的年代，人的生命与财产得不到保障，罗氏先祖在距离凌云城十八公里的深山里，花钱购买下地势艰险的山弄建寨，取名为龙洞，那里属四塞之固，易守难攻。把窝安在那里，进可攻，退可守。

时光流转到二十一世纪，罗氏后人不再需要对付乱匪了，他们需要对付的是生活。原先利于先祖的地势最后成了后人的弊，原先所有的优点都成了现在的缺点。

我想，几百年前，罗氏先祖选择在龙洞安营扎寨时，是万万没有想到这个结果的。

县志之外，龙洞依然是个谜。时间已将它沉淀成谜。我不能得知先祖在哪朝哪代购买下龙洞，也不能得知在购买之前，龙洞是什么模样。在时间长河里，有一些东西被溶解，有一些东西被遗忘，还有一些东西被藏匿，不论是被遗忘或是被藏匿，龙洞就这样带着罗氏先祖的气息穿越几百年时光，蓦然出现在我面前。

六

我又用了很长时间才悟出先祖的智慧。那些简单的碑文原来说的是一场人生哲理。

生命无常，人生无常，只有时间是永恒的。

曾祖父三十来岁就病逝了，那时候，他的大儿子十来岁，他的小儿子只有几岁。很多年后，大儿子抽大烟、赌博，输光了家业。小儿子为了生计，远离龙洞来到逻楼打工，做了上门女婿，结果成了我的祖父。

我的一位堂祖父是武德骑尉，五品衔。他有两个儿子一个女儿。他的小儿子未长成年就夭折了。他的大儿子——我的堂伯父自小饱读诗书，满怀报国志，很早就和同学远离家乡，投身国民党，成为国民党军官。女儿则嫁了邻乡一殷实大户。

生命的无常在于不知道生死，人生的无常在于不知道祸福。家境的败落让父亲和他的兄弟们免遭"文革"的苦，可堂伯父就没这么幸运了。没有人知道堂伯父曾经都遭受了什么样的苦，只知道他在一个深夜拍开了我们家的门。父亲说，堂伯父是逃出来的，他在逻楼躲了一夜便又匆匆离开，此后不知所终。有人说他去了香港，有人说他去了上海，并隐姓埋名在某一所高校做了教授。二十世纪八九十年代，堂伯父还不时寄钱寄信回来给他嫁到邻乡的妹妹，可这些信件和钱被大队扣压，我的堂姑妈一个字也没看到，一分钱也没用上。堂伯父坚持了很多年，都没收到回信，便再也没有写信回来，一直到堂姑妈去世，他们兄妹俩都没能见上面。堂伯父一定不知道，他的妹妹活得很孤寂，生命的最后一程，她一个人躺在床上去世好几天后，才被村人发现。算起来，堂伯父如果还活着，他现在也有一百来岁了。

我的另一位堂祖父，生前给自己和老伴修了两座豪华大墓，可还没等他们风风光光地躺进去，世道就变了。他们一家成了被打倒的地主。游行，批斗，如过街的老鼠。第一年，堂祖父病逝，他的儿子趁着夜深人静，悄悄把他抬上山，匆忙潦草地葬了；第二年，堂祖母也病逝了，他的儿子再次趁着夜深人静，悄悄把她抬上山，同样匆忙潦草地葬了。一切悄无声息又惊慌失措。

我见过那墓，精湛的石雕工艺令今人赞叹不已。三碑四柱的墓碑，精美华丽的龙凤呈祥浮雕图案，历经大半个世纪的风雨依然栩栩如生。墓碑的每一个细节每一种寓意都在透露墓主人生前的殷实和对来世的美好祝福。

人生的尽头对我的这位堂祖父来说充满了凄惶、潦草和遗憾。好在，他们的品行不错，平时为人谦和，倒也不招人恶，村人尽管都知道他俩被儿子偷偷抬上山，埋进他们生前修的墓地里，却也没人愿意为难他们。

儿女，品行。先祖在坐拥财富、名利的时候，却淡定地只在墓碑上记录这些。他们像一个智者，早早就看懂时光，明白他们连同那些历尽艰辛才挣下来的财富和名利，终将会被时间湮没。

一个人是一段历史，一个家族也是一段历史。在时间皱褶里，我们每个人都是尘埃。

几百年的时光飞逝，一切恩怨和名利都已是过往烟云，只有偏僻得几近与世隔绝的龙洞装满了罗氏先祖的故事，等待着与我相遇。

（原载于《民族文学》2015年第4期）

从这里到那里

一

事隔多年，我已记不起当初的争吵。有关我和小猪爸爸，我们曾经的歇斯底里，曾经的恶语相向，在我脑子里全然没有了记忆。我只记得我带小猪离开那天，她坐在堆满芭比娃娃的婴儿床里和芭比娃娃玩。小猪自言自语，沉浸在自己编的故事里。我推着婴儿床，穿过小巷，穿过大街，朝我租住的方向走去，床的轮碾过水泥路面发出锐利的尖叫，有人走过我身旁时就侧目看我一眼，看小猪一眼。一百二十厘米长八十厘米宽的婴儿床红粉粉的，像载着一个美好的梦从街头招摇穿过，没有人知道这个推着婴儿床步履匆忙的年轻女人将会把梦推到哪里。小猪玩了一会儿就睡着了，她抱着芭比娃娃，胖嘟嘟的脸在睡梦里绽着笑容，她嘴角流下的涎水牵着晶亮的长丝，滴落到芭比娃娃头上。

那一年，小猪三岁。

那一段时间，我似乎特别困，身子一沾到床就能长时间沉入睡眠里。小猪坐在地上独自和芭比娃娃玩，她身后的床上是沉睡的我。小猪剪下她的旧衣裙和我的旧衣裙，用那些蕾丝花边和色彩鲜亮的各种面料，给芭比娃娃缝制很多小衣物。碎的布片铺满我们租来的狭窄房间。

小猪又在编故事。芭比娃娃、我，还有小猪自己，我们都是故事中的人物。小猪自言自语，间或咯咯地笑，她笑的余音漏进我睡眠缝隙，有时候很柔软，有时候很坚硬。

长长的睡眠里没有梦。醒来时，我看到小猪背对着我坐在阳光里，她对芭比娃娃说，乖，别害怕，妈妈在身边呢！

我躺在床上一动不动地盯着天花板，那上面泅出的大面积渍迹让生活像梦一样不真实。我想起那幢大房子，我原来的家。那些宽敞透亮的窗户和能照出人影的地板，每天我醒来，光线便早早地穿过雪白纱幔铺落在光洁的地板上。

为什么要离开？我再次问自己。一只硕大的蜘蛛悄无声息地从一堵墙后跑过来，迅速钻进另一堵墙后。我想不出答案，我又困了，还没起床我就又困了。我闭上眼睛，很快坠入睡眠里。

我再次醒来的时候，看到小猪趴在床前，她的脸很低很低地逼近我，我一睁开眼便撞上她黑扑扑的眼。她惊喜地说，妈妈，你醒啦？

我搂过小猪，让她贴到我胸口上。那只硕大的蜘蛛又跑出来了，它永远那么惶惶。我看着满屋凌乱的碎布片和芭比娃娃，我的书从搬到这儿来的那天起就没有动过，它们无序地堆码在墙根，积满了灰尘。

小猪说，妈妈，我饿了，今晚我们吃什么？

生活最真实的部分也许是小猪了，她让我必须思考每天吃什么。家里还有吃的吗？我模糊地想，似乎还有两个鸡蛋。我又有很多天没去菜市场了。猛然离开一种生活，我还没来得及进入另一种生活。

我趿着拖鞋走进厨房，路过芭比娃娃的时候被绊了一脚，心里的乱草立马呼地从四面八方攀过来缠住我。我听见心底开裂的声音，它们从我胸腔喷出，最终变成我嘴里的咆哮。我胡乱踹踢着满地的芭比娃娃和碎布片，它们从我脚尖飞起，跌落到小猪身上。那一刻，我的眼睛怨毒像刀。

小猪怯怯望向我，她退靠到一堵墙后，绷紧身子。她的小嘴撇了撇，终于哇地哭出声来。她一定还没能适应如此快速的转换——她妈妈前一刻的温柔和后一刻的凶狠。

我又听见心底开裂的声音，一种痛感从乱草中挣扎出来，逐渐清晰扩大。我看见一个暴怒的女人和一个委屈的孩子僵硬对峙。女人是单薄的，她内心里大片大片的荒草在疯狂拔节。孩子也是单薄的，她被那些乱草推搡着，恐惧地把自己蜷在身子里瑟瑟发抖。

那一段时间，我是分裂的，一个我和另一个我在内心里纠结纠缠。那些舒展平静或恐慌焦躁的情绪会在某一时刻同时蹿出来。我清醒地看见我的糊涂。正如此时，正如我无端责骂小猪的时候，我就清晰地听见我的愧疚和疼痛。

我走近小猪，蹲下来把她抱在怀里，说，对不起，生气的时候妈妈会乱骂人，可这些都不是真实的，你要原谅妈妈。

小猪点点头，她偎在我怀里抽噎，绷紧的身子慢慢松弛。小猪信任我，她相信她的妈妈一定不会伤害她。我用一个拥抱就轻易抵消她满怀的委屈。

这样的对峙后来又重复了几次。我像一个无赖，肆无忌惮地掠夺小猪对我的信任。小猪一次次原谅我，像宠溺她任性骄横的孩子。小猪总是健忘，她妈妈的无数次承诺和失信。

很多年后，当我终于能够平静地回看这段往事，我才蓦然发现，当年那个缩在墙角里哭泣的孩子是那样的强大。她是静止的，不管我如何波澜翻滚，流奔到她那儿，她都有力量让我重新返回平静。

二

从一种生活到另一种生活，我用了很长时间才能抵达。我需要经过很多人，他们是我的亲人、朋友、同事，还有一些我不认识的人。

我最需要经过的人是妈妈。她从老家打来电话。妈妈在电话里发誓，她再也不来城里看我了。妈妈说，又不是男方不要你，你为什么离开？

妈妈以她惯常的思维不原谅我的离开。这个一辈子隐忍的女人，她谦逊、懦弱、自尊、固执。她从不大声说话，对乡邻或是子女，她逆来顺受。这一次，妈妈出乎寻常地强硬，她女儿反常规的行为让她无颜面对乡邻。

我握着话筒，眼泪簌簌掉下来。我看到心底那片乱草繁盛，我一个人在荒野里奔跑。我对着话筒，用着与妈妈同样的语调发誓，我再也不回乡下看她了。我不知道妈妈在电话那头会不会掉泪。挂上电话很久，我的眼泪仍然簌簌落下。

我第一次发现我居住的县城的小，第一次知道原来有那么多人认识我。我不得不一遍又一遍耐心回答问题。是的，我离婚了。是的，女儿跟我。不是的，他没别的女人我也没别的男人……

我讨厌这些问题，讨厌问题背后的面孔。那些表情惊人的相似，同样的忧伤沉重怜悯，她们在表明立场——她们是我的人，我尽可以放心地掏出秘密。这群偷窥者，她们更感兴趣一个香艳或凄苦的故事。我无处逃遁，甚至不知道该以什么表情示人。我没有悲伤也没有兴奋，可我必须选择一个恰当的表情去配合这众多猎奇者。直到有一天，一个我不认识的女人在街头拉住我，她也需要我回答问题。我恼怒了，伪装许久的斯文再也坚持不下去。我恶狠狠地甩开她的手，恶狠狠地盯着她的眼睛问，这跟你有关系吗？她怔怔看着我，我走了很远，她仍然怔怔看着我。

我再次看到我疲惫不堪的步履，从一种生活到另一种生活，我所要经过的最艰难部分，原来不是离婚本身，而是为旁观者寻找理由。我得一次又一次剥光衣服，让人查看我到底有没有伤口。

日子过得有些糟糕，我得从头学习生活技能。锅头烧红了要关掉电源让它自己冷却，最好吃的米在868那条小巷才有卖，菜市场后街有农村自家种的菜，相对便宜……日子具体得很琐碎。猝然扑进柴米油盐里，我才发现我只是一个生活的白痴。

小猪奶奶知道这些，她和小猪爷爷提着煮好的我和小猪都喜欢吃的菜，穿过长长的街道，步行到我楼下大声叫喊我的名字。他们笑眯眯的，仿佛我们之间从来没有断裂一个巨大的口。

小猪抬眼看我，她不知道该不该接下这些食物。小猪清楚那道裂口的存在，她明白现在与过去的不同。

我朝小猪点点头。我听到祖孙三人心底绑着的绳子齐齐绷断，他们开心地朝对方挤眉弄眼，那是他们之间表达亲昵的常有动作。小猪奶奶的眼睛探向我，我朝她微笑。小猪奶奶还我一个微笑。我们攀着彼此的笑容爬回到原来的时光，像是完成了某种默契。我静立一旁，听着小猪和爷爷奶奶逗笑，眼睛潮润。我明白我被他们所包容，像过去很多次一样,他们包容我,像包容一个任性的孩子。

我仍叫他们爸妈。我们都没感觉到别扭。这个别人的爸妈,他们真诚地关爱过我。更多的时候我会觉得我是他们的女儿,我们之间似乎是无痕的,不是公婆和儿媳。

我剖腹生小猪时,小猪奶奶苍白着脸守在病房里,她晕苏打水的味道,不时跑进卫生间里干呕。伤口痛,缝进皮肉的十几道粗线像只丑陋的蜈蚣趴在我小腹上,我不能翻身,不能上床或下床。小猪奶奶抱起我,她瘦的手臂有惊人的力气。我吃喝拉撒完全依赖这双手臂。她听说野生花鱼汤能更好愈合伤口,每天一大早就到菜市场打听野生花鱼。天天喝花鱼汤,我的伤口仍然感染了,没能完全愈合的伤口张开一个洞,里面是黄稠的脓水。痛,不可抑制的痛。整整一个月,小猪奶奶每天护送我去医院,她一路扶着我,我无力地靠在她怀里,闻到和妈妈一样的味道。

现在这个别人的妈,我的前婆婆,在我离开她儿子之后,望向我的眼神仍然是暖暖的,此后的很多年,一直到现在,她望向我的眼神都是暖暖的。

小猪终于明白那道裂口并没有把她割裂,她仍然是完整的,她仍然可以像过去那样,拥有父亲母亲以及更多的亲人。

三

小猪爸爸开始出现在我梦里。他从走廊那头走来,像过去很多年一样。在梦里,那个裂口不复存在,我完完全全回到了过去。我躺在床上,风从窗前吹过,雪白的纱幔在黑暗中颤动。小猪爸爸的脚步一步步向我逼近,他的声音穿透玻璃窗门,是一种被酒精焚烧后的热烈。我的心在缩紧,有一条无形的绳子从我未知的地方悬下来将我层层捆绑。我多么害怕他走进来，带着酒气说，我们谈谈吧。

我真希望我只是这个家的女儿。这个男人是我哥哥，不，是弟弟——他分明还是个孩子。他流连在家之外，在一群未婚的朋友间。从怀小猪到生小猪，他更像一个旁观者。一直到现在，每每在街头看到有男人陪着他怀孕的妻子散步，我都会难受，心的某一个地方长出刺来。

小猪爸爸说，只有喝酒后他才有勇气与我交谈。而我是相反的，我没有勇气与喝过酒的他交谈。酒是界线却不是唯一的界线，我与小猪爸爸之间，相隔着大片大片的空白，他无法走近我，我也无法走近他。

酒后的小猪爸爸是那么忧郁，他用布满血丝的眼睛执拗地看着我，语速缓慢而平静。

我们谈谈吧。

他摆开郑重其事的架势开始滔滔不绝地表达对我的不满——我的冷漠，我的自私，我不能像一个妻子一样给予他体贴和温暖。

酒像是小猪爸爸驾着的烈性的马，它缓慢平静的背后蕴藏着巨大的风暴。我害怕风暴。我是一个懦弱的人，这一点我和妈妈很相像。

这样的夜是难熬的。我需要忍受。我沉默不语。我痛恨这样的夜，还有眼前这个男人。这个被宠坏的自私孩子，他根本不理会此时夜已很深，清晨六点他的妻子还得爬起来赶去学校上课。我很困，心底的乱草在疯狂生长，它们反复追问，这样的日子有意思吗？有意思吗？有意思吗？

很多年后，当我不再年轻，我的心变得越来越宽广柔软，我突然心疼起酒后的小猪爸爸，突然看到那双布满血丝的眼睛里的伤口，突然明白我骨子里的冷漠和自私。

——我们真是太相似了，都只想做那个被无条件宠爱的孩子。

小猪爸爸的脚步还没进来，梦便断了。我醒来，身子仍然绷得很紧。我睁眼躺在黑暗里，小猪弓成虾形睡在我身边，她小小的身子暖烘烘的。我伸手环抱她，在她脸颊上亲吻。我梳理我的梦，我触摸到我内心深处有一个关闭着的黑暗。

我知道他们在等我回去。小猪的爷爷和奶奶、我的父母，还有小猪爸爸，他们都在等待我回到过去。我固执敏感自尊，这是从妈妈身上流过来的令人不安的东西；我善良诚实温和，这是从妈妈身上流过来的令人安定的东西。安定很好，它有理由让人留恋。

我总是沉默。我留恋那幢大房子，留恋小猪的爷爷和奶奶，可我无法说清从未知地方悬下来的那条绳子，它在我面对小猪爸爸的时候，猛力收紧。我觉得窒息。我无法将一种感觉描述成物状，我也无法说清在这场婚姻里，为什么我回不去——我需要很多年后才能回答这个问题。我还太年轻，生活里有太多的密码，需要岁月去一一破译。

很多年后——这个时间似乎很遥远，却总在我回头张望的时候突然逼到我面前。我终于发现我的缺陷，原来不仅仅是面对小猪爸爸，每一个试图走进我生活的人都会让我惶恐不安。我害怕把自己交给任何一个男人，我害怕蹲在婚姻里，忍受那个我叫他丈夫的人性格里的阴暗和锋利。或许并不止这些，我也不清楚我为什么害怕。事实上，除了小猪，每一个与我靠得太近的人，都会让我局促不安。

两年前，一个名叫小左的年轻女子从我住的小区七楼跳下。她有丈夫、孩子。那孩子水灵灵的，约两三岁大，正是让人疼到心尖尖的年龄。据说，小左患有抑郁症，她要跳楼的那几天，全家人没日没夜守着她劝阻她。她对家人说，我想通了，我不会做傻事的，你们也累了，都去休息吧。家人见她神态正常，放松了警惕，只不过几分钟的时间，她便从楼上跳下，碎成一朵花。很决绝。

我突然能懂她，像是某一个神秘的瞬间打开的某一条神秘通道，我在众多围观声里看到了她的孤独。她心里住着一只兽，一只无人能走近的兽。我心里也住着一只兽，除了小猪，我的兽无法做到与人坦然相处。

也许，每个人的心里都住着一只不为人知的兽。

四

生活中有太多的隐秘，像迷宫，一旦征服便会得到很多乐趣。比如牛肉的切法和炒法，那些纹路的选择和烹制时间长度原来是破解它秘密的必然通道。像所有的游戏规则，一旦熟稔，便会游刃有余。

当我终于能把牛肉炒出鲜嫩，能把烧掉的灯管坏掉的水龙头更新，日子这才显示出它从容的模样。那些长长的睡眠和大片大片的荒草平息了，它们像两匹被驯服的野马。我和小猪甚至拥有了自己的房子，那套标记为B4—502的家，它的三个房间接纳了我和小猪还有我们的书。

我又重新拿起了相机——那被荒草覆盖的另一个自己。爬山，摄影。我到底与妈妈不同，我的安静底下，潜藏着一股想要不停奔跑的不安分。我在看书的时候、写作的时候、爬山的时候、摄影的时候，便会感觉到我真实地握住了自己。那是一种踏实感。一个人拥有了全部。一个人。我的自恋和自私都是那样深刻和明显。

小猪跟着我，像尾巴。我们一起爬山或沿河堤漫步，我牵着她的手，感受那只肉团团软绵绵的小手传递过来的甜甜的暖，便像握住了整个秋天一样富足。我看见我心里的兽，它用无限慈爱的目光久久注视着这个孩子。这个小人儿，她的哭，她的笑，她成长的每一个细节，都将在我眼睛里完成，生命是一件多么奇妙的事呀。

小猪仍然是我生活中最真实的部分。她的存在让我的生活回归常态。一日三餐，每晚临睡前的童话故事，每早上学前的匆忙，和所有家庭一样真实，和所有家庭一样散发着人间烟火的暖和甜。

常态，非常态。我的生活和我的心一样互为矛盾。小猪平衡着这些矛盾，她在她妈妈的矛盾里安静地生长，旁若无人。

我从来就看不透小猪，这小人儿，她有着和我一样的眉眼，却有着和我完全不一样的想法。她的想法总是离我很远，远到我的思维追不上。

从一开始，小猪就表现出她的笃定。在那段我焦虑着一次又一次脱光衣服让人查看伤口的日子，小猪心无旁骛地回答各种问题，关于她父母情感隐秘或是别的问题，小猪都尽自己所知给出答案。她总是微笑，一脸真诚无邪，一脸阳光明媚。

也许，从三岁那年她坐在婴儿床里被我推离家门的那天起，小猪就完成了某种跨越。她能言善辩，伶牙俐齿，很早就知道用语言打开这个世界。十二岁那年，小猪收了七个学生，她教她们英语，一个暑假收费七十元。她的收费远低于一般家教，小猪说，在别人还没认可你的时候，你首先得证明你的能力。十三岁，小猪抱着一只大盒子在街头兜售她的饰品，那些精美低廉的饰品是她从网上淘来的。整整一个暑假，她只卖出一枚胸针，五元钱。小猪说，钱不是重点，重点是锻炼脸皮的厚度。

小猪让我诧异，她的智慧早早就通向了世俗。她有清晰的方向，明白不断跨越就会到达不一样的彼岸。

我在想我七岁或八岁抑或十三岁的时候，我似乎永远是畏缩的，木讷，寡言。一直到现在，我仍然无法做到坦然与人交往。我会突然脸红，在我说过某一句话后，我的脸就出卖了我内心的不自信。

小猪与我截然相反地早熟是因为她是单亲家庭的孩子吗？比别人更

纤细的敏感和没有安全感？可我并不担心，我很清楚她通透明净的心仍然属于孩童的纯真。我知道她并没有因此而失去一个童年。

我和小猪都很享受彼此的存在。我们常常坐在一起聊天或看书，那样的情景像一帧画一样美好。我会看到两只兽并排坐在临窗的阳光下，她们膝上各摊开一本书。看到开心处，小的兽会哈哈大笑，大的兽便抬头看她。光线落在小的兽脸上，红润明艳。她们有着一样的眉眼。她看着她，像在看很多年前的自己。

似乎只是一个转身，小猪便长大了。十五岁的小猪说，妈妈，你不要太依赖我，你要习惯我不在你身边的日子，因为我要上大学，要工作。说这话的时候，我们吃着饭，小猪说的一件什么事惹得我笑得前仰后合。小猪捧着饭碗，漫不经心地把这句话插入我的笑声里。

小猪一眼就看穿了我的孤独，那藏匿血液深处无人能陪同的可怜的孤独。我的兽，在小猪洞察人心的眼睛里无地逃遁。

我有些伤感，看到时光匆忙。小猪正朝着梦想一路飞奔，她离我越来越远，越来越远。我站立原处，回头，看见一个暮岁苍苍的老人。

我仍记得两岁的小猪，她抱着我的脖子，哭闹着不肯走进幼儿园；五岁的小猪站在小学校门前跟我吻别，说，妈妈再见。

七岁时，小猪背着书包站在十字路口，她看着一辆又一辆的车子远去，才小心翼翼地穿过马路——那个时候，我站在窗前，看着小猪从楼梯口走出来，看着她穿过第一条马路又穿过第二条马路。小猪左看右看，一辆车子从她面前开过，又一辆车子从她面前开过，小猪耐心等待车与车的间隙足够她穿过马路，她双手抓着双肩书包的带，薄薄的身子前倾，保持奔跑的姿势。小猪没回头看我一眼，她不知道她妈妈的眼睛一直黏在她身上。

八岁时，小猪看荷西·路易·桑贝德罗的《爷爷的微笑》，她趴在床上，悠闲地晃荡着翘起的双脚，看着看着便咯咯地笑，看着看着便吧嗒地掉泪。她把《爷爷的微笑》收到书房里，又收到枕头边，最后藏进衣柜里。以后，每拿出来看一次，必掉一次泪。从八岁到十五岁，这个名叫荷西·路易·桑贝德罗的西班牙老头被小猪爱了很多年。

小猪很早就抵达了豁达。心无芥蒂，无遮无拦。而我是阴暗的，我揣测着别人的心理，揣测出和我一样的阴暗。

一直到现在，我仍然无法坦然说出"离婚"二字，它像一张被人用烂的标签，长年被拿来与可怜落魄颓废暧昧等词连在一起。这些灰暗阴冷的意象，不由分说就把人拉进密不透风的黑暗里。就像媒体报道某一个犯罪的孩子，必不忘连带报道他们父母的离异。仿佛离异是一切犯罪的开始，不，是罪魁祸首。

我特别害怕离婚的女人向我展示裂口。我害怕看到那样的表情——破碎的灰暗的茫然的慌乱的大片空白。我害怕从我身上闻到她们的味。我急于与她们画清界线。我在心虚。我为什么心虚呢？

某次，和闺蜜散步，她像往常一样说起丈夫孩子。说得正热闹，她突然停下来，看着我的眼睛问，我说这些，你不会难受吧？我怔了一下，很快明白她的意思，心里不由得一阵悲凉。原来，再怎么久怎么深的交情，也无法抹去她内心里我的标签呀。我猛然看见一条宽阔汹涌的河流横亘在我们中间。低头，我再次闻到自己身上阴冷孤独的味道。

凌云是一座矛盾的城，这座我生活的城，她温情脉脉，她尖酸刻薄，她洞悉我所有的秘密。在历经一段如坐针毡的艰难对峙，我彻底明白在她面前伪装的徒劳，我索性放开自己——承认失败和懦弱。像母亲跟前赤裸着身子的婴孩，这座城最终包容和接纳了我的离经叛道，我被允许孤僻、散漫，像是无意间完成了某种跨越，我到达了自己更宽阔的空间里。

像离开母亲的庇护，一旦离开熟知我隐秘的城和人，我便失去安全感，我多疑而防备，自觉不自觉地伪装成一个婚姻中的女人，含糊其词，把自己隐藏在一个面目模糊的男人背后——就像我们小时候被小伙伴欺负，只要大喊一声我回家告给我爸，对方便怯了一样。我伪造一个根本不存在的男人壮大自己。似乎只有这样，我才能把那个自信阳光幽默快乐的自己释放出来。

我想我是矛盾的，自卑灰暗，自信阳光，到底哪一个才是真正的我呢？或许，两个都是，两个都不是。

五

我在街头遇见小猪爸爸，我们已经很多年没见面了。他对我笑了笑，脸上是没有爱也没有恨的风平浪静。我也对他笑了笑。我们没说一句话，转身，各自融入熙熙攘攘的人流中。

我知道一切都会淡去，一切都会归于平静。我终于等到了这天。

很多年前，小猪爸爸提着菜刀站在楼梯口。他不允许我离开。他的眼睛布满血丝，我又感受到酒精焚烧后他的热烈。刀口朝下，握刀的手垂在裤侧，内敛却又张扬的锋利。我知道那把刀不会向我砍来，站在我面前的这个男人，他用孩子的方式表达他强烈的爱和恨。那么干净热烈的爱和恨，在我离开他之后，再也没有遇到过。

我拖着行李。小猪爸爸冲着我喊，我恨你，我一辈子都恨你！他的声音像鞭子，从我身后抽打上来，疼痛，滚烫。我很难过。

很多年后，我想起这一幕，突然心疼起这个男人，越来越深的心疼。

他的话，沉甸甸的，压在我胸口，压了很多年。那天，他站在街头，在阳光下朝我微笑，他嘴角轻轻扬起，一抹笑意，俊朗朗的，就像我最初认识他的模样。那一刻，我突然有泪潸的感觉。

我知道他放下了。从此以后，我们再无牵挂。

妈妈说想小猪了，妈妈找了一个借口打碎她的誓言。血缘真是一种奇怪的东西，它轻易就抹平了彼此的缝隙，而且，不留痕迹。

我远远地看见妈妈等在车站门口。妈妈害怕城里，那些一模一样的街道和楼房让她有失真的感觉，仿佛一旦进入，她就会被吞没。没有我的引领，妈妈永远找不到我和小猪的家。

妈妈左顾右盼，她在人流里搜索她女儿的身影。看到我时，她咧开嘴快活地笑，像一个孩子。我的眼泪再一次簌簌掉下，心里暖暖的，又痛痛的。这些年，我的心越来越脆，很轻易就会疼痛，会掉泪。

我接过妈妈手里的包，包里是食物——煮好的鸡腿和三角豆腐。这个我从孩提时代就养成的嗜好一直被妈妈惦记着。我们边走边聊。妈妈在说乡下的事，谁家的媳妇，谁家的婆婆。我听着，思绪却飘到别处去。我在想，如果是小猪，她早就搂着她妈妈的脖子撒娇了，她会甜糯糯地说，妈妈，我想死你了。我与妈妈从来不说这些，我们羞于表达情感。我们甚至不说自己的事，忧伤或快乐，都由着对方揣测。

妈妈想象不出我的生活，她很担忧。没有男人的女人不就像那断了线的风筝吗？无依无靠，孤独凄凉，不知道哪一天就会往哪个方向坠落。妈妈不敢把这些忧虑说出来，她怕她的女儿——那个锋芒毕露的倔孩子。

我领着妈妈走向我和小猪的B4—502，那儿有洁净的地板，宽敞的房间和明亮的窗户。阳光会铺进来，那些莹黄色的瓷砖会映出明丽暖人的色调。妈妈的心会从很高很冷的地方掉下来，踏踏实实地落到地上，她至少不用再担心，很多很多年后，她年老体弱的女儿会流落街头，像一枚冬天的叶子，寂寞飘零，凄凉腐烂。

我细声慢气地和妈妈谈起我的工作——我在预谋，像小时候吓唬小伙伴，就夸大自己父亲的孔武有力，我在向妈妈暗示，无须依靠别人，她女儿本身就很孔武有力。

在这之前，我从没向妈妈提起我的工作。妈妈只知道我离开学校调到其他部门去了，她甚至说不完整她女儿工作单位的名称。在乡下各种版本的传说里，她女儿一会儿是记者，一会儿是作家，这些陌生的名词与妈妈熟悉的世界相去太遥远，妈妈触摸不出她女儿具体的形状。我告诉她，我升职了，任凌云县文联副主席，相当于我们乡的副乡长。我说得很艰涩，从我嘴里吐出来的每一个字都让我羞赧不已。我极力轻描淡写，像是很随意很轻松地提到这些。

在妈妈的认知里，副乡长是很大的官了。我当然不会告诉妈妈，她女儿的官其实什么都不是，除了编杂志，她女儿还得端茶倒水和扛着一包包百本装的杂志，汗涔涔地从一楼爬到四楼。

妈妈又咧开嘴快活地笑，她无法掩饰她的自豪。等回到乡下，她就会告诉街坊邻居，她的女儿当官了，任凌云县文联副主席，相当于乡里的副乡长。她们老伙伴之间都是这样炫耀儿女的。妈妈终于可以理直气壮在老伙伴的面前大大方方地虚荣一回了。

我微笑，把手伸进妈妈的臂弯里，妈妈的身子绷直，她挺着僵硬的腰和她女儿手挽手走过街头。妈妈很不习惯这样的亲热，可看得出来，她很享受。

（原载于《作家》2015年第8期）

一米有多远

一

熙熙攘攘人流中,堂哥的目光与我的目光猝不及防撞击在一起,他瞳孔猛然亮了一下,稍瞬便犹犹豫豫熄灭了。他垂下目光,沉默不语地径直从我身旁走过。我喉咙里滑奔而出的那声"哥"便卡在半空,硬生生咽回去。空气开始凝滞,我无意识地继续抬脚朝前挪动,待回头再想寻找堂哥时,他的背影已缩成一个小点儿模糊在行色匆匆的人群中。

目光对视的刹那,是三秒或三十秒?在远离故土几百公里的异地他乡,十年未见的堂兄妹俩相逢于街头,只一个目光交递,却装成两个完全不相识的人,漠然擦肩而过。

十年光阴足以消融许多陈年旧事。我在怀疑,堂哥是否与我一样,目光猝然碰撞的瞬间,喉咙里也在半空硬生生卡着一声"妹"。否则,他黑色眸子里为什么还会闪过一丝光亮？

二

堂哥是三叔家的大儿子，年长我三岁。小时候我身体不好，隔三差五生病，老师便隔三差五找来高我三级的堂哥。我捂着肚子，苍白着脸蹲在教室门外看着堂哥细瘦的腿快速划到我面前，一言不发地半蹲下身子等待我爬上他的背。我的泪大颗大颗滴着，趴在堂哥背上哽咽，堂哥的脚步因这哽咽声急促拔动。我长长的双腿从堂哥背上垂下来，不时拖碰到地上，堂哥便不时地使劲往上抬了抬我的臀。从学校到家约二十分钟的路程，堂哥咬紧牙始终不肯放下背上的我停下来歇一口气。

堂哥家与我家是同一座茅草房下一道竹篱墙隔开围成的两间小房子。每天，炊烟在厚厚的茅草顶上袅袅升起时，两家火塘上架着的鼎锅里，沸开的水声透过竹墙交错穿行；红色的火焰滋滋地叫，在竹与竹的缝隙间跳跃。隔着墙，闻着饭香，我们能分辨，香软的是大米，浓硬的是玉米。

傍晚时分，是两家人最热闹的时候。这时候，在山头劳作的人全回来了。吃过饭后，大伙儿都围坐在火塘四周七嘴八舌拉家常。母亲会在架着的鼎锅里煮上一鼎红薯蒸上一锅酸玉米粑，或是三婶烧上几棒嫩玉米烙上几块白面饼。待到香味儿飘满屋时，只需在墙那头喊上几嗓子：熟咯，想吃的快来，迟到的就等着刷锅洗碗咯！一群人就呼啦啦地往隔壁跑。有人正忙没空时，就用海碗盛好，从大的竹缝间递过来，吃完后再把空碗从竹缝间递回去。

三叔是个裁缝，每个圩日接下的单子堆得小山一样高，堂哥便总有干不完的活。晚饭后，别家的孩子都能聚到场院里玩儿时，堂哥还留在家里帮忙三叔熨衣服。因为堂哥时常背我回家的缘故，十几个堂兄弟姐妹中，我与堂哥最要好。我帮着堂哥一块儿把活儿干完，才乐颠颠跟随他转在一堆男孩子屁股后滚铁环、打陀螺、掏鸟窝、摸鱼捞虾。因此，在对小时候的记忆里，我常常找不出女孩子家玩的游戏。我就像堂哥的小尾巴，堂哥走到哪儿，我就跟到哪儿。

有些时候，堂哥会神神秘秘地把我拉到背人处，从衣袋里掏出旧作业纸包着的东西递给我。打开一看，是几粒粘满铅笔字迹的白花花的肥肉。堂哥说：快吃，不要让别人发现！我便把肉往嘴里塞。堂哥站在一旁咽口水，细眯着眼问我：妹，好吃吗？我用力点点头，忙着咀嚼的嘴含糊不清地应答。

因为三叔的好手艺，堂哥家的日子过得比我家好，偶尔饭桌上还能见到几粒肉。吃饭时，三婶把肉粒分发到每个人的饭碗里，堂哥就把自己的份子留下拿给我吃。我嘴里嚼着肉，心里暗暗想，堂哥真好，长大了我要嫁给堂哥。

我从来没有想过有一天我们会形同陌路。即使在远离故土的他乡街头，即使我们已然整整十年不见，我和堂哥竟可以像两个毫不相干的陌生人一样冷漠地擦肩而过。

三

父亲家的五个儿女和三叔家的七个儿女长成半大小子时，茅草房承受不起岁月侵蚀日益倾斜。父亲为别人筛了半辈子的沙也没能吃上几顿饱饭，三叔虽说有手艺，可养着那么多个孩子要想建房子却也不是一件易事。但是随时都会坍塌的房子容不得他们多想，只得狠了狠心东拼西借推倒茅草房重建瓦房。因为三叔家人口多便多占一米地基，两家变成了同一片瓦檐下一道砖墙隔开的一大一小两间房子。

父亲和三叔的筒子瓦房根本塞不下他们这么多个孩子，哥俩都各自在瓦房上方用木板搭起一间小阁楼。半人来高的阁楼一半放秋收的粮食一半放他们的儿子。阁楼下面分成两个小房间，自己和老伴一间，几个女儿一间。

姐姐和堂姐们都已长成俊俏的大姑娘，傍晚时分她们不再成堆地围在火塘边听大人谈家长里短，而是成群结队地一圈圈逛马路。时常有穿戴整齐的小伙子红着脸指名要找某个姐姐或堂姐，她们便不时神秘失踪几个小时。

堂哥已到县城念中学，寄住在一个亲戚家里。他在来信中说，妹，县城的大街小巷到处都是水泥路，中午，太阳直晒到地面上，炙烫得像是烤出了油，我每天就顶着这样的烈日上学放学；这里每家每户都有自己的门牌号，只要写得对地址，就算你写上阿猫阿狗收，我都会接到你的来信。从山逻街到县城只有36公里，但我从未去过。我常站在山逻街泥泞的街头上想象着堂哥读书的那个陌生的县城，铺有水泥的街道一定宽敞干净，太阳烈烈地照在空中，堂哥正奋力蹬踩着自行车穿梭在车水马龙中。还有那神奇的门牌号，如果我写上"93号阿狗收"，堂哥会不会真的收到我的来信？

堂哥的信让我知道山的另一头还有一个完全不同于山逻街的世界，那个世界里除了有我牵念着的堂哥还有着许多我从不曾知道的神奇的东西。我在信中第一次读懂了堂哥的梦想，也第一次孕育了自己的梦想。

母亲和三婶仍然在天刚破晓就相邀着到山头干活。母亲的地在上边，三婶的地在下边，妯娌俩一人在上一人在下，边抡锄头边谈话。天色晚时，不是母亲跑下来帮三婶锄就是三婶跑上去帮母亲锄，等到两块地都锄完了才一起扛着锄头结伴回家去。

父亲的大儿子终于长大到能分下父亲肩上的担子往家里挣钱时，火塘上架着的锅里终于也飘出了香软的大米味。一家人围着饭桌吃饭时，父亲最爱谈起他路过肉摊时摊主死乞白赖硬挽他买肉的事。父亲用很响的声音愉快地说，这帮势利鬼，往年我走过他们肉摊跟前时，他们都把头扭过一边假装没看见我，现在倒一个个变大方了，我都说没带钱了他们还死皮赖脸地硬塞给人家赊他家的肉。说话时父亲流露出一脸毫不掩饰的得意。

父亲自然是得意的。

那些年，地头的粮食根本填不饱一家人的肚子。几乎所有亲戚全被借遍了，借到最后，亲戚们一见到父亲就慌忙低头赶路，只恐走慢了被拦截下借钱借粮。最让父亲感到屈辱的是，镇上有谁家丢了鸡跑了鸭的都会假惺惺地跑到我家屋里来打听鸡鸭的下落。有一次，一个老太婆在茅草房后的臭水沟里发现一堆刚刚被剥下还冒着热气的黄鸡毛，执拗地认定茅草房里有人把她家失踪的黄母鸡抓来开膛煮肉吃了。她从早到晚一遍接一遍地在茅草房前来回走动，一手叉腰一手指点空气唾沫四溅地指桑骂槐。父亲双眉颦蹙蹲在火塘边阴沉着脸不说一句话，他闷着头用力吸得烟筒里的水吧嗒吧嗒直响。事情的结局是某一天老太婆家的猪圈木板夹缝发出恶臭，她翻找臭味来源时才发现一只只肥大的蛆虫从一堆臭烘烘的黄鸡毛里钻进钻出。日子能过到有粮有肉，能过到让人挽着求着赊肉，父亲自然是得意的。

可是，房子终究还是成了父亲的一块心病。

家里的男孩子和女孩子很快都长到不能再挤在一张床睡了。一天，哥哥把一个羞答答的女孩子领到父亲跟前时，他终于下决心再建一次房子。

四

三婶成了寡妇。

进入中年后三叔开始变得嗜酒如命。他先是偷偷缩减顾客拿来的布料换酒喝,最后索性将整块整块的布料拿去换酒钱。顾客们与他理论不到一块,吃了哑巴亏后就不再光顾他的生意。没有酒钱来源的三叔开始偷三婶的钱,收在箱底的钱被转移了他就拿三婶娘家陪嫁过来的银镯子当卖。三叔借着酒劲打起三婶来没轻没重,鼻青脸肿的三婶常常被母亲从三叔手下拉开,带到隔壁去。

三叔的不节制最终招致了病痛。医生下病危通知时他已躺在床上不能起来。病入膏肓的三叔突然清醒了,他流着泪抓着三婶的手追悔过去。三婶哽咽着,全忘了病榻上这个男人对自己无数次的暴打,也忘了自己在遍体鳞伤时对这个男人的无数次咒骂,她从心底原谅了这个曾经让她快乐而却是给她带来更多痛苦的男人。

三叔咽下最后一口气。他被父亲从床上抬下来时两眼还定定地对着天花板,堂姐堂哥早哭成一团,纷纷跪倒在三叔身旁。族里有经验的长者说三叔是心事未了,他心里一定还有什么事放不下。于是,父亲让堂哥堂姐们跪到三叔跟前,向他许诺以后一定会好好听话好好读书好好做人,三叔的眼仍然定定地对着天花板。父亲走过去蹲在三叔身边,握着他的手说,老三,你放心去吧,几个侄子我会把他们当成亲生的看待。但是,三叔的眼还是定定地对着天花板。还在地头干活被人匆忙找回的三婶哭着从门外冲进来,扑倒在三叔身上,流淌着泪恸哭不成声。几个妇女走过来抱住三婶,教她劝说三叔放下心事入土为安。三婶极力抑制住哭声,抽噎着对三叔说,他爸,你放心走吧,孩子我会好好待,你走后我也不会再去哪一家，我会把我们的孩子都抚养成人。从三叔的眼角里慢慢掉下一颗泪，站在他身边的一位老人用手将三叔双眼往下一抹，三叔便永远合上他那双直直对着天花板的眼。

三叔是在等三婶。他要亲自把孩子托付到三婶的手里才放心闭眼离去。

三婶像变了一个人。

三婶在三叔去世后接下他那布满灰尘的裁缝摊。她整宿整宿不睡觉，熬着夜为别人赶制衣服。柔顺的三婶不知什么时候变成了钢一样硬的人。她开始学会贩卖成衣，留意不同乡镇的不同赶圩日子追赶不同的圩场。每天天还没亮，她就杂混在一群赶圩转场的男男女女中，像个男人般大包小包地扛服装包抢车子。三婶跟商贩们争摊位抢顾客，粗声叫骂用力推拉。妇女最擅长的"一哭二闹三上吊"被她运用得淋漓尽致。一次，三婶快要谈成的顾客被对面成衣摊连哄带骗抢去了。三婶气愤地走过去理论，责怪对方不守行规。那摊主本是个悍妇，她很快与三婶动起手来。三婶一个趔趄跌倒在地，她顺势坐在地上不起，一边呻吟一边骂那女人欺负孤儿寡母。那女人站在一旁两手交叉抱臂撇嘴冷笑。围观的人越来越多，引来了几个穿制服的市场管理员。三婶一看到管理员，哼得更大声了。送到医院时，三婶还这里痛那里痛地乱哼，结果那女人不得不乖乖掏了几百元药费、营养费给三婶才算了事。三婶就这样用泼辣和精明为自己的孩子挣来越来越宽裕的生活。她践行了自己对三叔的承诺。

五

高中毕业后，堂哥考上了大学。三年后，我追随堂哥也到了他所在的那座城市念大学。

开学报到那天，堂哥踩着一辆破旧的自行车一大清早就吱吱呀呀地从自己那所学校穿街过巷赶到我那所学校，帮我办理好入学的手续后就载着我在城市的街道里到处转悠。堂哥点燃了我的大学梦，现在又载着我一寸寸触摸熟悉这座陌生的城市。我坐在堂哥摇摇晃晃的自行车后座上，又一次想起很久很久以前吃堂哥带给我肥肉时做过的梦，心里笑话自己年少无知的同时却暗暗在想，如果堂哥不是堂哥，那该多好啊！

堂哥家的生活仍过得比我家好，每个月三婶寄来的伙食费里总有堂哥偷偷匀出来给我的十元钱。

每个周末我都要到堂哥的学校去，因为那样不光可以跟他蹭饭，还可以蹭他陪我逛街。堂哥哇哇乱叫着抗议，说我频频来扰害得他一个女朋友都没交上。我哈哈大笑，从堂哥眼里找不到半点真正责怪我的意思。直到堂哥毕业离开学校，堂哥的很多同学都还以为我就是他的女朋友。

毕业后的堂哥留在省城工作，每个月他仍会从自己的工资里省出二三十元来给我补贴伙食费。那个时候，父亲已萌生向三婶要回那一米地基重建新房的想法，这让三婶很不乐意。两家人开始为地基的事闹得有些不愉快，这种不愉快的情绪很快就传到省城堂哥那里。一天中午，太阳正烈烈地挂在空中，堂哥又踩着那辆吱吱呀呀乱叫的自行车出现在我的学校。往常堂哥给我伙食费时都会留下来，让我在学校的食堂里回请他一餐，戏说是作为伙食费的回扣。可是那一天，堂哥把我从宿舍里叫出来，兄妹俩沿着校园的林荫路慢慢往回走。堂哥勾着头，心情显得沉重而抑郁，快到校门时，他停下脚步，从钱包里取出钱递给我，片刻，突然没头没脑地冒出一句：妹，我们永远是一家人。那时候我已隐隐觉察到两家人的关系有些变化，堂哥这时候说出这句话来让我觉得意味深长。堂哥的眼睛里闪过一丝淡淡的忧悒，我被这种忧悒扰得心头难受起来。堂哥看见我眼里开始泛起泪花，便故作轻松地笑着轻轻拍了拍我的头，转身跨上自行车，一阵吱吱呀呀的车响，堂哥很快消失在我的视线里。

我手里捏着还带着堂哥体温的钱，在心里记下了堂哥刚才说的话。

六

父亲坚持要拿回一米地基，三婶暴怒了。她先是躲避不见最后干脆恶语相向。父亲见无法和三婶谈下去便打算找堂哥谈。父亲觉得堂哥不仅是个饱读诗书的文化人，而且长子为父，堂哥完全有资格和能力做这事的主。

春节时，堂哥回来了。他提着从省城带回的礼物来到隔壁看望父亲。父亲正坐在火塘边抽着水烟筒，看到堂哥走进来便高兴地拉着堂哥一起围着火塘边坐下来。往年的这个时候，只要堂哥一过来看父亲，伯侄俩都是这样一老一少地围着火塘扯上一阵子国事家事。今年的谈话内容不同于往年，因为多出了那一米地基。父亲对堂哥说，你虎哥（父亲的大儿子）今年刚订了一门亲，后年翻春就要娶进门了，家里这么窄，还不知道找哪个地方做新房才合适呢；再说，老满（父亲的小儿子）过几年也得讨媳妇了，横算竖算都是不够住，所以我合计着要得重新起房子，这回满打满算无论怎样都得起楼房了，我这边地基太窄，就算起得楼房来也实在不成个样子；小武（堂哥的乳名），你都出来参加工作几年了，现在你也算是个大人，伯想跟你商量一下，你看咱两家这地皮是不是重新分一下，伯就想要回原先你爸多建过去的那一米地基。堂哥拨弄着火钳，正夹着一根老木兜往火塘里添，他听了父亲的话，拿眼环视一下逼仄的里屋，低头想了想，说，伯，那一米地基是该还您了。父亲听了堂哥的话，在心里松了一口气，他停了停又不放心地说，那你妈那里……堂哥说，我回去跟她好好说说。

三婶就堂哥这么一个儿子，堂姐们相继出嫁后，家里真的是宽敞了许多。父亲想，既然堂哥应承下来，这一米地基应该是没有问题了。

当天晚上，不知堂哥和三婶都谈了些什么，只听见隔壁先是传来三婶尖厉的责骂声，没过多久，责骂声消失了，紧接而来的是三婶歇斯底里的号啕声，这声音时断时续一直到深夜。

第二天，堂哥红肿着眼来到隔壁找父亲，他立在火塘边，嗫嚅了老半天才说，伯，真对不起，那一米地基，我是没法还给您了！父亲怔了一下，双眼朝堂哥用力一剜，说，什么？连你也跟着哄起我来？我算是看错你了！父亲说着低下头，手里的水烟筒就吧嗒吧嗒狠狠响起来。堂哥见父亲不再跟他说一句话，便拖着疲乏的步子郁郁不乐地走了。

二十世纪八十年代末九十年代初，似乎只在几夜功夫，桂西这个一向闭塞的偏远小镇突然变得商铺林立。不但集市上的小店小摊如雨后春笋般冒出来，就连沿街的居民房都纷纷改成摆卖货物的铺面。人们的购买力也似乎在一夜之间增长了，小镇上两步成摊三步成店的铺面前常常是人头攒动。操着各种口音的外乡人也开始在小镇上出现，这使小镇临街的民房除了能做成铺面挣钱外还多了一样来钱的路子，那就是向这些来做生意的外乡人出租房子。父亲和三婶的房子正处在集市中心，三婶那边早就做成了商铺，摆满她从外地进购来的成衣物品。父亲这边是没法做成铺面也无法向外出租的，一是父亲根本就不会经商，二是自家的人都找不到地儿睡哪还有空闲的地盘向外人出租？

当一米作为长度单位用于土地丈量，当一米土地成为地基，当宅基地处于集市中心时，一米地的价值就不是一把卷尺能够丈量得了的了。

一米地，在父亲眼里是儿子儿媳一间宽敞的婚房，在三婶眼里是不断发展的无限商机。父亲与三婶谁也不想放弃这一米地。

两家人为一米地开始了漫长的对骂和冷战。老实交巴了大半辈子的父亲这时候竟也想到了要与三婶对簿公堂，这事很快传到族里一位德高望重的长辈耳里，他站出来分别劝说父亲和三婶私下里解决，并给他们分析了"家丑不外扬"的道理。父亲和三婶活了大半辈子别说是与人打官司，就连法院的门朝哪里开都还弄不清楚，父亲嘴上虽然嚷嚷着要与三婶对簿公堂心里却十分地不愿意这样做。三婶一个妇道人家更是没见过这架势，一听说父亲要与她对簿公堂心里早就忐忑不安了。最后在族长的主持下作出了一个双方都很不情愿的决定：父亲补偿三婶四千五百元人民币，三婶则还回三叔当年多建的一米地基。

四千五百元对于靠终日帮人筛沙、做搬运等体力苦活儿挣钱的父亲来说不是一笔小数目；而熟谙商场、精明能干的三婶更能计算得出一米地在集市中心的潜力并不是区区几千元所能持平。因此，父亲给得不情不愿，三婶让得毫不甘心。两家人的漫骂和冷战并没有因为一米地的归宿尘埃落定得到平息反而愈演愈烈了。

在不停不断的争吵中，父亲还是择日开始请人挖新房的基脚。

新房因为三婶的百般刁难，换了好几批工人终于艰难地拔地而起。三婶觉得再住在仇人旁边不啻一种折磨，遂把房子租出去自己到街西另建新房住下。两家人从此街东街西老死不相往来，即使在路上偶尔相碰也决不再开口和对方说上一句话。

这些场景堂哥只能通过旁人零零碎碎的言传了解一二了，自从三婶在他面前悲伤痛哭一夜和他红肿着眼对父亲说完那番话后，他就到几百公里外的省城不再站出来说一句话。我总觉得整件事的罪魁祸首是堂哥。

如果他坚持立场兑现自己对父亲的诺言，两家人何至于走到今天这个地步？

最初那段日子，堂哥仍然会来学校看我，我瞪着仇恨的双眼冷冷地盯着他。堂哥避开我的目光，忧伤地说，妹，你不知道，我妈有多难！我不能让她太伤心。

我冲着堂哥大声喊，你妈难我妈就不难吗？你会心疼你妈，那我妈呢？

堂哥呆立在那里，低沉着声音喃喃说，妹，等到有一天你也做妈妈了才会知道一个母亲有多难！我双手插在裤袋里不屑地睥睨着堂哥，两人就这样僵持着。许久，堂哥默默地从钱包里抽出一张崭新的五十元钱递给我，我一巴掌横扫过去，五十元纸钞从堂哥手中落下来掉在地上。我头也不回地转身走了。我不知道堂哥是什么时候离开的，我甚至不想再看堂哥一眼。我想起堂哥不久前眼里闪过的那丝忧悒和他说的那句"妹，我们永远是一家人"的话，还想起他曾经在父亲面前许过的诺，这一幕幕像过电影一样相继出现在我眼前，我在心里无比地怨恨堂哥，一个男人怎可以自食其言呢，况且还是对一个长辈食了言。

我知道，从此以后我们不会再是一家人了。这样想着时，我心里顿时感到十分难过。

我与堂哥像是达成了某种默契。每年的节假日，我们总岔开回家的日期，即使是在同一时间段回家，他不再到街东来，我也决不到街西去。东西两条街相距不过几十米，但我与堂哥从此不再相见。

七

前年春节，一场大病让父亲在家家户户欢天喜地的爆竹声中住进了县城医院。原先体态肥胖开朗健谈的父亲现在消瘦得说话走路都是轻飘飘的。

大年初一，节日喜庆的气氛衬托得医院里特别的孤寂冷清，父亲拖着羸弱的病体跟随我辗转于各科检查室间。县城的年味比小镇来得浓烈，铺天盖地的鞭炮声不断在医院外响起，父亲攒紧眉头，佝偻着身子动作迟缓地任由我搀扶着在医院里转上转下。在CT室里，不足一米高的检查床父亲竟怎么也爬不上去。我弯下腰来试着抱起父亲，在心底揣度自己的力气能不能抱得动他高大的身子。结果出乎意料，我根本还没来得及用上更大的力气，父亲已被我轻轻地抱起放到床上。医生让父亲脱去外套准备拍片，一件件厚厚的衣服褪去，父亲瘦削的身上一条条肋骨在松弛枯皱的皮肤下清晰可数。我的眼睛刹那间被深深刺痛了。曾几何时，我健壮高大的父亲竟已嶙峋如此，无怪我只轻轻一抱就能轻易把他离地抱起了。而长久以来，储存在我的记忆里却还是那个抡起斧头就能劈开一地柴禾，轻轻一提就能把我高高过头举起的父亲啊！

父亲躺在病床上，像个孩子般不停地向我诉说身体上的疼痛。我细声慢语地安慰他，用小匙小心翼翼地喂他吃药。父亲张开瘪皱的唇，一小口一小口慢慢接过我喂去的药液。这情景让我不禁忆起小时候生病的事，那时候父亲也是这样用小匙一小口一小口地喂我吃药。岁月让我与父亲交换了一个位置，曾经疼爱我呵护我的父亲现在正像个无助的孩子等着我给他照顾和安慰。

病痛使得父亲不能成眠，他刚闭一会儿眼就会呻吟着睁开眼向我诉说哪儿又痛了。我守在他身旁轻轻为他揉按着痛处，整整一夜没能合眼，直到凌晨两点，极度疲乏的父亲才真正进入睡境。凌晨三点，父亲突然在梦中笑了，我看见他咧开只剩几颗牙的嘴在梦中绽开无声的笑，这抹沉睡中的笑竟如婴孩般无邪和天真。只是不知道，父亲会梦到些什么呢？

是他的孩子们小时候的顽皮还是他自己小时候的顽皮？

坐在病床旁，看着父亲刻满沧桑皱褶的脸，我第一次真切地感到昔日山一样强硬的父亲真的老了。

那年春节，父亲在医院待上一个多星期后便苦苦央着要回家，他已敏感地想到了自己的身后事。

回到小镇后，父亲在不断地求医吃药中身体已渐渐恢复过来。病愈后的父亲眼里多出了一份淡定，遇事或待人再也不像以前那般倔强了。

父亲已年过七旬，他不再常出家门。他喜欢安静地坐在安乐椅上善眉善眼地看着他的孙子孙女在膝前跑来跑去。母亲早已不再耕种，她转在灶台旁忙着一家人的饭菜。也许是人老了都喜欢忆旧吧，年老后的父亲和母亲都喜欢跟儿孙们谈起以前的事。有时候他们也会提起三婶，语气中早已淡薄了过去那种咬牙切齿的恨。

三婶自搬离街东后便不常往街东走。上了年纪后她就不再赶场做生意。天气好的时候，她搬张小凳子坐在宽大的阳台前晒太阳纳鞋底看大街上人来人往。堂姐们都嫁到外乡去，堂哥也在离家几百公里外的异地工作。去年，堂哥怕他母亲一个人太孤单便接她到省城的家里去。街西那幢大房子终日锁着门。

今年，父亲最小的儿子老满娶亲时，三婶从省城回来了。她一天几趟地往街东走。来吃喜酒的人把街两旁都占满了，她就从他们中间小心地穿过。有街坊招呼她坐下来一起吃饭，三婶一边拿眼睛在人群中搜索一边讪讪地说：人家又没请我，怎好意思坐下来吃饭啊！街坊把三婶这句话带到父亲和母亲耳里，父亲和母亲一致对街坊说：有心要来就自己来了，自己的亲婶婶难道还用别人三请四请吗？

父亲共有六个兄弟，如今只剩下他一人留在世上。母亲六个妯娌中也只剩下她和三婶两个人。在这个世界上，他们是对方至亲的人。

晚年后的他们都已淡忘了仇恨，他们彼此挂念却又不约而同地等待对方第一个开口。

十年的时间里，我经历了许多事。做了母亲后我更深层地理解了"孝"的含义。我想起堂哥当年在校园里跟我说的那些话，终于明白了堂哥那晚在三婶的泪水和号啕声中的退让。是啊，在一个母亲的眼泪前，再坚硬的心都会被融化，何况还是一个寡母的眼泪呢？

我常常会在梦里见到堂哥。他拉着光脚丫的我在沙地上奔跑，细细的沙硌得我脚板心痒痒，我咯咯地笑咯咯地笑一下子就从梦里笑出声来。

听说堂哥成家了，有了一个儿子，而我也有了自己的女儿。家族的根枝在他们这一代的身上又一次得到延续。堂哥的儿子和我的女儿血管里流淌着同一家族的血液，他们是有着血缘相连的兄妹，可却不曾见过面，甚至不知道对方的存在。这仅仅是因为从小镇到省城之间相隔着两百多公里的距离吗？

那么，阻隔我与堂哥整整十年不能相见的，又该是多远的距离？

（原载于《广西文学》2009年第1期）

寻找光的人

　　我需要回溯到2009年，我甚至还需要回溯到更久远的从前，关于写作，是什么时候发生的事，又是怎么发生的。我能想到的是我的童年，那个沉默寡言的孩子，她长时间坐在门槛上，看着家门前丫字形的马路，间或出现两只狗，通常是黄色的大狗，似是欢喜似是恼怒地追逐着，从她眼前跑过。间或是几头猪，黑白相间的花色，母猪通常走在前面，拖着摇摇晃晃的奶，一摆一摆地走，几头花色相同的小猪仔跟在身后，同样一摆一摆地走。更多时候，马路上什么也没有，风吹过，垃圾打着旋，从四周聚拢到一起，白色的纸片或塑料袋试探着，跃了几跃，终于升起来，飞到很高很远的地方，落到不知处去。那个孩子一眼一眼地看，却从不敢走去离开家门更远的地方，因为她识不得路，她已经好几次找不到家，号啕大哭着被人送回来。

她是那样的笨拙。

她长大后仍然笨拙。多年后，当她长成青年，长成中年，仍然需要比别人更多的时间，才能记住一条路、一个人。

这个笨拙的人，常常在内心里，自己与自己对话，她的世界是满的，尽管她目光所及，大多只是一条马路。这个笨拙的人，长大后，仍然习惯在内心里，自己与自己对话，直至有一天，她尝试着，把那些话写出来。

接到《广西文学》主编罗传洲老师的电话时，我在一个名叫西秀小学的村级学校教书。凌云县城从东边扩张蔓延过来，把西秀村变成了城的一部分，我们就在城中，县直部门的办公楼三三两两地立在我们周围，可西秀小学仍然是一所村级小学。我教三年级语文，一群从山上教学点来的孩子，常常写不出一句完整通顺的话。我带着他们在操场上转悠，观察树木花草，教他们如何描述一片叶子、一朵花。

学校只有一间大办公室，十几个老师集中在一起办公。电话机挂在墙上，它响了一声，响了几声。一个老师走过去，摘下话筒，听了两句，就朝操场大声喊，罗南，你的电话。

我跑过去，心里困惑着，不知道是哪位学生家长找我——除了学生家长，几乎没有电话找我。话筒里，我听到"广西文学"和"罗传洲"几个字，其他的便听不清了，因为心脏快速跳动的声音盖过了一切。我一直记得那一天，阳光落到门外的台阶下，明丽耀眼，办公室里很静，同事们坐在桌前批改作业、备课，没有人知道我内心的波澜。那时候，我还不习惯在稿件里留电话号码，除了一个联系地址，寄出去的稿件里并没有我更多的信息。我不知道罗传洲老师是怎么找到学校电话的，我很惊讶。对于一个尝试写作的人来说，意外接到杂志主编的电话是莫大的惊喜。

后来我收到一封退稿信，罗传洲老师亲笔写的退稿信，时间是2007年6月25日，我一直珍藏着。时隔多年，我重阅信件，仍被字里行间的真挚所温暖所感动。罗传洲老师在信中说，我的稿子写得仍轻浅，"散文写作一要真诚真实；二要有一定的信息量；三要有见地，也就是有思想和思考。……"他建议我多阅读优秀作品，"提高眼界，促进思考与分析生活的能力，才可能不断提高自己的写作能力。"

2007年夏天，我坐在学校办公室里品着这些话，电风扇在我头顶呼呼地转动，我心里似乎明晰了什么，而更多的却仍是迷茫。关于思想及思考，我狭窄的眼界并不能轻易抵达它们。那时候，我的眼睛所能看到的，更多的只是我自己。多年后，回头看写作的路，每一步都在印证罗传洲老师的话。

韦露老师的电话号码是罗传洲老师告诉我的，他特别叮嘱，周末时间不要打电话，编辑老师们平时上班已经很累了，不要轻易占用他们休息时间。我记住了，也记住了罗传洲老师的细心。

与韦露老师通电话是因为一封稿件修改意见信，那时候是2008年，我离开学校，借调到县文联工作，寄往学校的信件我没收到。我回学校找过，没找到，便很沮丧地给韦露老师打电话。韦露老师说，没关系，我重新跟你讲。如今我已记不起那篇文章的内容，韦露老师的声音我却一直记得，一如后来我与她熟识之后的温和、真挚、耐心。

温和，真挚，耐心。多年后，我熟识更多的《广西文学》编辑老师，直至很年轻的李路平、李彬彬老师，我发现这六个字几乎是他们的共性，每一位编辑老师对于文学新人的悉心指导，都渗透有这六个字在内。对于文学人才的挖掘、培养、爱护，他们是如此真诚。多年后，我与参加过《广西文学》创作培训班的学员们相遇，大家忆起最初学习写作的时光，谈起我们共同的编辑老师们，都会不约而同地提到这六个字。那么多年了，我们一直被温暖，被滋润。

我想要说的还有2009年夏天，于我来说，那是一个转折点，那个不敢离开门槛半步的孩子，终于站起来，试探着往前迈开步子——我想表达的是眼界，我开始看到门槛之外更远的地方。2009年夏天，我第一次参加文学创作培训活动，第一次见到《广西文学》的编辑老师们，第一次聆听区内外著名作家授课，第一次见到来自广西各地的写作者们。那么多的"第一次"，纷至沓来，像一只只叩门的手，对我说，打开，打开，打开。——我想表达的是，对一个最基层的初学者来说，要跳出自己原有的视野和认知是那样的难。《广西文学》举办的创作培训为基层写作者打开了窗口，我们得以看到更辽远的地方。后来我有幸又参加了几次《广西文学》举办的培训活动，我能感觉到自己一次次打开那些有关于视野、胸襟、情怀的东西，像风，像雨，像阳光，像厚厚泥土之下埋藏有一颗种子，我知道它在生长。

一直到现在，它仍在生长。

2009年夏天，我从凌云县辗转赶到培训地点时，已是晚上九点多，韦露老师坐在大厅里等我，她笑盈盈的，说，你与照片上不太一样。我笑着没有说话。除了笑，我并不知道说什么。可我的心暖暖的，想着，韦露老师怎么就一眼认出我来了呢？

那时候，韦露老师真年轻呀。

那时候，李约热老师真年轻呀。

那时候，冯艳冰老师真年轻呀。

他们全都笑盈盈的，我想，他们肯定看到了我的局促。

几天的培训，我几乎没有说话，我只是看着，听着。李约热老师在说到阅读的时候，随口就能说出一长串一长串的作家名字和作品名字，他的渊博让我再次看到我的渺小。

后来，我尝试着写小说，并把它们投给李约热老师。李约热老师说，我先推荐给《民族文学》，要是他们不用，我们才用。我一直记得内心里的那份欣喜和感动，《广西文学》像一个慈爱包容的母亲，对她的孩子说，去吧，大胆往前去，碰壁了，转回来还有家呢。——那篇小说，《民族文学》没采用，后来发表在《广西文学》上，那是一个中篇小说，近三万字，我第一次写那么长的篇幅。

在《广西文学》发表了两个中篇小说后，我感觉到自己虚构能力的不足，我并不是一个会讲故事的人，于是又转向写散文。从散文到小说，再从小说到散文，某一种东西无形中被打通了，关于散文，我多了一些思考，比如说，可以借鉴小说的叙述，让散文更开阔。

关于韦露老师，我一直有种奇怪的感觉，她总能准确找到我的盲点，告诉我，往哪里去，才能通达散文的秘境——她的修改意见，总会让我得到顿悟，明白稿子的缺陷所在。一次次点拨，一次次顿悟，之前混沌的东西就会清晰起来。

把《然鲁》交给韦露老师是2020年夏天，从上一个夏天，到这一个夏天，时间已过去十一年。十一年里，我从未离开过《广西文学》的视线，从未离开过韦露老师的指导。写下《然鲁》时，脱贫攻坚战已到尾声，扎在山村几年，我内心每一天都有波澜，总想着要记录些什么，比如说，用散文的方式，记录那个名叫后龙村的村庄以及生活在村庄里的人们。他们每一个人的生活日常，就是这个时代的细节。在我的计划里，我需要写十个人，十个人十个章节，每一个章节都独立成篇。写下《然鲁》时，这一切仍是混沌的，我并不很清楚我应该怎么去叙述。脱贫攻坚工程太庞大了，进入我眼里心里的东西很多，我难以取舍。

把《然鲁》发给韦露老师时，她正带着女儿去医院，小姑娘皮肤过敏。韦露老师匆匆忙忙的，仍抽空回复我的信息——她总是这样的，似乎无时无刻不在工作状态中。我有些不安，觉得很愧疚，本想问问小姑娘的病情，最终却没能问出口来。我一直都是笨拙的人，用口头去表达内心，于我是一件羞涩艰难的事。那篇稿子韦露老师当晚就看了，她说，让我想想这篇散文的亮点在哪里。

我觉得惭愧，又觉得温暖。那么多年了，韦露老师一直在帮我找稿子的亮点。

《然鲁》我修改了六次，每一次几乎都是推倒重建，如果以字数计，这篇散文，我前前后后写了六七万字，最后成形的只有一万三千字。在韦露老师一遍又一遍点拨中，我一次又一次纠正我偏离的方向。《然鲁》终于成稿的时候，那群生活在后龙村的人们面目也清晰了，韦露老师为我打通了一条道，我知道如何叙述才能通向他们。

只举一个例子，是因为有太多相似的例子。我像一个在漫漫黑夜里行走的人，《广西文学》的编辑老师们告诉我，往前走，一直走，就能寻找到光。

（原载于《广西文学》2021年第10期）

美好合渣

我不知道，合渣是不是桂西北凌云独有，我只知道，每到秋天，当家里的栏杆上、梁檐下挂满沉甸甸的黄豆篙子，我们就能吃上母亲做的合渣。

小时候，每到夜幕降临，弟弟总会闹——这几乎成了惯例。母亲坐在火坑边剥玉米棒，她听见弟弟的声音开始任意地叠加，或任意地拉长，仿佛眼前的一切突然之间全都变得拧巴起来，便知道弟弟想睡觉了。她放下手中的活儿，转过身来抱起弟弟，说，来，妈妈抱抱。

母亲抱着弟弟，一只手在他背后轻拍，嘴里哼着"推合渣，接太嘎，推豆腐，接舅母……"

我坐在一旁，火坑里，烧得旺旺的柴禾，不时"噗噗"地响几声。这是火在笑呢，母亲说，火一笑，家里就要有客人来了。

在凌云，老一辈的人都相信，火笑，预示着家里有客人来。

我天天盼着客人来。因为只有客人来，母亲才会推合渣。

外婆说，下个赶场天要来我们家。母亲早早地就在盆里泡上几捧新打下来的黄豆。我蹲在盆边，看着黄豆冒出小小的泡，盼着黄豆快快喝水，然后长成肥肥胖胖的样子。可黄豆上的气泡消下去后，我蹲得脚都发了麻，黄豆仍然是硬邦邦的老模样。母亲笑着说，笨丫头，你先出去玩，等你回来，黄豆就长胖了。

果然，傍晚的时候，那些黄豆全都胀得肥嘟嘟圆滚滚的了。

母亲把它们端到石磨边，用一把长柄的勺子，少少地添，慢慢地磨。等磨出来的汁分不清哪是豆浆哪是豆渣，才倒进一口大锅里用小火慢慢煮。

我和母亲并排坐在火铺上，柴火儿映红了我们的脸。三脚架上，铁锅里乳白色的汁水慢慢漾起波纹，母亲拿起架在一旁的锅铲轻轻搅拌，白嫩嫩的泡沫随着锅铲梦一般涌起又落下。等到最后一层泡沫慢慢散开，豆浆豆渣便熟了。还没等母亲站起身来，我已连蹦带跳地爬上碗柜，取下母亲早就准备的酸汁。——这是用川木瓜榨出来的汁，我们家前院种有几棵川木瓜树，每到春天，火红火红的川木瓜花就会将我们的小瓦房烘得热热闹闹。

母亲是点合渣的老手。她的手艺是外婆传给她的。母亲说，外婆的手艺是外婆的母亲传给她的，照此类推，点合渣是很多很多母亲一辈辈传下来的。

我特别喜欢看母亲点合渣，我总觉得那是在变戏法，而母亲是一个法力高强的魔术师——几个酸得让人牙齿打噤的川木瓜果，能变出这世界上最好吃的东西来。

美好合渣

燃烧着的柴蔸被母亲从三脚架里退出来了，锅头的温度便慢慢降下来，等到温度刚好，母亲才细心地把川木瓜汁滴进盆里。母亲说，川木瓜汁点的合渣有种特别的香味。很多年后，我才明白，母亲说的那种特别是阳光、雨露以及更多的来自大自然的东西沉淀进食物里的味道。

点完川木瓜汁，用锅盖盖好，母亲估摸一个时间，揭开锅盖，拿一支筷子插进锅头里，筷子便直直地傻站在豆浆豆渣中，像被施了定身法。母亲的双眼眯眯笑，她低声对我说，成了。

筷子是母亲的法宝，筷子不倒，说明酸汁的量正好，要是筷子倒了就说明川木瓜汁放多或放少了。多与少，关系到合渣的口感，多了，合渣便老，吃起来就粗，口感差，酸味重；少了，合渣就白浑浑的，不清甜。

在桂西北凌云县，只需看吃合渣的方式，就能辨认出不同的民族来。壮族人喜欢把洗干净的青菜切细细的，连同合渣一起放锅里煮，加上油和盐，让青菜的味道和黄豆的味道混合在一起，那又香又筋又润又甜的味道，是壮族人一辈子都忘不了的美好。而汉族人吃合渣，不喜欢放油盐，他们用西红柿炒辣椒，或是辣椒炒薄荷，精心制作出一道蘸水，吃的时候，舀一小勺放到白嫩嫩的合渣上，那一青二白的颜色，煞是好看。我想，那又辣又香又甜的味道，想必也会是汉族人一辈子都忘不了的美好吧。

小时候，老师在课堂上提问，什么是美好？全班同学眼巴巴地盯着老师，就是回答不出什么是美好。老师便叹了一口气，说，美好呀，就是大米芒[①]泡合渣汤，嚮罗嚮罗喝到嘴里，哎哟哟，那个味道呀——就是

[①] 大米芒，桂西方言，大米饭的意思。

美好!

"哦——"全班同学反应过来,集体响亮地咽下口水,"美好"这个词便一下子明了生动。

我查阅过很多资料,都找不到合渣的起源,探问过很多老人,他们都说不清合渣是从哪一辈开始出现的,他们只知道有黄豆的时候就有了合渣,他们的祖母的祖母的祖母那一辈人就会做合渣了。合渣的历史无从考证,合渣便像一个美好的谜,一代接一代在凌云民间从容流传。

(原载于《三月三》2019年第6期)

奔向那地

一

那双眼睛穿过人群向我寻来。她一定等了很久了。

就像我等那地的鼓楼。

那地叫平坦。我抬头在牌匾里寻到它名字时，我的心颤了颤。我的眼睛很快被忙碌的脚步晃乱。那些脚步的主人，她们提着竹编的篮、柳编的篮、藤编的篮，穿梭在我们之间。她们的眼神，她们的笑容，她们的声音，都像她们手里提着的器具，悠远而安静，像远离尘嚣的一湾湖泊，只属于千百年前的悠长时光。

是百家宴。寨子里每一户的拿手菜都被那些手工编制的精致篮子带到我们面前来了。我们的双脚一踏上平坦，迎头就遇上了家的味道。

那双眼睛就在这时穿过人群向我寻来。她穿越无数的背影、无数的面孔，终于站到我面前。我又看到那种悠远安静的笑，像一湾湖泊，从千百年前的悠长时光，舒缓地向我流来。

我叫她阿姨。她笑笑，卷起舌头艰难地想吐出几句普通话，结果，却只是悠远安静地笑。我改说桂柳话。她跟着用桂柳话说，你住我家。她接着补充说，我能听懂你的话，我只会说一点点。她的桂柳话参杂着大量侗语。可是，够了。只需那湾湖泊一样安静的笑流进我眼里，我便能读懂那些仍旧滞留在她心里，无法用相同语言表达出来的另一半话。

像是一湾湖泊流进了另一湾湖泊，像是从千百年前一起走来的失散的两个人，一个微笑，我们便认出了彼此。

二

我喜欢在阿姨家楼上走来走去。我的脚踩过那些平展展的木板时像施了魔法，在别人听来嗒嗒嗒的声音，在我听来却是咿呀咿呀的叫声，像外婆在呼唤我的乳名。

外婆已经很多年不叫我乳名了。外婆睡在离家不远的枫树下，沉默安静地注视着她和外公共同建起的吊脚楼。每年枫树绿得像一捧捧翠玉的时候，我和妈妈便翻越很多很多座山，来到枫树下看外婆。我们从外婆的吊脚楼走过，走完那条长长的廊，就能看到枫树绿莹莹地挺立在山脚下。外婆听见家里木板咿呀咿呀地一路叫过来，就知道女儿和外孙女来看她了。

木板在阿姨头顶来来回回咿呀咿呀地叫，她从楼梯口伸出头，微笑地看着我，她的笑柔软得能吸纳一切，带着洞悉一个孩子全部秘密的狡黠。她知道外婆家的吊脚楼吗？在离她一千公里远的地方，那座壮家人的吊脚楼，它正从我记忆深处走出来，与眼前这座侗家人的木楼接通重合。正如她的柔软与外婆的柔软一样，在她的眼睛穿越人群向我寻来的瞬间，在她从楼梯口伸出头狡黠微笑的瞬间，蓦然接通重合了。我看见三岁的我、五岁的我、六岁的我从一千公里远的那座吊脚楼跑过，木板咿呀咿呀的声音像只活蹦乱跳的小狗追在我的笑声和脚步声后。妈妈和外婆坐在木栏杆边，午后的阳光暖暖地从山头照过来，她们面前是一大箩筐金灿灿的玉米棒。妈妈和外婆轻声交谈，她们双手不停歇地剥着玉米粒，眼睛却柔柔软软地跟着我快活奔跑的身影，一直跟到现在，跟到我一听见木板咿呀咿呀的叫声，就会不由自主地跌回过去，跌回那个有着暖暖阳光和暖暖目光的午后。

住到她家来的一共是三个人。我，明媚，还有老鸟。我们在厨房做饭菜的时候，她像个孩子跟在我们身后围转，她的桂柳话生硬艰涩，她伸出手指点向我们，一个一个叫我们的名字，你是罗南，你是明媚，你是老鸟。

她害怕记不住我们，每天都这样点叫我们的名字。我眼睛没来由地潮湿。我想起九十三岁的外公，他的背弯得像一张弓，他说，我记不住你们了。他指着我和姐姐，说，你是依呀，你是应花。我们便拖着声音甜甜地应，是呀，外公。没过多久，他又指着我和姐姐说，你是依呀，你是应花。我们又拖着声音甜甜地应，是呀，外公。

现在，我们也这样一遍遍甜甜地应她，是呀，阿姨。她便又笑，依然是那种悠远安静的笑。

她跟我们说起家事。她的四个儿子，一个女儿。女儿出嫁了，四个儿子，两个在广东，一个在柳州，一个在南宁。她掰着指头，给我们数他们一家十五口人。这是一个大家庭，只是现在，家里只守着她和老伴还有一个四岁的小孙女。

十五口人从她嘴里走出来,屋里立刻满满当当。她的目光伸得很远很远,伸进完结已有一个多月的春节里不舍拔出来。她说,那几天真热闹呀,全家人围坐在一起。

我的目光顺着她的目光爬进她内心深处,我看见那里虚掩着一扇门,只需伸手轻轻一推,门就会吱呀应声打开,门之外的与平坦完全不一样的东西就会立刻涌进来。

我不敢推开那扇门,我害怕门之外的东西。我逗着四岁的小女孩,把从她嘴里走出来的十五口人赶回她嘴里去。我伸手想要抱抱小女孩,小女孩小嘴往下一撇,做出要哭的样子,扭头钻进她奶奶的怀里。

三

我等这鼓楼等了很多年。

这之前,它们待在不同的画面里,是一种神秘和安宁。它们层层叠叠飞翘的檐像载着一个远古的梦,这个梦长久地伫立在每一个侗寨,立成了岁月和符号。

现在这个梦就在我梦里。它每天早晚两次透过窗户流进来,一声,一声,又一声。是锣声。有人用侗语在大声喊着什么。

她告诉我,有人在鼓楼敲锣,提醒全寨人注意防火。此后,我每每走过鼓楼,便会抬头,对着巍然挺立的鼓楼发呆。鼓楼飞翘的檐角和尖顶从一寨子黛色的木楼层层拔起,直冲云霄,那锣声就从很高很远的地方落下来密密匝匝包围我,我看见一辈又一辈侗族先祖,他们站在鼓楼下高喊,小心火烛啰!

一刹那,我恍不知身之所在。

我一次也没见到敲锣的人。他像一个谜隐在清晨和傍晚后,在某一个我看不到的时间皱褶里，敲响密码，与族人对话。我只看到他走进鼓楼的痕迹，曲曲折折，通向千百年前的光阴。当他走出来的时候，那些光阴的安静和悠远便沾得他满头满脸，沾得平坦满头满脸。

阿叔走进家来，他是芦笙手，前些日子一直在柳州吹芦笙，他没见过我们。我刚想向他解释我们这三个入侵者，看到他的目光，便知道解释是多余的。想必阿叔和她一样，等我们等了很久。

阿叔说，我给你们吹芦笙吧。阿叔兴致勃勃，他的脚甚至都没跨完门槛。我们劝他先歇歇，阿叔却已在逼仄的过道里吹起了芦笙舞起了脚步。光线从阿叔身后的窗外探进来，阿叔的舞步在光线里摇曳。我想起那位唱十二月情歌的侗族汉子，他的年轻和俊朗，他的歌深情得让人想掉泪。

她坐在我们身边，对着舞动在光线里的他微笑。我们说，阿姨也唱个歌呗！她摇头躲闪，像个少女。阿叔含笑的眼睛望向她，像共同酝酿一个秘密。

我知道她会唱，我知道她娘家离他家不远。顺着他和她对视的目光，我能看到很多年前那些个月色如水的夜晚，他走到她窗前，他的歌声穿透她的窗户。她的窗户还曾挤进过很多青年男子的歌声，可她只认他的歌。他的歌是魅，他一开口，便摄走她的魂。她便也唱。歌声流淌在如水的月光里。所有的人都听出来了，她的歌唱的全是他。

我没向她打听侗族"坐妹"的习俗细节。有关她和他的往事，在目光与目光对视中，已像清凌凌的溪流朝着我们轻淌而来，溪流所经之处，我们看到万物生长。

像一滴水融入另一滴水，或是，我们本来就是一滴水。晚上围坐在火盆边聊天的时候，我常常会蓦然想到这样的问题。他们给我们说寨子里的事，那些人和事流经他们的嘴，鲜活地立在我们面前，像很多年以前就已熟悉，像我们从来就生活在这个寨子里。我看看她，又看看他，感觉我是他们孩子中的一个，明媚与老鸟，是他们孩子中的另几个。我们一起从千百年前走来，走到平坦。我们把时光藏匿在鼓楼的某一个地方，只等清晨和傍晚的锣声响起，那些时光的记忆才轻盈盈地从很高很远的地方落下来，落到平坦这座木楼里，落在我们身上。

四

我喜欢漫无目的游荡，穿过狭长的巷子走到某一户人家里，坐坐，聊聊。我总能遇上那些悠远和安静，这让我疑心在很多很多年前，它们跟随时光流淌，流经平坦，突然停下来不走了。

师姐和小碗的家在鼓楼旁——我们喜欢把房东家称为自己家。我去找师姐和小碗的时候，长时间赖在他们家不走。房东夫妇和他们的儿子女儿围坐在一张小桌子边，细声慢气地聊天。那儿子长得白净修长，他坐在桌子一角，安静倾听，他笑起来的时候，露出洁白整齐的牙齿，一脸阳光帅气。

我和师姐还有小碗走进来，坐在他们身边，加入他们话题，或是站起身离开，去做别的事。小桌子边的氛围从来不会因为我们的加入或离开变得生硬涣散。我的目光常常会不由自主越过他们停落到窗外，那些精致的木窗棂外，鼓楼无声坚守在毛茸茸的细雨中。那些游移不去的悠远安静，它们凝成一种气韵，氤氲在这屋子里的每一个角落，让我流连欢喜。

一直有雨。从我们双脚落到平坦，这雨一直纷纷扬扬。细无声息，悄无声息。像薄纱，笼罩我们却不会淋湿我们。

春天的平坦，到处是翠莹莹的绿，绿得惹眼惹心。师姐挎起篮子，说去找野艾。我们一起走进雾气一样的毛毛细雨中。我喜欢这雨，它们落在我肤发上，只清凉一下就倏然不见了。似乎不是雨，而是一种感觉，它们缈缈漫无边际，似乎生来便是平坦不可分割的一部分。

穿过狭长的小巷，我们遇上三三两两的乡亲。她们挎着篮子，篮子里装着刚刚摘采下来的茶叶。我们对着她们微笑，她们还以微笑，像我们最初见到的悠远安静。我知道那些茶，它们生长在后山上，离人家户很近，绿云一般向山顶缠绕。我的家乡也种茶，它们生长在云雾缭绕的高山上，与人保持冷峻的距离。我从来不知道，茶原来可以这么亲切，充满人间烟火。

寨子里的路，狭窄曲折，往上延伸，往下延伸，往寨子外延伸。这些路，我们走了无数次。白天，夜晚。我们走来走去，走得寨子里的大狗小狗闻到我们的气息全然没有兴趣伸出头来假装吠一吠。

小刚老师远远向我们走来，他身旁是一大片黄澄澄的油菜花。小刚老师独自一人走在开满油菜花的小路上，路的一头是平坦，另一头是平坦外遥不知处的远方。像一帧意味深长的画。

我们向他招手。师姐大声问，小刚老师，您看见野艾没？小刚老师朝我们笑，他走近我们的时候，仰头看了看天空，说，我喜欢这样的雨。

我也仰头，雨点飘进我眼里，凉丝丝的。我在心里说，真好，原来不只我一个人喜欢这雨。

五

我不知道阿叔什么时候站到车边的，她站在阿叔身后，两人沉默不语。我想走过去抱抱他，抱抱她，却只是笑笑。

阿叔木讷讷的，一点也不像他原来的样子。我想起植树节那天，老鸟在家的坝院坎下种桂花树。阿叔快活地说,你们种树,我吹芦笙给你们听。他停了停,又奔进屋子里,很快换上一套漂亮的侗族服装,阿叔说,我穿漂亮的衣服吹芦笙给你们听。

那天,阿叔在坎上跳舞吹芦笙,老鸟在坎下种桂花树。我在一旁举起相机,我的眼睛不知道什么时候飞进了雾,怎么也不看清眼前这两个男人。不,两个大男孩子。

我还想起那天,我在寨子里游荡。她从身后拍拍我的肩。我扭头,看见笑脸盈盈的她。她挎着一只篮子,嫩鲜鲜的春茶芽从篮口冒出来。我说,阿姨,您不是说下雨天不采茶吗?在家的时候我们就说好的,要跟她一起上山采茶。

她笑笑,歪着头,眉心豆大的痣随着她的眉毛动了动,像一个阴谋得逞的顽皮孩子。她心疼我们,像一个母亲心疼她的孩子。她不知道我们从小生长在农村,皮实,这丝丝雨根本奈何不了我们;她不知道,在我的家乡凌云也生长着一大片茶树林。

那时候的他和她,像两个快乐的孩子。现在,他们仍然像孩子,像两个不快乐的孩子。

我害怕离别,不管什么样的离别都叫我伤感。离开那晚,我故意不告诉他们,我不想让他们来送我。可他们到底还是来了,一言不发地站在我身边。也不知道是谁的忧伤感染了谁,我们集体忧伤着,神色木然。

我不敢与他们的眼睛对视,我把目光伸向他们身后高高的鼓楼,尖的塔顶似乎刺进夜幕里,像立着一个高远的梦。我在心底一遍又一遍拥抱他,拥抱她。

(原载于《广西文学》2015年第10期)

从德保到德保

有些地方，去过了多少次仍然是陌生；有些地方，从未去过却已心心念念千百回——德保于我来说，便是如此。

很多年前——当我不再年轻，我特别喜欢使用这个词，它并不来自马尔克斯的《百年孤独》，而是来自岁月。当岁月覆盖岁月，回过头，便轻易能看进时光里，那些远去的往事清晰的纹理。——很多年前，当我还是懵懂少年，德保便以最美好的形式，展示在我面前。关于德保，很多年后，当我提笔想记录一些什么时，我想到的首先是她，还有他。

那一年，她亦年少。我们从一群陌生人中穿过，坐在同一张书桌后面，在那所名叫百色地区民族师范学校的并不宽敞的教室里，我们相视而笑，我看见她黑的眉毛，她的笑容里隐约看见坚韧的东西。她说她是壮族人，可是，她说的壮话，我半句也没听懂。那时候，我以为，全天下的壮族人都是一样的，一样的装束，一样的语言，就算是在熙攘的人海里，我们只需用眼睛或耳朵，就能寻找出对方来。一直到遇见她，我才知道，原来这世上，壮族人和壮族人居然也可以不一样。

她笑称那叫"德语"——德保人的语言。很多年后，我走过很多村寨，去到过很多地方，我的耳边不时流进她的语言，或我的语言——这一南一北的壮族语言，像纵横的路，听久了，看多了，就会发现许多岔口，每一道岔口里都隐藏有彼此熟识的音节——像破译的密码，找到它，便能很轻易地打通那些只属于壮族人的秘密甬道。"北轮"就是去玩，"北嫩"就是去睡，她教过我很多很多"德语"，我却只记住这个，而且并不能肯定我记的是否准确。我是一个粗糙的人，一直都是。

她手巧，针织活操练得出神入化。她常常安静地坐在宿舍的床上，一边听我们说笑，一边娴熟地舞动双手，米黄色的毛线层层垒起，一件毛线衣的雏形在我们眼底完成。我喜欢米黄色，便也一直记得她男朋友的样子。很多年后，我无数次去到德保，无数次见到她，她饱满的稚气在岁月里流逝，最后沉淀成一个中年妇女的从容和清瘦。不知为什么，每次见到她，我脑子里首先映现的却总是那件米黄色毛线衣和她男朋友的样子。

年少的时候，时光很长，梦想也很长。中师三年在我们心里，漫长得没有边际，后来有一天，我们真的毕业了，校园里原先枯燥的一切，突然之间变得依依不舍起来。分开那天，她泪眼婆娑，我亦是，我们以为从此以后，便是天涯，其实并不是。年少时，总喜欢把瞬间当作永恒，而把永恒当作瞬间。

关于他，我从未想过要写下只言片语，在大片大片空白的青春梦想里，他曾经占据几乎全部的空间。事实上，他从来不曾存在于我的现实生活里。我想，在我身上，很早很早以前就显示出有写小说潜质的端倪，只是我自己没有觉察，别人也没有觉察罢了。我有着比常人更丰富的想象力，比如他，我就时常想象，很多很多年后，当我长大，当我的五官舒展开来，我就会变成一个美丽惹眼的姑娘，那个时候，我会守候在德保，在他经过的路口，安静地用一个眼神或笑容留住他，就像张爱玲写的那样："于千万人之中，遇见你所要遇见的人，于千万年之中，时间的无涯荒野里，没有早一步，也没有晚一步，刚巧赶上了，那也没有别的话可说，唯有轻轻地问一句：噢，你也在这里吗？"

这样幼稚的想法，我却用了整整十年去等待。十年后，我的五官舒展开来，我却没能如愿变成一个惹眼的美丽姑娘，我也没能守候在德保，在他经过的路口，用一个眼神或笑容留住他。没有，什么都没有。生活以他特有的幽默击毁了我对他的所有梦想。我辗转在一个又一个山村小学里，完成了我青春的华丽蜕变。

在她和他之后的很长时间里，我都没有去过德保，我无从知道德保的模样。可是，因为她，更因为他，德保于我是深情的，像黏稠的蜜。

我已记不清第一次去德保的情景，我不能准确记起第一次去德保是因为小西湖还是因为红枫。可是我能肯定，不是因为她，更不是因为他。她或他都已成为往事，成为遥远记忆中温暖的部分。时光总是这样的，我们最终会被它打败。当我们的生活被时间和地域隔开，我们便只拥有眼前的人和事。

从她到他，从少年到中年，从未曾去过德保，到无数次去到德保，德保于我来说更像是一个预言，它的未曾出现和必然出现，一切都在冥冥中注定。

来德保，得宝。我不能证实这是否是德保县的广告词，我依稀记得在一幅巨大的高炮广告上看到过它，却也依稀记得是从一个朋友的嘴里听到过它。不管它来自何处，它真切地铭于我记忆里，鲜活生动。

来德保，得宝。当我跟着一群摄友，在凌晨五点，在小西湖云雾迷蒙的岸边拍渔人撒网，当我们踩着连珠桥青黛的桥面从曲折的河面走向云雾深处，当我们身置油葵花海，摄人或被人摄时，摄友们就会从嘴里念叨出这句广告词——来德保，得宝。

我却时常想起一位古人，岑天保，那位从历史里走出来的土司，镇安土府第十世任官。因为他，德保县曾一度被命名为天保县。

我很想从有关岑天保的历史文字里梳理出一些丰盈的细节和曲折的情节，像写一部扣人心弦的小说一样，获取更多人猎奇的心。我想从一个人身上，引出德保更深的历史。可惜我做不到。这个家族像谜，只在我走到有他们痕迹的地方，只在我与他们后裔交谈的瞬间，跳出来袭击我的内心。我知道我会寻找到他们，只是，我不知道那一天会是哪一天。

从德保到德保，像一个悖论，跟随我，从少年到中年。我所遇到的那些人，那些事，都是为了让我在多年后遇上德保，就像序幕。

（原载于《广西政协报》）

遇见合山

在这之前,我没来过合山。我想象不出合山。

选择交通路线的时候,我犹豫了。虫虫说,从百色坐动车到来宾呀,来宾离合山只有不到一个小时的车程,你到来宾,然后我们一起去合山。虫虫是来宾人,散文家,我曾经的同学,二十二天的同桌,他每天倒一杯茶搁在我桌上。我拍拍他的肩膀,说,兄弟。兄弟不言谢。

我喜欢来宾。有关来宾的一切,都会让我莫名温暖。那样的情感来源于虫虫,还来源于虫虫之外的另一个来宾人。

合山离来宾果然很近,坐在车上,虫虫还没讲完李宗仁,合山市就到了。我恍恍惚惚下车,恍恍惚惚走进宾馆,心里一直惦念着李宗仁。这位中国近代史上的风云人物会与合山有什么特殊关系呢?合山让我感觉神秘。

吃过晚饭，我和杜小杜漫无目的地走在合山街道上。风从马路上刮过来，扑到脸上，带着一股夏季里特有的热浪，我用力吸了一口，没有闻到煤的味道。杜小杜抬眼望望山，说，合山与凌云差不多。杜小杜不久前刚去过凌云，她喜欢凌云的美食。她是个不折不扣的吃货，估计在她眼里，在凌云的味道还没完全消失之前，走哪儿都像凌云。我跟着她的眼睛望去，不远处，山低低地临于眼前，一副低眉顺眼的样子。我找不到合山与凌云相似的地方。凌云的山大多巍峨，那样的山是适合"蛮王"做梦的，因此，当年，侬智高"大南国"梦碎，兵败南宁时，他的部属沿着河流逃往凌云，藏匿于那样的山中，藏成了一代枭雄。沧海桑田，一千年过去，凌云人提到"蛮王"，耳边仍能听到山野里兵马呼啸的声音。而合山的山是低矮的，温婉而安静。我实在想象不出地层之下的煤，蕴藏的滚热力量是以什么样的方式存在。

我对煤想象贫乏。很小的时候，有地质队进驻山逻街，那些操着外地口音的男男女女驻扎在离我家只有十分钟路程的地方。我记得有一个眉眼俊朗的年轻男人，他常来我家玩，后来有一天，我的三姐失踪了，后来又回来了。来与去之间，三姐悄无声息地完成了一次热恋和一次失恋。地质队驻扎的地方，山逻街的人称之为煤矿，可我从来没见过煤，煤在我脑子里，没有颜色也没有形状。

合山的煤也没有颜色和形状。我跟着人群从一个厂出来又进入另一个厂，合山的煤在我脑子里仍然没有颜色和形状。我看见天是蓝的，绿色的植物在我身旁生长。我呼吸的每一口空气里，都没有煤的味道。

晚上，我靠在床头，翻阅合山的史料——我从工作人员的手里拿到一套《合山文史》，我喜欢读史料，隔着光阴去看光阴是一件很有意思的事。

"光热城",所有的史料都在提这个词,它带着时代的烙印,从字里行间,从时光深处,无数次撞进我眼底。不少篇幅说的都是合山作为工业城市曾经的辉煌。"广西煤都",撰写文章的人这样用词,让人很轻易就能触摸到字词之下蕴藏的鼎盛和磅礴。

清光绪31年(公元1905年),武宣人刘统丞在迁江县合岭山土法挖掘煤炭屡遭失败时,他大概不会想到,在他之后的一百多年时间里,合山的煤炭会成就那么多辉煌。

一直到2009年3月,合山市被国务院列为第二批资源枯竭型城市,一座城市的焦虑就此显山露水。

从2009年到2016年,我与那段焦虑之间整整相隔了七年,我不知道七年里,合山市经历了怎样的挣扎拼搏和生长。七年后的2016年7月10日,当我站在合山这块土地上时,合山已完成了她的华丽转身。

那天似乎下着蒙蒙细雨,我记不太真切了。我和虫虫站在江滨路旁扶栏远眺,一湾碧波从我们眼前轻缓流过。虫虫说,这就是红水河。我记得很多年前看见过红水河,那时候是在贵州,几个朋友自驾去旅游,我们站在滔滔荡荡奔流不息的红水河旁,拍了很多照片。真没想到,很多年后,这条河流竟是以这样的方式,在合山市再一次与我相遇。缘分真是一件神奇的事,谁与谁的相遇似乎都是命中注定的,例如我与虫虫,例如我与另一个来宾人,更例如我与合山市。

虫虫指着河的上游说,我在那里工作了几年。他看见我眼神懵懂,知道我脑子没转过弯来,解释说,那里原来有个工厂。

哦,我应答。其实脑子里仍然一片空白,它自动屏蔽了所有的工厂。我的眼前没有工厂。我的眼前,水雾迷蒙,红水河温婉恬静得像一幅水墨画。

那些天里，我们乘坐的车辆在山道上爬行，我看见树木、田园、溪流，它们晃着身子从车窗外跳过。市长指着不远处，说，那里原来是矿区，我们将保持原貌不动，把它打造成博物馆。

利用百年矿山开采的遗址，打造工业旅游项目，于我，倒是第一次听说。它会是一种见证吗？广西工业发展史的见证，像一部活的历史教科书？

在东矿园区，一些矿山元素被艺术地集结在一起，无声透露出合山国家矿山公园博物馆的味道。旧墙上巨型的动物涂鸦、废弃的机械零部件完成的雕塑装置、长长的窄道铁轨、以奔跑姿势凝固在铁轨上的旧火车……一个时代、一种历史的记忆被定格下来，我想起蝴蝶或鹰，它们被制成标本后，栩栩如生的色彩和神态。

"百年老矿，十里花廊"，当我坐在铁轨自行车上，沿着轨道骑奔时，心里涌起昨夜在史料里看到的句子。这条由旧火车轨道改造成的绿色蔓藤隧道，设计者是想以爱情元素，渲染浪漫清新氛围。从煤到爱情，这之间的跨度会有多大呢？而逾越这跨度的，我想，那肯定不是爱情。

我也没有想到爱情。我只享受我眼前看到的一切，蓝的天，清的水，绿的植物朝着阳光自由地生长。

（原载于《广西民族报》）

迷路的孩子

我不知道，那年我几岁。

年老后的巴修常常突然走进我们家的门，那时候，也许是清晨，也许是中午或傍晚。她的声音隔着大老远传进来。母亲听见了，便嘱咐我们把凳子摆好。巴修走进来，一屁股坐到凳子上，家长里短地与母亲聊起天来。

年老后的巴修很寂寞。年老后的母亲也很寂寞。两个寂寞的老人坐到一起，把现在说尽，把过去说尽。第二天，说尽的话题又翻出来，再说一遍。

年过三十，我才发现，我的记忆是断裂的，山逻街的过去和现在，在我脑子里没有细节。像蒙太奇，一刀一刀剪下去，我便突然变成一个中年妇女。年近不惑，山逻街的细节日愈在我心头沉重，那些原先空白的部分，像豁掉的口，让我无法看清山逻街的面目。因此，每当山逻街的老人坐到一起，我便会提一张凳子跟过去，等着，山逻街的细节像水一样从她们的嘴里流出来，流到我这里，我再把它们组合起来，填补上被岁月剪掉的部分。

巴修说，那晚，你哭着往妖店那边去，是我把你带回家的。同样的话，巴修重复了很多次，就像她嘴里重复无数次的那些现在和过去一样。

我便清晰地看到很多年前的自己。瘦小的身子，单薄地裹挟在一群潮水一样涌出的人流中，张大嘴巴用力地哭。我是那样的惶恐无措。我找不到父亲了，也不知道家的方向。我脏兮兮的小手，不停擦拭着泪眼，号啕大哭着，朝与家相反的方向，越走越远。

我不知道父亲有没有慌张。他走进电影院的时候，手里牵着也许是三岁，也许是四岁的女儿，走出电影院的时候，双手却是空的。也许，他还沉湎在电影情节里出不来，这得等他回到家很久，等到他在临睡前，把奔劳了一天的双脚泡进温暖舒适的洗脚盆里，才会想起他的小女儿还被遗忘在电影院里。——几乎每个晚上，散场后的电影院里，总会有被家长遗忘的孩子，他们睡在长长的水泥墩上，沉沉的睡眠过去，他们独自醒来，揉搓着惺忪的眼，看见漆黑的夜空和空荡荡的四周，号啕大哭。

巴修背着一背堆码得高高的玉米秆迎面走过来，她认出这个闭着眼睛走路，哭得声音嘶哑的小女孩是乜彩家的，她叫了小女孩的名字。小女孩仰着泪脸，立马像见到母亲一样，哭得更伤心了。她认得巴修，她曾无数次跟随母亲去过巴修家，那间光线昏暗的房子，时光像是凝滞了一般，分不出清晨或黄昏。被烟火熏得油腻黑漆的墙上，密密麻麻趴着许多蟑螂，一动不动地把自己隐进墙的颜色里，待得人的脚步走近，便水一样猛然四处流动，张皇奔逃。

巴修把手伸向小女孩，小女孩抓住她的手，停止了哭泣。她知道，这只手将会准确无误地把她带回家去。

这段从巴修嘴里流出来的往事，在很多年后，不时窜出来撞击我的心。我常常会蓦然看见那个小女孩，隔着几十年的时光，从马路那头，踽踽向我走来。她的身旁车水马龙，她是那样的孤独惶然。

电影院离我家并不远，如果用脚步丈量，也许只是五百步。从电影院出来，走一条不算太长的巷子，往左，是学校，是妖店，是离我家越来越远的地方；往右，是集市场，是街十字路口的大榕树，是我家。这一左一右，南辕北辙，我用了很多年才分得清它的方向。我的迟钝，在很小的时候就露出端倪。长大后，我的反应永远比别人慢半拍，我时常会感觉到无所适从，不知道怎么应对身之外的人情世故，每当那时候，我便会清晰地看到很多年前，裹挟在熙攘人流里的孤独和惶然，它一直潜伏在我身体里，那么多年，从来不曾离去。

小时候，山逻街很大，我的眼睛很小，视线到达的地方，只装得下家门前的那片空地。五姐和她的玩伴们吃过晚饭后，在空地上玩跳房子或跳皮筋的游戏，我坐在门槛上，眼睛跟随她们的身影流转，便是整个山逻街。

在视线之外，电影院像一个传说，它在山逻街的尽头，轻易不能靠近。父亲或四伯父高兴的时候，就会把我藏到大棉衣里，偷偷带进电影院。我记得那件大棉衣，军绿色，过膝长，有着深褐色的毛领。我躲在父亲腋下，厚沉的棉衣让我喘不过气来。父亲拿着一张电影票，装着若无其事的样子，趁人最拥挤的时候，把票递给守门的人。

守门的是两个中年男人，一个姓杨，一个姓周。周温和，永远看不见藏在大棉衣里的孩子。杨很凶，眼睛像鹰，常常一把从大棉衣底把我拽出来，恶狠狠地推出电影院的门。父亲回头看我一眼，这一眼瞬间把我推出很远，远到我与他没有丝毫关系，只是一个趁他不备悄悄钻进他衣襟底下的赖皮孩子。父亲没有停下脚步，他跟随人群流进电影院深处。那时候，我大约六七岁，已经长高到无法让大人牵着手，坦坦荡荡地走进电影院的门。我也没有一角或两角的零花钱，用来买一张电影票——在山逻街，几乎所有的小孩子都没有零花钱，那是一件奢侈的事。我悻悻地退到门外，身子靠在电影院的外墙，一盏白炽灯的光暗淡地照在我头顶，我看见自己的影子，沮丧地缩成一团，委屈地躺到我脚下。

五姐不知道这些。她比我高，比我胖，父亲和四伯父都不愿意把她藏进棉衣里。回到家，五姐问我，今晚电影演什么？我想了想，随口编一个故事。我不愿意向她承认，一整个晚上，我都傻呆呆地站在电影院门外，用后背百无聊赖地撞击墙壁，自己跟自己玩。

我无数次梦见电影院，在很多年后。我躺在远离山逻街的地方，在城市的车水马龙里，梦见很多年前的电影院。仍然是高高的围墙，宽阔的场地，一大片繁星悬挂在我头顶上空。我一个人坐在冰冷的水泥长墩上，许许多多的水泥长墩，整齐地从我身后，从我左右两旁，无限蔓延。从机房投过来的光束，越过我头顶，投映在银幕上。放映机的声音，跟随着这些光束，在我耳边吱吱作响。银幕上，一个人的脸部突然被灼烧出一个焦黄的点，点慢慢扩大，变成一个烧焦的洞，像电影里的慢动作，那个人的脸慢慢坍塌下来，像暴晒在阳光下的冰激凌。有声音在某一处角落里喊，烧了，烧了。更多的声音跟着喊，烧了，烧了。光束猛地掐断，再投过来时，那个人又完整地站在银幕上，继续说话，继续笑。

这些片段，零碎地储存在我的记忆里，在时间深处。我以为全然忘记时，它们便蓦然蹿出来，在另一个时空重复上演。我在梦里回到童年，又在梦外回到中年。那些许许多多的电影，却从来不曾有一个完整的故事，能存于我的记忆中。

在时间里，所有的事物都是蒙太奇，一刀一刀剪下去，便不再是原来的样子。很自然的，有一天，山逻街十字路口那棵大榕树下，用来写电影名的小黑板上没有字了。很多天前放映的那部电影名，孤零零地躺在小黑板上，几场风吹过，几场雨淋过，粉笔写成的字迹像迅速衰老的人，面目模糊了，不见了。山逻街的人从那里走过，都渐渐习惯不再抬头往墙上看。

很多年后的某一天，我从电影院的巷子路口走过——那时候，我在一所名叫大石板小学的山村学校教书。周末无聊的时候，我便回到山逻街，一个人，在大街上漫无目的地到处游荡。那天，我无意中抬头往左边瞟了一眼，石灰粉涂抹的水泥牌坊上，"逻楼电影院"几个红字很突兀地撞进我眼里。我忍不住又多瞟了一眼，那些斑驳的蜘蛛网，便生出许多沧桑的忧郁来。我的心莫名被揪了一下，不由得抬脚往那条小巷子走去。

只不过是拐一个弯，山逻街的热闹，便在小巷子戛然而止了。沿途疯长的草，从墙根攀爬过来，把路面占去一大半。我踩着没长草的另一半，像踩着一个很遥远的不真实的梦。

电影院的门敞开着，我站在门边，伸头往里探。——有那么一瞬间的恍惚，我内心是忐忑的，似乎门内会突然走出周姓或杨姓的守门人。——我已经很久没见到杨姓守门人了。周姓守门人我见过一次，在我住的小区里，他似乎中风了，走路不太灵便。他妻子扶着他，从我身旁走过。他回头看我一眼，仍然很温和的样子。我朝他微笑。我知道，他不会记起我，那个藏在棉衣里的孩子。

电影院里一个人也没有，空旷的场地里，摊晒着许多八角果。我走进去，小心地踩着八角果的空隙，又像踩着一个遥远的不真实的梦。

长长的水泥墩在我眼前一排排整齐铺开，我走到离银幕最近的那排，坐在正中间，这是父亲和我都喜欢坐的位置。很多年前，一只毛毛虫不知什么时候从银幕下方的草丛间潜过来，爬到我肩上，一次又一次，试探着往我脸上爬。我扭头，看见它毛茸茸的剪影，它高昂着头，立起半截身子，又一次试探着往我脸上爬，我吓得尖声大叫。父亲弓起拇指和中指，轻轻一弹，毛毛虫在空中划一道弧线，复又落回草丛中。

　　浓郁的八角果味道弥漫在空气里。我闭上眼，又看到小时候的自己，踽踽向我走来。她是那样的瘦小单薄。我伸出双臂，紧紧抱住自己，侧身躺在水泥长墩上。

　　　　（原载于散文集《穿过圩场》2017年广西师范大学出版社出版）

朝着光的方向奔跑

我已经很久没提那段往事了,也许我以前也不曾提过,我记不清了。近年来,我愈来愈忘事,常常一个转身就能把别人刚交办的事忘得一干二净,或是同一件事向同一个人反复提起,直到那人不耐烦地打断我。

我看到时光落在我身上的样子,像一堵斑驳的墙,被侵蚀剥落。我站在时光这头,早早看进我的老年,孤独,唠叨,孱弱,健忘,而且脾气一定还会很坏。很多时候,我独自从街头的车水马龙穿过,某一个瞬间,便会看见小时候的自己,在每一段时光里奔跑。

我忆不起我的声音,有关于童年或少年。一个讷言孤独的孩子,她的世界更多的是别人的声音。一些零碎的记忆片段,在我长大后,被别人拼接或被我自己拼接,它们沉淀进我心里,组合成另一个山逻街。——这个桂西北大石山区小镇，我在那里出生长大。当我匆匆穿过时光站在中年这头，蓦然回首，却发现，我竟然从来不曾看清它。那些远去的纹理却在某一个不经意间，从时光深处潜过来，猛然袭击我，它们也许是一句话或一个微笑，甚至是一种气息。它们来自山逻街，这是那个小镇给予我的全部生命质感。

我是一个怕黑的人。小时候，天一落黑，我就不敢独自走进房间。那间逼仄的房间，堆放着许多杂物，在煤油灯摇摇晃晃的光焰下，每一个角落都像躲藏着一群拥挤狰狞的鬼魅，在伺机窜出来伤害我。父亲说，你别怕，把眼睛睁大，看清那些杂物的样子，知道它们是什么东西，就不会害怕了。父亲是对的，只不过，这些话，我需要穿越很多年的时光才能抵达它。

从师范学校毕业那年，我被分配到一个名叫大石板小学的山村学校里教书。大石板小学在逻楼镇最边沿，我曾一度怀疑它不属于逻楼镇管辖。那所山村小学校掩映在一片浓密的树林里，下得车来，人站在马路边，仰头四处搜索，并不能立刻寻找到它。

我特别害怕黑夜的来临。放晚学后，学生们都回家了，他们像一把沙子，撒进山的皱褶处，出现的时候没有声息，消失的时候也没有声息。白天里琅琅的读书声，在傍晚来临时，梦一样遥远和不真实。校园空荡得只剩下一种画面，黑暗中，学校四周的树林从白日里的清冷陷入黑夜里的冷清，它们箭一般直插云霄，从一种孤独进入另一种孤独，决绝得没有半点犹豫。

那个男人几乎每个晚上都来，他隔着蚊帐坐在我床边，安静地看着我。我一惊，慌忙拉亮灯，他便消失了。我的床边，暗淡的灯光撒落一地，我的书堆放在桌上，仍然是临睡前翻阅的样子。我定定心绪，熄灭灯，让自己潜入睡梦中，他便又来了，仍然坐在床边，隔着蚊帐安静地看着我。他似乎就弥漫在灯光之后，在我房间的每一寸空气里流动，那是属于黑暗的部分，像传说中不能拥有光明，我只需关上灯，他便会出现在我面前。

三年里，那个男人就这么看着我。他不说话，神情安详，眉眼清晰得让我不得不怀疑，这世间真的存在着这么一个人。我不敢打听，害怕有人指着密林间那些坟头中的一个，告诉我，他的样子和他的故事。

那段时间，我的神经极度衰弱。我害怕每一个黑夜的来临，害怕一个晃眼就看到那个男人坐在我床边。夜色浓稠，像很重的漆，层层涂抹得密不透风。我躺在黑暗中，几乎看不到光线能挤进来的希望。时间在那一刻是无效的，它缓慢得让人内心崩溃。我的睡眠被撕裂了，它失去秩序，在偏离轨道的地方胡乱奔跑。

很多年后，我看到一部美国电影，获奥斯卡金像奖的《美丽心灵》，患有精神分裂症的天才数学家约翰·纳什教授在获诺贝尔经济学奖晚会上，与他的妻子艾丽西亚紧紧拥抱，转过头来，他看到三个人——幻觉中出现的人，他们跟随他多年，给他生活带来极大困扰。纳什教授冲着他们微笑，他已经不再纠结了，他知道他的病并没有康复，他仍然会出现幻觉，而且，他将会与他的幻觉长期共存。那一刻，我明白了博弈、超越，还有和解。我所见到的其实是我的内心，诸如恐惧，或焦虑，我需要跨越的是我自己。正如眼睛适应了黑暗之后，才会发现，黑暗原来并没有那么黑。多年前父亲说过的话，在穿越许多时光之后，终于抵达到我这儿。

其实，我想要说的是成长。越过某一道坎，便完成人生中某一个华丽转身。

我的黑夜在大石板小学之后并没有戛然而止，在后来的日子里，我又独自面对很多个黑夜，可是我已经不再惧怕了。睡眠偏离轨道，在黑夜之外奔跑的时候，我就躺在床上看书，夜很静，我的心也很静。生活因此安详而富足。

我是一个木讷的人，很害怕开口说话，一直到年过三十，在面对不太熟识的人说话时仍然会满脸通红。我记得我刚调换到某一个单位工作时，第一次去征订报刊，我站在别人的办公室里，看他们在我眼前旁若无人地匆忙。没有人理我。我傻呆呆地站着，像一棵朽死的树裸露出来的部分，很轻易就触摸到自己的溃败。那些天里，我一个单位又一个单位地来回奔跑，每一个转身的瞬间，都会听到自己的心被撕裂又愈合的声音。

许许多多的事，总在多年以后才会看清它的模样，正如此时，我站在时光的这头望向那头，那些纷至沓来的记忆里，我看到自己奔跑的身影，那么脆弱又那么坚韧。原来一个人所经历的困难和挫折，最后都会铺成他所想要的路。

几乎在三十岁之后——三十岁，我总喜欢提到这个年龄，于我来说，它是一道分水岭，它之前，它之后，我被分成截然不同的两个人。我的目光愈拉愈长，终于攀爬到别人的身上，看到除我之外的世界，它并不是我想象的样子。

我不喜欢一览无余的生活。未来就应该是一个未知数，我不需要提前知道它的走向和终点，那些充满变数的拐点，让我看清自己和别人，如此渺小，如此卑微，像一粒尘埃。我的内心因此而平静，我知道悲悯。

这个世界有着太多的未解，让我时常陷入讶异。就如在芸芸人海里，遇上一个人，像榫与卯，你的每一道切口与他的每一道切口，吻合得如此天衣无缝，你以为你找到了灵魂，就像千百年前走失的另一个自己。可是有一天，你突然找不到他了。这才发现，一个人存于这个世上，原来不过是一串符号或数字。他的名字，他的地址，他的手机号码，他的身份证号码，这些能证明他存在的东西，只要他愿意，完全可以让它们变成一堆废墟。

我常常在寻人启事前长久驻足，电杆或墙上贴着一个人的照片，上面的文字在描述他的模样——他的衣着，他的发型，他的身高，他的口音，甚至他某一个地方有一颗痣。他在照片里微笑，如此鲜活。可是，他突然不见了。他不见的那一天，寻常得一点征兆也没有。一个人消失得如此彻底，让你不得不怀疑，他曾经的存在只是一个梦境。我时常会有一种奇怪的感觉，似乎失踪的那个人正站在寻人启事前，平静地看着自己。他不说话，只随意瞟上那么几眼，然后又抬脚走进人群中，像一滴水隐入大海里。

也许一个人失踪的理由可以这么简单，他只是突然厌倦了，再也不想见到那群熟识的人——他的亲人、爱人。总之，他不想见到他们，也许有原因，也许没有。谁知道呢。作家刘醒龙曾经说过，写作就是发现人心隐秘。人的心像陷阱，它埋伏在每一个寻常不起眼的地方，等着人自己沦陷。朱山坡有一个长篇小说，题目叫《我的精神，病了》。多年前，我第一次看到这个小说题目时，就被击中了，它很轻易便触动到我脆弱的神经。

我渐渐不再纠结许多事。例如一个人的来到，或是一个人的离去。我只是安静地行走。我从来不知道会走到哪里，我也不关心。埋头走着走着，遇上一些人，遇上一些事，回过头来看自己，然后继续埋头往前走。

有一段时间，特别喜欢和一个人谈论视野、胸襟和情怀，我们在谈论文学其实也在谈论人。拥有这三者的人是如此地睿智磅礴。我知道，我的抵达仍需要穿越许多时光。

一个人永远是单薄的——力量或者是思想。我很感激我遇上的许多人，他们就像在一个混沌世界里为我打开一扇扇窗，我看见阳光破开黑夜的样子，那些辽阔和浑厚。——关于视野、胸襟和情怀，很多时候，我觉得自己更像一根攀爬的藤，那些大树，他们知道世界的样子，而我，需要通过他们，才能让眼睛看到更远的地方。

在骨子深处，我是一个怯懦孤僻的人，我的内心遍布陷阱，我踩下的每一步，都是沦陷和跨越。我时常会看见自己心底长出刺——关于狭隘、偏激、自私、自负，还有一些来自人性深处的东西，我眼睁睁看着它们长成刺，刺向别人和自己。感谢我生命中遇上的许多人，他们以树的方式，让我看见世界并不是我原来看到的样子。他们让我学会宽容——宽容别人，宽容自己。

关于山逻街，这片生我养我的地方，当我穿越时光，完成人生中的一次次跨越，回头，我的心满是柔软。

（原载于散文集《穿过圩场》2017年广西师范大学出版社出版）

后　记

　　写得很慢，每一个字都是在与自己博弈。从2009年开始，迄今十四年过去了，并没有写下多少文字。我时常怀疑自己，关于视野、胸襟、思考，以及才情、坚韧、勤奋，我拥有多少，又做到了多少。十四年里，我似乎在变又似乎没变，身边的世界已是日新月异，而我内心里那个笨拙的小孩仍是原来的样子。

　　我是一个迟钝的人，很小的时候我就发现这一点了。除了巴修不时提到我五岁时迷路的事，我还能清晰忆起很多有关我迟钝的往事。我总是比别人需要更多的时间，才能认清一条路的走向，或是一个人的五官。我的嘴也特别笨拙，从来无法做到游刃有余地与人交谈。所有这笨拙的一切，让我的心变得纤细而敏感，我把自己隐在众人中，默默去感受自己和别人。也许，这便是我写作的起始。

　　也因为笨拙，我做的每一件事都需要比别人花费更多的时间和精力。一个人或一个地方，我得潜进去，沉下去，让时间长久淹没，那些皱褶纹理才慢慢显现出来，进入我眼里心里，像等待一粒种子在春天里苏醒，在夏天里繁茂，在秋天里成熟。每一过程，我都需要漫长的等待，这让我写下的每一个字都无比缓慢和艰难。

  我的笔下，多是那个名叫山逻街的地方，那是我的出生地，也是我成长的地方。那里有我的家人和街坊邻居，有我的童年和青年。我前半生的痕迹和记忆全都是它的。那个地方的人们，年长于我的，曾看着我出生长大，而我也曾看着年幼于我的人出生长大。生命是如此神奇，一茬茬人故去，一茬茬人出生，每一茬都如此相同而又如此不同。我们就像一棵树的种子，从枝头落下，复又在树根底，抽芽拔节，长成一棵树。老树与新树，枝枝蔓蔓，交错盘缠，共生的部分，痛苦而又欢愉地生长——我们熟知彼此，那些光滑与粗糙，那些荣耀与不堪，黏稠而锋利，像齿轮，长年累月辗轧进彼此身体里。

  一切都是成长，一切都是滋养。山逻街给予我的，将会随着我的年龄增长，越来越多地显现出来。我眷恋那个名叫山逻街的壮族小镇，而且随着时间流逝，我还会越来越眷恋。

  写下山逻街，写下山逻街的人们，是一件自然而然的事，就像河里的水满了，就会溢出河堤来。无论我去到何方，我内心里都有一潭满溢出来的水，它们从山逻街流出来，还将流到我所不知道的，更远的地方去，也许有一天，它们奔流到我的笔下，于是就变成了我的文字。

  从某种意义上说，文字不是写出来的，而是长出来的，在时间深处，在时间皱褶里。

罗　南
2023年4月